U0038634

# 喜歡
Liking
is the First Step
# 是一粒種籽

韓秀 ── 著
Teresa Buczacki

三民書局

# 自序　每月一好書

韓秀

　　二〇二〇年五月十日，母親節。美東華府近郊北維州費爾菲克斯郡仍然冷颼颼，有著百萬居民的這個郡平均每天因為新冠病毒仍然有十位民眾喪生。這一天，離我家最近的教堂廣場上出現了被疫情中斷了兩個多月後的第一個農貿市集。

　　人們謹慎地保持著「距離」來到了市集上，其中不乏想念母親卻因為疫情不能親自上門賀節的男女。五彩繽紛的玫瑰、百合、芍藥、康乃馨、鬱金香被一掃而空。在番茄、香芹與紫蘇的色彩斑斕中，設置著一張長桌，平展展的藍色桌巾上整齊地堆放著書籍、書訊、訂書表格。愛書人的老朋友，維也納小鎮上唯一一家書店的工作人員湯姆，正在迎接排著長隊前來的客人。這家書店的主人熱愛莎士比亞，書店裡有莎翁專區，連帶著也有諸多的名詩典藏本，荷馬、但丁、歌德、里爾克、狄更森不消說，英譯唐詩、俳句也有尊貴的位置。今天，他帶來了莎翁的十四行詩、莎翁戲劇單行本、馬爾坎‧布萊德貝里巨大的精裝本《文學地圖》、維吉妮亞‧吳爾芙的《普通讀者》，愛德華‧摩根‧佛斯特的多本著作……美國各地出版的書介書評週刊整齊疊放著，還有一盒 "Book of the Month" 資訊卡供客人們取閱，這本在紐約出版的書介月刊百年來為美國和世界的英語讀者提供了閱讀的最佳資訊，新世紀，他們採取會員制，將書介電郵給讀書會。如同教堂的一扇扇高窗，讓人們看到更加寬廣的世界，更加多元的文化。周到而細心的湯姆總是不忘隨時為愛書

的朋友提供各種形式的書訊。今天，他甚至沒有忘記帶來美麗的包裝紙袋，為母親買禮物的客人將書放進紙袋，還可以在空白處寫下幾句祝福的話。

不到一個小時，湯姆的書籍與書介週刊全部銷售完畢。人們忙著填寫訂書單，湯姆親切地回答讀者的問題，告訴他們，書店中有這本書，隨時可取。沒問題，那本書正暢銷，很快，兩、三天之內必定抵達。這本書已經絕版，但是仍然有希望找到書，三、五天之內可以確定。

「我住在書店裡，接聽電話、收發來信和電郵。有任何需要，請隨時聯絡……」湯姆這樣說。

疫情蔓延中，無論我甚麼時候經過這家書店，都看得到他在書店裡忙碌的身影，店門外的書架上一個個公文籃裡，一包包整齊排放的書籍正等待著愛書人前來領取。非常時期，百業凋敝，書店的生意卻是空前暢旺。

停車場上的車子發動了，魚貫而出，各奔東西。許多母親的門前將會出現一籃蔬果、一束鮮花、一本書，以及兒女們隔著門窗獻上的節日祝福。

我走上前去，從湯姆手中接過一本有關拜占庭藝術的專書，出版者是希臘國家考古博物館同大英博物館。這本書絕版已經二十年，湯姆從一家遠在巴黎的二手英文書店找到了這本重達十磅的大書。疫情蔓延中，瘦了一圈的湯姆笑嘻嘻地從上衣口袋裡摸出兩包藏書票，開心地說：「母親節快樂！」真是意外的驚喜，象牙色帶著浮水印的威尼斯藏書票。我是湯姆的顧客中仍然大量使用藏書票的極小眾之一。偶爾，覓得精彩的藏書票，湯姆總會給我留著。

　　眼前，湯姆「一人一桌書店」的榮景讓我想念著台北的書店。為了民眾的健康，今年二月的國際書展不得不卻步，書店卻屹立不搖，持續為讀者提供著抵抗病魔的精神食糧。相信，書香社會的台灣在疫情氾濫的日子裡，大家很可能更多地親近了書本。

　　散步回家的途中，想著數個世紀之前的古騰堡，黑死病的猖狂完全沒有阻止他的腳步，他將印刷出來的《聖經》裝在厚實的包袱裡，走在泥濘的小路上，揹到市集上去售賣。數個世紀以來，無數的湯姆們將這條泥濘的小路踏成了四通八達的康莊大道。

　　古騰堡不只是銷售書籍，他是印刷術發明之後做書人的先驅。世世代代的做書人，選書人、文字編輯、美術編輯、校對、封面設計、印刷者、裝幀者、發行人，他們是世界上最重要的人，作者、譯者的心血要靠做書人的智慧、熱情、經驗才得以成書，才得以傳播。做書人默默的付出不但維繫了自己民族的文化命脈，也贏得了人類文明的廣泛積累。做書人的犧牲奉獻對於後世的影響更是無比深遠。

　　書籍究竟是怎樣的一件物事，值得人類寶愛？

　　書籍是一粒粒種籽，因為讀者的喜愛，而在讀者的心田裡成長為參天的大樹，為讀者遮風避雨，為讀者創造安頓心神的美麗家園。

　　書籍是人類永遠的學習對象，為我們提供的不僅是知識，更是參照物，啟發我們思考，給予我們學校無法授予的智慧。書籍是我們永遠的導師，無論戰爭、瘟疫、天災、人禍帶來怎樣的動盪，書籍永遠在黑暗中為我們點亮光焰，讓我們看到希望。書籍是我們忠心不二的靈魂伴侶，永遠伴隨著我們，死亡帶來絕望、病苦帶來無奈、一貧如洗帶來蕭索、愛情幻滅帶來悵惘、遷徙帶來迷失都無法

割斷我們對於書籍的信賴。書籍永遠帶領著我們走出低谷，走向昂揚。

　　一本又一本好書世世代代激勵著我們、鼓舞著我們，給予我們勇氣與信心。

　　返回家中，走進我的書房，二十三架不同語文的書頂天立地，在四圍站成世界上最美麗的風景線。我把今天到手的大書放在辭典閱讀架上，邁出一道玻璃門，走進灑滿陽光的閱讀空間。圓桌上平放著的七本中文書有原創有翻譯，是在四週時間裡細讀的六本新書以及一本從未寫過書介卻在一次次的重溫中魅力四射的老朋友。我要從這七本書當中選出一本，為之寫下兩千餘字的一篇專欄小文。這個專欄始自二○○七年，刊於美國新澤西州《漢新月刊》。每月一好書，從無間斷。

　　"The best of the best." 是我永不放棄的擇書標準。這些書的作者來自世界各地，這些書的出版者幾乎全在台灣。我的書介傳遞出愛書人的心聲，熱情謳歌了這些重要的書籍，開出一扇又一扇明窗，提醒讀者朋友們去尋找更多的好書。書介合集，則是我這樣的讀者對為數眾多的作者、譯者的禮敬，對台灣眾多做書人的禮敬，對台灣眾多書店的禮敬。

二○二○年五月十三日
寫於瘟疫蔓延中的美東北維州維也納小鎮

目　次 | *Contents*

第三章

## 風捎來遠方的故事

第四章

# 沐浴於文學之光

第一章

# 在這塊土地扎根

# 遠方的一家工廠

　　在美國，幾乎每個人家都會在車庫或是地下室裡安放一張沉重的工作檯，擺放一隻工具櫃或是工具箱，節假日或是下班以後會在那裡敲敲打打，修理家用設備，或是組裝什麼新的用具。人們很以自己有著靈活的雙手而自豪，這當然與美國的歷史有著關係。數百年前，歐洲人漂洋過海來到新大陸，全靠雙手的勞作，才在這塊土地上扎下根來。美國又是一個工業國，輕、重工業的發展或停滯都是不得了的大事情，關係到民生的方方面面。每到競選期間，不但政治人物絕對不敢輕忽，更是選民關注的大課題。但是，關於工廠，關於工人的生活，卻少有優秀的文學作品來表現。

　　台灣的情形也是同樣，上個世紀後半葉，台灣創造出驕人的經濟奇蹟，大小工廠如同雨後春筍般出現在這塊美麗的島土上。到了新世紀，台灣製造已經是品質保障的標識，在國際社會舉足輕重。台灣文學的百花園裡處處令人驚艷，但是關於台灣的工廠，關於這些促進台灣社會走向繁榮、走向富足的辛勤工作的人們，也確實少有文學作品來描述。

　　這是為什麼，當我看到一本書描寫了遠方的一家工廠的時候，格外欣喜。

　　更讓人驚喜的是，小說一反台灣小說慣有的優雅、旖麗，以極其樸實的語言，讓我們觸摸到開拓者們雙手上層層的老繭和傷疤，

感覺到他們肩上抽痛之處的深不可測以及工廠草創時期的種種艱難帶來的精神上的巨大壓力。我們和他們一道手中緊握榔頭、扳手和起子，用成千上萬的螺母和螺絲來打造一個祥和樂利的社會。

　　這家工廠半機械半手工操作，製作烘焙麵包的烤箱。這家工廠的老闆與工人師傅一起工作，到了節假日，師傅們回家休息了，老闆卻帶著兒子到各個麵包店去修理烤箱，完成售後服務。他的妻子則繼續在工廠裡將半成品裝配完畢。這樣的一家工廠，竟然是全年無休的。讓我們看到在那樣一個艱難而蓬勃的時期，「在那個界線模糊、輕易就可跨越的年代，家庭即工廠、工作即休閒」的生存狀態。作者鄭順聰，正是這家工廠老闆的大兒子，他很誠懇又語帶詼諧地說明他自己在這個大時代裡的位置，「我這個童工也參與時代巨輪的運轉，在台灣傲人的經濟成就中，貢獻雞毛般的力量」。

　　這家工廠的位置在省道台一線的路旁，車輛由北往南經過這裡直趨嘉義市，不會注意到路邊這家工廠。「天光從石綿瓦屋頂的破洞漏洩而下，空氣中的浮塵一清二楚，其餘的地方幽暗難辨，又當住家又作工廠的，空間窄隘，繞過發燙的剪床、跨越髒黏的污油，出了門，當頭就是大馬路。爸媽與師傅，用榔頭、螺絲起子與焊槍，將四散的零件，組裝為功能強大的烤箱，運上貨車藉高速公路，送往島內的每一個地方」。草創時期，工廠的簡陋、破舊、孤單與那光潔、亮麗、功能強大的烤箱形成強烈的對比。這對比裡面有著一種強烈的自豪感，這自豪感，這對於父母的摯愛與尊敬成為這本書最重要的質素之一。身為作家、詩人、文學編輯的鄭順聰成長於工廠與省道之間的「畸零地」，在少年時有著深深的落寞的感覺，長大成人之後又走向完全不同的生活之路，甚至感覺到離父母越來越遠，

連電話也無法拉近這個距離。於是，「直通的路不可行，我遂將距離拉長，在台北的書房，伏案書寫，連結過去，與嘉義的爸媽對話」。於是我們看到了這樣一本獨特的對話錄，感覺到了作者對過去的緬懷，對父母、弟弟、故鄉人深厚的情感，對家工廠的溫暖記憶。

正因為作者是詩人、是文學編輯，對章節的安排格外講究，包括自序在內十八個標題都是兩個字：瓷套、學徒、師傅、工具、輪胎、省道、影帶、太空等等。其中之一用了兩個英文字母 CD，指的卻非音樂磁碟，所講述的是兄弟情誼，是身為兄長的作者對弟弟的歉疚之情。文字異常的溫婉。許多很細微的事情，一一詳細寫來，非常的動人。這位可愛的弟弟，樂觀向上又十分的好強，透過努力終於學業有成，繼承並且大大發展了父母雙手創立的事業。讀到這一章，我們滿心喜悅。親情可以是這樣美好、這樣溫暖、這樣值得百般珍惜的。最後一章〈太空〉結尾處，不但以詩句連接現在與未來，連結個人與太空，更有趣地使用法文 Fin 作結，多了些許浪漫。

這座身處嘉義縣打貓鄉的家工廠歷經了經濟起飛的整個過程，與嘉南平原上的許多家庭工廠一樣，從草創時期的因陋就簡，經過整修和重建成為整齊、乾淨、三層樓房的住家和井井有條的工廠。兒時雖然髒亂、充滿危險卻又充滿樂趣的遊戲空間不存在了。於是作者用「倒帶」的方式，帶出真切的回憶，讓我們看到這家工廠的周圍環境以及生活在這裡的鄉親們。

〈決鬥〉一章猶如電影蒙太奇，讓我們跟著小說人物走過大廟，走過商家店舖，走過市場，走過小鎮週遭的寒村、荒村、廢村。於是我們看到被小貨車撞到的電線桿、市場的冰店、煎粿店、售賣冰淇淋的小車、駝著羊肉的摩托車、裝在塑膠袋中的豬血湯、粉粿冰、

瓦斯行、銀樓、火車平交道、雜貨店、書局、中藥店、五金行、家具行、家庭理髮、看板店、海鮮店、租書店、檳榔攤、鄉公所，最終來到大廟前空寂下來的廣場。一場由無數偶然連結起來的必然惡鬥在此展開。

　　事物與活動於其中的各色人物及他們的背景故事緊鑼密鼓地形成兒時記憶中最為鮮活的畫面。聲音、色彩、氣味、光線不但是事件的背景，甚至是事件發生的肇因。漸趨漸近的高潮，深深吸引讀者。掩卷深思，作者並非只是給我們看一卷色彩斑斕的浮世繪，作者讓我們看到鄉間人們的悲憫之情。一些因為傷病而弱智的人，一些邊緣人，一直能夠得到鄉鄰甚至路人的同情、照顧而沒有凍餓之虞。那種溫暖，在世界其他地方極為罕見，到了幾十年後的今天仍然使得台灣享有世情溫暖的美譽。

　　少小時曾經被空白紙頁深深吸引的作者，在時間的流逝中成長成熟，獲得智慧，以一支飽含詩意的筆為我們展開了歷史的畫頁。

《家工廠》
作者：鄭順聰
出版者：台北聯合文學出版社

# 在時間的慢流中
# 安家立命

　　從來沒有將童偉格的小說與「鄉土文學」聯繫起來看，從來沒有感覺這兩者之間有著一些什麼樣的關聯。是的，他寫近海的山村，他寫漫無邊際的細雨，他寫村民的「日常生活」。但是，距離不同。鄉土文學對於筆下人物有著深沉的關懷，那怕表面上的嘲諷與戲謔，骨子裡滿溢著悲嘆與義憤。換句話說，鄉土文學的作者們都是遠遠高明於筆下人物的。童偉格與他所書寫的「小人物」們之間的距離卻似乎是零。他在寫的一個最重要的物事是時間。時間似乎以極慢的速度流淌，甚至停滯，甚至重疊，甚至倒退。人們就在這樣的慢流裡尋尋覓覓，試圖找到自己的一個位置，一個跟飛快「前進」的時代幾乎毫無關聯的位置，一個不妨礙他人的位置，一個可以容身可以安家立命的位置。

　　閱讀童偉格的小說，會聯想到歐洲的電影，尤其是北歐的電影。在那緩慢的節奏裡，在那許多的定格裡有著一種深沉的悲憫，一種無可奈何的情懷，一種幽遠無盡頭的孤寂。一寫到孤寂這兩個字，又會想到中南美洲的馬奎斯，想到富安蒂斯。很有意思的，也會想到比利時詩人莫里斯‧卡雷姆的吟唱，「你就這樣幾小時地聽著雨聲／什麼都不想／你傾聽雨水在你心中流淌／就像滴在樹上。你不知道為什麼／自己不悲不喜／滴答的雨水為什麼讓你／臉貼著窗，心卻空空蕩蕩」。的確，我們在閱讀中看不到作者的悲喜，但是我們會跟

著他的文字，被感動，跟著他的敘說悲喜。

很難得，一個人口簡單的家庭，三四代人的生老病死被放置在時間的流淌中，放置在雨霧裡，迷迷茫茫，卻讓我們清晰地看到、感覺到一種存在。

丈夫慘死後的婦人，一位母親，在一家塑料皮工廠工作，一直做到工廠關閉，做到連廠主都已經舉家遷離山村，落荒而逃。這位女子不棄不離，獨力堅守，完成工廠關門前的善後事宜。新的煞車皮工廠在同一個位置上開工了。這位母親就想著要在這家新的工廠裡申請一份工作，於是她冒著雨到了那裡，走進辦公樓，在那陌生的經理面前，長久地坐著，等待人家給她一個說話的機會。雨傘放在身邊，滴下的水成了一個水洼。母親膝蓋上有著擦傷，她就那樣撫著傷口，抱著一盒禮餅，長久地、安靜地等待著，「對著僵冷的空氣微笑」。如此境遇，她如何會在臉上浮起溫暖的微笑？原來她已經跌進了回憶的深谷，她想到老工廠的廠主一家，盼望著他們安好。她溫柔地想到自己的弟弟，想到自己熟悉的那些男人，在艱難中尋覓一份工作。她想像著面前的經理，走過怎樣困頓的日子，那也是充滿了無望的等待的，然後，才一步一步走到了今天，坐到了一張經理使用的辦公桌的後面，手邊堆滿了各式各樣的字紙，顯出十分的忙碌，無暇面對在自己面前已經坐了大半天的婦人。

我們幾乎要拍案而起了，童偉格卻這樣來把我們安頓住，「是啊，這些我也都懂得的喔。」母親默默這樣說。她對眼前這位陌生男人，這個可以評判自己是否夠資格重回人群，可以給她一個工作的人類，默默這樣說。

她面對他，想好好地，把臉上的笑容傳給他。

　　至於這笑容來自怎樣的一種記憶、一種情懷，童偉格用了大量的篇幅來告訴我們，綿綿密密，清清爽爽，不帶任何的修飾與矯情，樸實、自然、流暢。我們跟著母親的思緒走，走在綿綿細雨中，感覺著膝蓋的痠痛，尷尬地抱著那盒禮餅，無所適從。

　　終於，那經理有了反應，他的反應來自一種認識。他終於了解，這婦人會對他微笑到地老天荒，如果他不做一點什麼事情的話。這個認識的過程，童偉格也沒有吝惜筆墨，交代得詳盡。但是當經理給了這位母親機會請她說話的時候，她知道機會難得，要講話，講什麼？卻沒了主意！「快想。」她對自己說，我們也對她說，我們比她自己還要著急。這個時候，童偉格打住了，根本沒有一個字告訴我們，究竟，這位母親跟經理先生說了什麼，在這樣長久的等待之後，在這樣驚險萬狀的語塞之後，那終於吐出口的話語究竟是什麼？童偉格守口如瓶，只是讓我們知道，婦人離開的時候，她已經是這家新工廠的新員工。我們終於明白，那個時代確實是一個人們互相容易了解彼此的時代，一個無傷的時代。馬奎斯如果看這本書，看到這裡一定會心微笑，甚至大笑出聲，甚至站起身來，在書房裡踱步，重新坐下來，再回頭看十數二十頁。

　　婦人不但會給陌生人「自在而寬坦的笑容」，她也會給自己的兒子「一種純粹善意的微笑」。

　　時間與自在、寬坦、純粹善意的微笑重疊，沖散經年不斷籠罩山村的雨霧，出現難得的艷陽天。就在那樣的艷陽下，婦人終於瞭然，「原來年輕時的歲月不過只是年老的自己的一段回憶；原來人活著，就是不斷自回憶抽身，不斷辨識出那些自己原來早該認得的人事，不斷復原到那最後最老的，真正的自己。原來不斷向後退去，

只有最後的才不是幻影。」母親與兒子找到了自己可以安放心神的所在。我們同時也踏實下來，不再尋尋覓覓。

台北《印刻》文學月刊二〇一〇年二月的封面人物是童偉格，刊物收錄了童偉格與陳淑瑤的文學對談。主編蔡逸君這樣說，太有意思的組合不過，都是稿子修了再修，再修不夠。兩人對談初稿整理七千字，要他們增補，回來只剩四千字，那樣仔細地字字句句，乾乾淨淨。

小說家楊照先生這樣說，每一部長篇傑作，都將自身寫成了一個線索、一個暗示、一個隱喻，提供讀者去想像、補充開始之前、結束之後，以及故事進行中的種種畫外聲響與情境。

《無傷時代》正是如此。與契訶夫、孟若一樣熱愛短篇小說的童偉格在長篇之後附加了一個短篇。細細讀來，沒有半點突兀，自然天成，也是極為新鮮的悅讀經驗。

《無傷時代》
作者：童偉格
出版者：台北印刻出版社

# 步步留神

　　沒有想到,「新銳」作家陳列竟然是我的同齡人。說他新,因為多年來極為關注台灣文學的發展,卻沒有見到過他的作品結集,說他銳氣十足,是因為台灣印刻出版社在二〇一三年一口氣為他出版了四本書,而且,其中《地上歲月》以及《躊躇之歌》獲得第一屆聯合報文學大獎。細查這四本書,乃是陳列上個世紀八十年代、九十年代、以及新世紀以來發表在報刊上的散文精選,最後這一本《躊躇之歌》則是歷時約十年,無數次反覆刪修的大散文創作,甫一問世便受到讀者歡迎。

　　我是老派的讀者,喜歡從頭看起,於是我先看第一本《地上歲月》,作者陳列步步留神 ,為八十年代的台灣留下了至為貼切的影像。

　　就拿〈礦村行〉這一篇來說,就非常的震撼人心。這篇文章是一九八五年寫的,那時候,台灣經濟起飛已經達到相當的規模,我們看到的是一個平靜的在「死亡陰影」籠罩下的礦村。作者首先寫到的是「在崎嶇的山嶺重重包圍的谷地裡」小學生放學的情境,沒有喧嘩、沒有笑聲,孩子們沿著鐵路旁邊狹窄的人行道,排成一路縱隊,默默地走回家去。作者注意到,在學校的校門上有一對標語,「走出校門,步步留神」。幾乎成為這些小學生的人生寫照,也是這所學校的師長對於這些孩子們最為貼心的叮嚀。因為,在他們的生

活環境裡充滿了不可知的危機、當頭罩下的厄運隨時隨地可能發生。

　　這是一個老舊、破敗的礦村，一條著名的河流的上游從村子裡穿過，雖然是上游，已然在河床裡堆積了垃圾。河岸邊有一座礦工宿舍，「破落的磚造房子並排相望，中間隔著潮濕的有點黏糊糊和著煤屑的甬道」，門窗歪斜、氣味雜陳。女人們無聲地舀水洗菜淘米做飯。礦工們回來，就在這裡休息，準備著迎戰下一個工作的日子。

　　礦坑的深度平均四百公尺，最深的可達九百公尺，長度可達三千公尺，地熱高達攝氏四十度，坑道狹窄，手工採掘，隨時隨地可能出現各種狀況。二十年來死亡人數在三千三百人以上，也就是說，每三百噸煤需要用一百條人命來換取。職業病的滋生更是不計其數。

　　柴油車載著礦工們回家來，陳列看到了他們，驚訝著他們白皙的皮膚、斯文的舉止、安靜的談吐、以及他們身上完全沒有煤炭的味道。偶爾，他們坦然地交談幾句，讚美著孩子們用功上進。在返家之時，順便買一把青菜、兩條魚、一斤肉。他們不談自己，他們坦然面對一切，包括災變。明明知道，災難不會遠去，仍然平靜地對待，並無怨言，更沒有憤怒。作者來到這個礦村，又搭車離開了這裡，卻沒有能夠同任何一位當地的人交談過，然而，我們卻從字裡行間看到了陳列自己的憂心忡忡，面對他人艱難而並不絕望的生涯，他說不出話來。文章之外，一幀黑白照片，簡陋的礦坑口、低矮的木架、空著的鐵皮煤炭車。礦井外明亮的天光，想必是仍然在礦井中工作著的礦工們最希望看到的。台灣的經濟起飛正是站立在這些堅定有力的肩膀上。我們隨著陳列複雜的心緒從心底裡對這些建設者生出由衷的敬意。

　　出生於嘉義農村的陳列用〈地上歲月〉來描述他對土地的情感，

以及台灣農人對於生活的永不放棄的追求。在農村裡，大自然是當然的主宰，能夠溫柔地滋育，也時時露出狂暴的猙獰。從受制於自然，到了解自然，到尋求解救之道，文明的演進在台灣的農村是發展迅速的，科技的發展更帶來了希望與秩序。對於用筆寫字的陳列來說，在農村的成長經驗讓他對於人生的真諦有了更為切實的體會。「耕耘」這樣的兩個字對於這位作家而言有著無與倫比的切實美感。

　　在教科書裡被稱作「山胞」的男女老少，在陳列的筆下，成為〈同胞〉。他細說從頭，無論是被「文明的演進」擠上山去的泰雅族，或是被擠到海邊去的阿美、雅美族，他們在古早時期都是平原上的居民。石牌、古亭、頭城這些地名是他們遺留下來的痕跡，但是現在的人們卻很少去回顧他們不得不離鄉背井的辛酸過往。步步留神的陳列卻從單獨出現在各個地方的男女老少靦腆、矜持、拘謹的言談與行動中感覺到他們在融入社會大潮時的某些不適應，以及他們自己的文化習俗在這個融入的過程中所遭受到的不可避免的流逝。陳列在用他的書寫提醒人們，首先就不應當將他們視為異族，不應當懷著獵奇的心理去探究他們，而應當切實地了解，我們本是同胞，有著共同的悲喜。對於整個混亂而癲狂的當今世界而言，陳列的敘述、理想與追求正是人類最迫切需要的救贖。

　　陳列是一位樂意親近大地的旅行者，他行走〈在山谷之間〉，將美麗的風景化作奇偉的文字，非常的傳神。透過他的文字，我們看到了畫面，流水、高山、植被都有了聲音、氣味、顏色、形狀，可以觸摸得到。步步留神的陳列卻在這美麗的景致中發現人的蹤跡，山地同袍的蹤跡，以及同他們生活在一起的「外省人」的蹤跡，並無隔閡。更動人的是，身為本省人的陳列還寫出了〈老兵紀念〉的

篇章，同情之外，有著更深的理解。文章末尾的那一幀照片黑白分明，道出了一種無法彌合的悲愴，與今天、與昨日都無法彌合。

　　全書讀畢，我返回第一篇〈無怨〉，那是寫鐵窗歲月的，陽光透過鐵窗被分割為十二塊，於是泛黃的書頁上出現了兩小塊柔和的光亮，陳列從來沒有想到「陽光移動的腳步竟會那樣令人怦然心動」，然而當他枯坐囚室時，卻為「幾小塊投射在房間內的光線而激動、而守候」。於是，我能夠感覺到文學人陳列步步留神的源頭，他在尋找人類互相理解、同悲喜、共命運的途徑。我將從他另外三本書去尋找進一步的答案。

《地上歲月》
作者：陳列
出版者：台北印刻出版社

# 同島一命

　　認識張輝誠是二○○八年二月中旬的事情，台北國際書展期間。龔鵬程教授請我到一家菜色極為特別的餐館吃午飯，同席還有兩位年輕的朋友，一位開朗愛說笑，一位表情祥和，多聽少說。這位相當安靜的年輕朋友便是張輝誠，這一天，他送給我他在印刻出版的新書《相忘於江湖》。回到旅館便認真讀起來，對這位謙謙君子及其書寫留下很深刻的印象。之後，每次回台北我都會注意輝誠的出版，陸續買了他許多的作品，每一部都讓我看到他更豐富更深邃的情感世界，非常慶幸有緣認識這位作者，有緣閱讀他的作品。

　　然而，第一次的被某位作者的文字吸引，那樣的閱讀經驗很難忘卻，尤其是這位作者在一開篇就讓我們強烈感覺到傷逝的悲懷，於是，常常回頭再三細讀。當文友向我詢問輝誠的作品時，馬上從記憶中直跳出來的仍然是這一部。

　　當數位化時代來臨之際，輝誠記下的是一位「終生與石為伍」的篆刻大師如何目盲心明，體會出石頭的喜怒哀樂、滄桑變化，而刻出石頭的真性情。如同魯班再世的阿匠師非常期待自己的手藝能夠傳下去，卻沒能夠如願，阿匠師的無奈給了少年輝誠以啟迪，讓他了解到正如聖賢所言，「永恆」的事物並不存在，變動流離才是常態，因之生出無限的痛惜。當他自己成為國文教師的時候，一個「匠」字也要講解再三，希望著年輕學子了解「技藝」之可貴。

　　不僅如此，輝誠極為在意人們內心的感受，一位長輩受盡命運的捉弄，更因為政治的因素而繫獄多年，脾氣性格大異於常人，但他卻是輝誠吟詩的啟蒙者。這位長者的吟嘯所傾吐的甚至不只是濃濃的哀傷。從輝誠的記敘，我們可以讀出作者對這位長者的理解遠勝於一般的同情。另外一個例子便是對身殘心不殘的鐘錶匠的理解。時間究竟是怎樣一種質素，人有沒有必要緊跟著時間的腳步亦步亦趨？從小罹患小兒麻痺的鐘錶匠被困在一個空間裡動彈不得，他卻對時間有著最貼近的觀察，而且，正是他在修理眾人的鐘錶，幫助人們跟上時間的腳步。輝誠從送錶去修到鐘錶匠去世之後不再修錶，感悟到「以無心之心順應一切變化」，順其自然；以此來理解時間同空間的奧意。輝誠更深切地感覺到，將時間握在手中的鐘錶匠是真的能夠了解這層道理的人。在這裡，我們可以看到，輝誠熟讀聖賢書，怎樣地增進了他與他人心靈的真正溝通。

　　待讀到〈回憶郭子究〉這一篇，我們才驚覺，輝誠為文的用意有多麼深遠，而人若是要想保存生命中的一點點希望，又是多麼不尋常的一件事情。郭子究先生是作曲家，他作的曲子陪伴著輝誠這一代人的年少歲月。無巧不成書，郭子究先生紀念館開館這一天，作者同友人正好路過，便走了進去，於是，由歌曲而引發一段甜美、驚悚、悲傷的回憶。讓我們看到八十年代的台灣校園，聽到少年們的歌聲，看到少年們的友情以及「幼稚而懵懂的戀情」，以及可愛女孩因病早逝帶來的傷痛。終於，我們明白了輝誠的回憶，遠遠不止作曲家郭子究先生，而是在內心深處最柔軟的所在，那一份珍貴的記憶。

　　〈喪亂帖〉更為驚心，所敘乃是一九九九年九月二十一日凌晨

發生的台灣集集大地震。這次矩陣級達到七點六至七點七之強震造成兩千四百一十五人死亡、二十九人失蹤、一萬一千三百零五人受傷、十萬五千所房屋倒塌與半倒塌的巨大災變。輝誠以詩人之名來書寫這場災變，全篇分為十九個章節，集中在南投縣埔里，一個青山綠水的美麗所在。我們看到了埔里，看到詩人同友人對埔里的眷戀、欣賞。我也曾到過地震前的埔里，到過書畫大家江兆申先生的居所，看到過埔里秀麗的山川景物，了解輝誠將埔里形容成「畫裡」的一切緣由。地震發生，詩人來到斷裂的埔里同阿兵哥一道全力以赴用雙手參加救援的行動，更多的時候，是在搬運已經乾了的屍塊，內心被生與死的瞬間交替所震撼，「恐懼消滅而敬畏漸增」。詩人回到台北，親眼看到來自四面八方的馳援抵達，深切感受著自己在金門當兵時一位長官常常說到的那一句話，「同島一命」。這樣的一句話，在十六年之後重讀，賦予讀者更多的思考。這樣的一座英雄的島嶼、這樣的堅定如磐石的民眾若是都能夠認清「同島一命」的真理，而團結一心，那是任何災變都不能摧毀的，也是任何威脅利誘都不能摧毀的。

　　輝誠是一位老師，對學生有著與一般老師不太相同的深情。他真正地愛護著學生。當他的一位學生罹患癌症，懷著「我一定會好起來的啊」的熱切想望而終於不敵病魔；當他的一位學生高高興興奔赴國外念書不久，車禍喪生；輝誠有這樣的話當堂對學生們宣講，「沒有老師參加學生告別式的道理，你們都得給我好好健康活著……。聽到了沒！沒道理老師要參加學生的告別式的！記清楚了沒！沒道理的……」終於語不成聲，他想到了孔子這位老師失去了好學生顏回的哀傷，想到自己這個老師面對的卻是二十郎當歲的學

生們青春早逝，這是連孔子也沒有遇到過的悲傷啊，椎心泣血遂成
〈今也則亡〉篇。

　　然則，對於生命，對於自然的熱愛、欣賞是人格養成的重點。
於是，野櫻盛開的時候，輝誠沒有把學生留在課室裡昏昏欲睡而是
把他們帶到操場上賞櫻。賞櫻需要方法，更需要與自然對話的能力。
〈格野櫻〉的課程結束，輝誠自己並沒有下課，樂觀地期許野櫻為
學生帶來的啟迪。希望學生能夠藉此尋找到一把「通透天地之心的
鑰匙，理解自己原是自然的一分子」，甚至更進一步，領悟「吾心即
宇宙，宇宙即吾心」的境界。

　　輝誠以其淡定、曠達帶領著年輕的學子成長為內心強大的一代
人。我們祝福他。

《相忘於江湖》
作者：張輝誠
出版者：台北印刻出版社

# 昂揚的生命樂章

　　當一部卓越科學家的詳實傳記攤放在我們面前的時候，我們可能會有一些猶疑，這位科學家獻身的領域可能是我們聞所未聞的。是的，實驗化學家李遠哲教授從台灣大學學士、清華大學碩士、美國柏克萊加州大學博士，一路行來，首創通用型交叉分子束儀器，並以此進行原子與分子的動態研究、原子與分子的彈性散射、多光子解離、離子光譜……。每一步對於世界科學界都是震撼性的、開創性的。具有科學專業知識的讀者會讀得津津有味；對於原子分子電子光子離子說不出所以然的讀者也能夠從這部傳記平實易懂的書寫中得到學習。更重要的是，傳主八十年的跋涉譜寫出了壯麗、輝煌、昂揚的生命樂章。每一位閱讀這部傳記的讀者都能夠被深深感動、被激勵、被鼓舞。

　　李遠哲教授是台灣人，祖上十二代定居台灣，不但對這塊美麗島土的情感深厚，而且深深體念到對自己的國家、自己的父老鄉親、自己的社會有著義不容辭的責任，因之，在一九八六年獲得諾貝爾化學獎之後，放棄了美國勞倫斯柏克萊國家實驗室首席研究員所能夠享有的豐厚的研究條件，返回家鄉，於一九九四年出任中央研究院院長。在科學與民主這兩個方面都為人類做出了巨大的貢獻。

　　李遠哲從小就是個心靈手巧的孩子，六歲就能無師自通的剖竹子製作竹簍，少年時便能幫助母親修理縫紉機，而且車出來的衣物

整齊美觀。從小用手的習慣、站在父親身後看他作畫的心得使得青年遠哲能夠畫出極為精細的設計圖，能夠親自動手製作極為精密複雜的實驗儀器。

李遠哲有著尋常人沒有的敏銳與同理心。在台大求學的時候，有學生晚間歸營搭乘三輪車，沒有付車資，無恥地開溜了，害得車伕苦等多時。第二天，車伕寫了一首打油詩貼在台大布告欄上，遠哲見了，不但義憤填膺而且將這首長詩抄錄下來，留在身邊，提醒自己永遠要想到勞苦的人們，永遠要關切、愛護他們。這樣的精神使得他在日後同工廠師傅們的溝通中有著最平易近人的態度。他不是高高在上的學者，而是同師傅們共同進行創造的夥伴。工人師傅們回報以熱情的支持，在製作、搬運貴重儀器的過程中，這種互相的尊重、愛護煥發出奪目的光彩。

李遠哲不肯人云亦云，事事追求真相。在俄文是沒有人敢於碰觸的語言、俄羅斯文學是禁書的時代，遠哲為了讀懂科學論文苦學俄文，同時也接觸了大量的俄羅斯文學。在時代的劇烈動盪中，他便能夠以嫻熟的俄語同戈爾巴契夫交談，讓這位俄羅斯改革先驅對台灣的學人刮目相看，留下深刻的印象。

李遠哲是一個為了科學研究奮不顧身的人。少年李遠哲已經立下宏願要做一位科學家。既然立定了志願就要盡一切力量來實現，於是，李遠哲成了大學裡實驗室裡睡眠時間最少的人，無論是學生還是實驗室同仁都能夠在深更半夜找到他，因為別人都睡了的時候，他還在工作。而且，遠哲並非孤家寡人，他有家小。他能夠陪同家人的時間是非常稀少的，甚至小女兒覺得他是不在家裡過夜的，一天晚飯後，父親照例奔赴實驗室的時候，小女孩竟然很客氣地跟他

說，「謝謝你來我們家陪我玩。」讓做父親的大起恐慌，於是晚上陪家人的時間由一小時改為兩小時，待小女兒睡下之後才趕往實驗室。如此作息數十年如一日，我們不能不對這位科學家的賢內助吳錦麗肅然起敬。這位淡泊名利的知識女性堅忍不拔地成為李遠哲最為強有力的支持者，使他沒有後顧之憂。九〇年代中期，李遠哲全家返回台灣，對於這位大忙人來講，中央研究院的院務最重要，社會關懷佔第二位，原子與分子研究所的事務與研究工作佔第三位，家人排在最後。平心而論，在原分所同年輕的科學家們一道作研究是讓他最快樂的事情，但是，為了中央研究院，為了教育改革等等有關社會進步的事務，他不得不放棄許多；當然，連帶著，也在漫長的歲月裡時時地對家人感覺非常的愧疚。

　　被譽為「物理化學界的莫札特」的李遠哲是一個弄潮兒，從來不向「不可能」低頭。年輕時，當權威們告訴他，看不見的東西是無法測量的，他卻在想看不見的東西在運動中會留下軌跡，找到這些軌跡就有了測量的可能性。事實證明他不但是對的，而且他早在一九六〇年代所創造出來的交叉分子束儀器之功能已然超過世界上已經有的何止萬倍。十年之後，學術界一致認為李遠哲的創造已經登峰造極不可超越。但是李遠哲自己卻從來不作如是想，他認為，「所謂的極限也不是不可能被挑戰的」。返回台灣，在原分所，他繼續反覆推敲，同青年科學家一道完成數項研究，創造出光分解產物動能分析儀，以實際的研究成果證實了他多年來的理念，同時將原分所推上國際物理化學界的版圖。

　　李遠哲是一個謙虛、內斂、具有強烈使命感的人。在他獲得諾貝爾化學獎的時候，他表達了對勞倫斯柏克萊國家實驗室的感謝之

情，對實驗室全體同仁的感謝之情。他獲獎的原因是他在一九六七年從設計打造通用型交叉分子束儀器開始，並且在往後的歲月裡使得「看不見」的分子碰撞帶動的化學基元反應能被深入地了解。他在二十年裡的持續努力終獲肯定。但是，李遠哲從來不認為自己的創造是屬於個人的，他追隨居里夫人的理念，科學的研究成果屬於全人類，當為全人類造福。因此，當世界頂尖科學團隊希望能夠了解他的創造時，他免費提供精細的設計圖，給予世界各地的同行們最有力的支援。不僅如此，他也不斷地代表台灣科學界在國際上發聲，「我們要重新建立人類與生物圈之間的緊密關係。人類是自然的一部分。在當今日以相互依存的世界裡若大多數人仍然受難，那麼這個世界就不會是一個安全的所在。」他呼籲科學家們，「要盡力解決全球競爭和全球合作的兩難矛盾」。而他超過一甲子所譜寫出的生命樂章將激勵著一代又一代的思想者堅定自己的人生方向排除萬難奮勇向前。

《李遠哲傳》
作者：藍麗娟
出版者：台北圓神出版社

# 鄉　情

　　當代重要作家黃春明先生出生於台灣宜蘭縣羅東鎮，對宜蘭、羅東這塊土地的感情極深，不僅是小說創作，在詩歌、繪畫、兒童文學、族群問題的研究、地方戲曲的探討等等領域的創造性活動都與土地以及土地上的人們緊密相連。我們看到黃先生的創作，永遠能夠嗅聞到土地的芳香，永遠能夠感受到濃得化不開的鄉情。

　　在接受作家蔡詩萍專訪的時候，黃先生說過這樣一段話，「我在一首龜山島的詩中反映出這種心聲。以前我們到外地是不得已的，坐著火車，龜山島就在我們的右手邊，心裡是很難過的，因此我說，『龜山島那是空氣中的哀愁』；而返家的人，當看見龜山島映入眼簾，就算離家尚遠，也彷彿覺得已經到家了。因此，我覺得人對土地的情感，以及人格形成的時機，應在童年時候著床。如果缺了對土地的愛，人格的成長會受到扭曲。」印證了蔡詩萍的話，「土地應是醞釀黃春明成為一位特殊的小說家的重要關鍵」。

　　針對收錄在《放生》這本小說集裡的作品，文學評論家李瑞騰教授發表過許多鞭辟入裡的評論文章，小說集於一九九九年十月由聯合文學出版，一個月內十刷的勝景出現之時，李瑞騰教授讚嘆道，「這是世紀末台灣文壇的一件大事」。

　　換句話說，台灣的小說文學再一次喚起人的良知，再一次召喚人們面對社會的變遷，面對城鄉之間的問題，面對倫理，面對我們

不能迴避的「老之將至」，以及更深一層的人與土地的關係。歲月倏忽，到了眼下，這些問題遠遠不再只是存在於台灣，而是世界性的大問題。黃春明先生在上個世紀末已經用小說的形式在警醒著世人。

　　〈死去活來〉這一篇寫得非常之動人，將生離死別這等大事以一種詼諧而不失沉痛的筆調來書寫。謝家輩分最高的八十九歲的粉娘，無病無災，只是老了，就像一架鐘，隨時可能停擺。留在家鄉山區的老人家當然希望在家裡被親人們簇擁著走完人生最後一程，唯一的與她同住的小兒子於是電話通告住在四方八地的大家，回來了四十八位親人，基於各式各樣的理由。然而，時辰並未到，老人家沒有像醫生說的走得那麼快，活了下來。遠地回來的人們一哄而散。不到兩個禮拜，又一次電話急招，這次，遠地的人們猶豫了，推託著，回來的人只有十九位。就在確定老人家沒有呼吸沒有脈搏，道士已經開始做功德的時候，生命之火再次點燃，面對後輩們疑惑的眼神，老人家以抱歉的口吻說，「真歹勢，又讓你們白跑一趟。」甚至她以發誓的口吻說，「下一次，下一次，我真的就走了。下一次。」最後三個字幾乎聽不見。黃春明先生這樣作結，「她說了之後，尷尬地在臉上掠過一絲疲憊的笑容就不再說話了。」是啊，她還能說甚麼？千呼萬喚終於蜻蜓點水般回來一下的人們，心不在這裡，不在山上，不在土地上，雖然他們是從這裡走出去的。長輩的「戀棧」、「不肯歸去」帶給了他們「時間與精力的浪費」，老人家覺得抱歉，發誓下一次一定真的走了，不再浪費大家的時間。我們讀到這裡，不禁黯然神傷，從堅硬如鐵的水泥叢林回到青山綠水的家鄉，觸碰一下生養自己的溫暖的土地，真的是浪費了時間嗎？兒孫們能夠同滿心慈愛的老人家再次聚首難道不是一件幸福的事情嗎？

於情於理，老人家都沒有任何的必要感覺抱歉與尷尬啊！然而，小說家用一支犀利的筆告訴我們的卻是不爭的事實。

　　更有甚者，留在家鄉的老人們是如何地盼望著游子歸鄉過節，又是如何地身體力行來促使這短暫的團圓能夠實現，一篇〈售票口〉道盡了其中的荒謬與辛酸。

　　年節即將來臨，雖然是寒冬，留在家鄉的老人家早上四點鐘要到火車站的售票口去排隊為兒孫們買回程車票，要不然，孩子們回台北便沒有座位。茲事體大，儘管寒風刺骨，儘管身上的病痛時時作怪，老人們全然不顧，一定要掙扎著去買這要命的車票。售票口七點半鐘才開門售票，老人們四點鐘就到了，因為若是晚了，大約就買不到票了。若是買不到票，第二天還得再來一趟……。火生伯與火生嬸兩位都是重病纏身的老人，掙扎著要去買票的過程讓讀者們為他們糾著心，生怕他們不慎跌倒面臨更大的危險，果不其然，以送院急救告終。這麼一來，孩子們倒是回來了，但這個「回來」卻絕非老人家所願。他們終究沒能在這個年節同自己的孩子們歡樂相聚。小說家不但細述這個艱難掙扎的具體過程，更以對話的方式揭示出兒孫輩的不願返鄉與老人家的殷切期盼之間的巨大反差。知道自己力有未逮，老人家也在想說詞，「就告訴他們買不到票，要不要回來隨他們的便」。話是這樣說，但是，心裡實在是盼望的啊，於是勉力而行，終於不支。我們不禁要問，並非隔著千山萬水，僅僅是台北與礁溪之間而已，老人家不買或是買不到回程票，台北人便不肯回家鄉看望老人、闔家團圓、過個讓老人歡喜的年節嗎？年輕的人們就不能替老人家想一想，在寒冷的凌晨，老人家出門為自己買車票很可能要付出的是生命的代價。究竟是自己回程可能沒有座

位來得重要，還是老人家的安全比較重要？或者乾脆說白了，沒有回程票便成了不返鄉的一個理由罷了。老人家拚死拚活要去買這回程票也就是不給他們這個藉口罷了。這一層薄薄的窗戶紙捅開了，揭出的問題不只是社會的，更是倫理的。

小說家毫不放鬆繼續深入，讓這個問題成為在寒風中排隊的老人家們共同討論的一個課題。也是讓讀者們深思的一個課題，時代的變遷是問題的緣起而已，如何因應時代才是人們，無論是出外討生活的人們還是留在家鄉的人們都必須要思考的大問題。在人口老化成為普遍現象的二十一世紀，我們更加不能迴避這個越來越巨大的課題。

小說集以《放生》為題，〈放生〉這一篇小說，內容比較複雜，仍然是台灣社會的縮影，依然充滿鄉情。充溢其間的人際之間的愛，人對自然的愛卻強有力地揭櫫了一個真理，或許，這才是救贖。

《放生》
作者：黃春明
出版者：台北聯合文學出版社

# 平心而論

　　上個世紀八〇同九〇年代，有過四年旅居台灣的經驗。那時候，我便對華嚴小說充滿了興趣，從敘事中每每感覺到小說家的襟懷。許多人說，「華嚴是大家閨秀，大門不出，小說寫了一部又一部。」我心想，那很好啊，小說從來不應當是靠「體驗生活」來創造的。我也聽到一些議論，認為閨秀文學盡是身邊瑣事，沒有甚麼價值。心中大為不平，若是紫式部、清少納言、珍・奧斯汀在天堂裡聽到這樣的議論，大概連冷笑一聲都嫌多餘。文壇需要平心而論，而不是隨意說說。

　　終於，我們等到了林黛嫚的《華嚴小說新論》。林黛嫚不是一般的學院派學者，她首先是寫手，散文小說樣樣出色；然後是編者，真正見多識廣；然後才是學者，冷靜、細緻的文學批評不失創作者的熱情。行文毫不晦澀，辯證條理分明；但是，同為小說作者相知相惜的情感卻流淌在字裡行間，為這部學術著作增加了暖意。更重要的是，林黛嫚的論述讓我們看到了小說家華嚴的真性情，極為難能可貴。

　　華嚴（一九二六－）是名門之後，思想家、教育家、翻譯家嚴復的孫女，母系台灣望族板橋林家。從這本《新論》裡，我們知道，嚴復辭世五年之後，華嚴出生。父親嚴琥是一位才學之士，卻因為證件晚到而失去了離開大陸奔赴台灣的機會，那時候，華嚴同母親、

兄姐已經抵達台灣。我在心底大喊，嚴復之子、妻小都在台灣，他在大陸會遭到怎樣的命運是不需要想像的。這樣的離散在華嚴的心中又有著怎樣沉重的份量也是不需要想像的。而更可嘆的是，「若不是她趕在七個學期加上兩個暑假把大學學業完成，便不可能在一九四八年底來台灣；如果華嚴不是因為思念母親，而在不該來的時候跑來，可能就此留在上海出不來了。」說到這裡，林黛嫚打住話頭，讓讀者用心去想。華嚴的苦讀、華嚴對母親的情感都無須再做任何說明，冥冥中就是有著一種力量，助華嚴成為小說家而不是留在暴虐之中慘遭荼毒。

有人也許會說，四〇年代末的離散崩解了成千上萬的家庭。嚴家、林家的命運是成千上萬人的命運。但是，每一個人都是不一樣的，對待命運的態度也是不一樣的。在同樣的時代變遷中，不同的人間悲喜劇上演著，成就著文學的豐富多元。

《新論》在最後附了一篇訪談錄，讓我們看到華嚴的自身說法，「我所寫的每個故事，可以發生在任何地方……」時間、地點的變化並不影響人性的對應，「其中的變化只有時間久了才會感受到」。這是真正的肺腑之言。世事人情便是華嚴洞明的學問。將這學問訴諸小說，它就有了駁不倒的真實性，較之歷史更為貼切，更發人深省。華嚴坦然，「人說寫作的人似蠶，大環境和人群是桑葉，但首先在我腦中的是將近百齡的老母床榻上分分秒秒的歲月。我一向寫作靠冥思，斗室之中自有我接通四方的管道。」為了照顧母親，華嚴犧牲了個人一切的社交生活，「無怨無尤，因為我做了該做的事。反過來，可預見有天會痛悔莫及，那將是極沉重的枷鎖，扣附著我有生的年日時。」大門不出，靠冥思寫作，無怨無悔，坦坦蕩蕩，做

了自己應該做的事情。這不只是人情練達，這是很高的修養，很高的智慧。

《新論》一書詳論華嚴文學創作的時代背景以及當時的文學發展狀況，並將其創作同當時幾位著名女性作家的創作進行橫向的分析比對。從學術研究的角度來講是完全必要的，由此，我們可以看到華嚴小說在文學史上的定位。

於我而言，最要緊的是想知道華嚴在小說創作技法上的各種嘗試。整體的印象是，華嚴是一位極有韌性的小說家，敢於走前人未曾走過的路，而且，她的體會是，「也並不是太難」。看她這樣說，我是很佩服的。所有艱難的跋涉都被輕輕地揭了過去，展示出小說家的寬容、大度與堅持。

從一九六一年《智慧的燈》輝煌登場起，華嚴共創作了十九部長篇小說。而且，自一九八三年起，便開始發表全對話體長篇小說。第一部《神仙眷屬》是真正有別於戲劇文學的對話體小說，連劇本中時間地點人物的簡單交代也無，一開篇便是引號，引號中便是小說人物的話語。讀者必須靜下心來仔細閱讀，了解每一句話是哪一位人物說的，如此才能讀懂整部作品，速讀、一目十行、隨手翻閱，在這裡都派不上用場，讓我大聲地為華嚴女士叫了一聲好。也讓我對出版這部書的皇冠出版社以及後來再出新版的耀昇文化生出敬意。那是上個世紀八〇年代啊，別說是全對話體未曾聽聞，連書信體小說都會遭到質疑。猶記得一篇不到兩萬字的書信體小說在九〇年代曾遭到一位文學博士的質疑，「書信也算小說嗎？」讓我哭笑不得。巴爾札克的《兩個新嫁娘》、杜斯妥也夫斯基的《窮人》豈不是書信體小說的典範嗎？小說幸得見多識廣的小說家主編陳祖彥青睞，

得以順利發表。然則，書信體使用的是書面語言，收信人與寄信人與寫信的日期都清楚；信也可以寫得很長、很委婉、很曲折，大大方便了敘事，較之短兵相接的對話體容易掌握。

全對話體小說要用口語寫作，要在交談中讓讀者聽到聲音，看到交談者的音容笑貌，進一步了解人物的性格、待人接物的態度，以及通過交談揭示出小說情節的複雜推展；甚至作者的見解、哲思也透過口語得到傳達。這就要求作者賦予交談者完全不同的語境，非如此，不能成功。

華嚴成功了，且一而再，再而三，樂此不疲。第三部《兄和弟》與第四部，也是最後一部全對話體小說《出牆紅杏》之間相距六年有餘。這充分表達出小說家華嚴在創作上不肯接受熟極而流，而是步步為營，力爭更上層樓的堅持不懈。這就讓我在心底再次為這位優秀的前輩作家喝采。難怪樂於創新的小說家王文興對華嚴小說讚譽有加。平心而論，這許多的讚譽都是恰如其分的。

《華嚴小說新論》
作者：林黛嫚
出版者：台北國家出版社

# 思緒像鐵軌般閃亮，
## 延伸無盡頭

　　二〇一七年十二月十四日，詩人余光中先生離開了這個紛紛攘攘的世界。十五日清早得到消息，第一時間寫信到中山大學給余夫人我存女士，表達我們的不捨與慰問。上個世紀九〇年代，我們有三年時間駐節高雄，余先生是首屈一指的文曲星，他又是這樣的了解美國，於是我們便有機會在各種文化活動中見面。余先生總是西裝筆挺、和顏悅色、談吐幽默，非常的親和。一次談到俄羅斯文學，他問我，最喜歡誰？我答說，屠格涅夫。他又問，為甚麼？我又答說，因為他文字中飽含的詩意，他的書寫甚至豐富了優美如歌的俄文。余先生微笑，自此，談話中便有了某種默契。新世紀，回台北看書展，看到九歌攤位前讀者們大排長龍，知道余先生有新書發表，便停住腳步在九歌訪書，見到了余先生，向他致意之後，這才帶著他的新書離開。

　　我總是覺得，對一位優秀作家最好的紀念，便是去重溫他的一部著作。余先生的書在我的書架上有長長的一排，我沒有去碰那許多家喻戶曉琅琅上口的詩句，也沒有去翻開他深入淺出的譯著。我打開了一本內容繁富的散文集，余先生狂濤般的思緒竟然像鐵軌一般在眼前閃亮，向遠處延伸，一眼望不到盡頭。這本書，是九歌二〇〇八年出版的新版《望鄉的牧神》。內中匯集的散文都是余先生一九六六到一九六八年的創作，曾在純文學出版了十二版。純文學結

束後，余先生再次修訂並交給九歌出了新版。半個世紀的歲月，重讀這些振聾發聵的文字仍然能夠感覺耳目一新。

　　五十年前，華文世界並沒有所謂的「旅遊文學」氾濫，余先生卻同徐霞客一般以一顆敏銳的詩心、以文學之筆將他在美洲新大陸的旅行經驗、內心的感受寫成五篇激動人心的紀行美文，帶著讀者飛車翻山越嶺穿越沙漠疾駛至海濱，也引領我們抵達美國學生在密西根的家庭農場，體驗普通美國百姓的日常生活，甚至同去狩獵，一道度過萬聖節，體驗美國青年內心單純又複雜的情感。第五篇〈地圖〉寫的卻是回國後面對抽屜裡的地圖們的心情。告別「倜儻的江湖行」、告別「意氣自豪的浪遊熱」，在台北廈門街「恢復了灰城自囚的心境」。然則，在六個榻榻米的空間裡，詩人不僅面對六百字稿紙的無限大，在其上創造他的立體建築；而且，他教學，從年輕學生澄澈的眼睛裡看到自己已然成為一個光源，正在照亮一個個求知若渴的心靈。

　　何以致此，詩人自省，並將自己的人生之旅畫分為三個時期「舊大陸、新大陸、和一個島嶼」。他覺得自己同樣屬於這三種空間、這三種時間，「正如在思想上，他同樣同情鋼筆、毛筆、粉筆。舊大陸是他的母親。島嶼是他的妻。新大陸是他的情人。和情人的約會是纏綿而醉人的，但是那件事註定了不會長久。在新大陸的逍遙遊中，他感到對妻子的責任，對母親深遠的懷念，漸行漸重也漸深。」

　　詩人絲毫沒有離開本行，十九篇評論文章犀利闡述現代文學的成功與失敗、重新認定古典文學的特色與價值。在論述中，我們處處可以看到詩人當時正走在「現代與古典的十字路口，準備為自己的回歸與再出發重繪地圖」。毫無疑問，這樣的討論對書寫者而言是

醍醐灌頂，對讀者而言則是別開生面。

　　一九六六年，何其貼近又何其遙遠！余先生在〈六千個日子裡〉這樣說，「中國的苦難，深深地烙著我的靈魂。立在眼前這場大旋風和大漩渦之中，我企圖撲攫一些不隨幻象俱逝的東西，直到我發現那件東西便是我自己，自己的存在和清醒，而不可能是其他。」詩人對自己的靈魂說，「瘋狂的中國將你刺激成詩篇」。而余先生的清醒是非比尋常的，一九六六年，文革初起，詩人親見神州沉淪、斯文掃地，而有長詩〈敲打樂〉的誕生。直指「中國中國你是一場慚愧的病，纏綿三十八年」。那時詩人正是三十八歲。讀者心領神會，文革劫難源遠流長並非偶然。相較於今日中國，文革這一章正從現代史教科書中退隱，年輕人已不知歷次政治運動究竟為何物，部分海外華文世界不辨黑白一味在灰色中欺人自欺，余先生的清醒又是多麼的可貴。

　　無獨有偶，余先生在〈梁翁傳莎翁〉一文中，盛讚梁實秋先生以三十六年的辛勤勞作全譯《莎士比亞戲劇全集》之超絕常人的毅力、有始有終的精神，以及信達雅兼顧的譯作質量。余先生認為，梁實秋先生是優秀的翻譯家、文字學者、散文家，但是，「對於中國新文學最具重大意義的，是身受英美式自由教育並信奉儒家溫柔敦厚之旨，自由主義的真正批評家梁實秋。」

　　余先生進一步說明，「在三十年代的中國，面對左派文人壓倒性的優勢，梁實秋先生敢以一支獨立的筆，向那些『穿制服的作家們』挑戰並且應戰。在『革命文學』、『普羅文學』氾濫之際，梁實秋獨舉古典精神，再三強調『沉靜地觀察人生，並觀察人生的整體』。在左派文人高呼『階級性』第一的時候，梁實秋指出階級性的偏窄與

人性的普遍。在左派文人高呼文學進化論時，梁實秋卻宣揚文學的永久性。在左派文人叫囂文學大眾化的時候，梁實秋獨憂粗俗的大眾化，只有降低文學而不能提高大眾。」眾所周知，「與人民為敵」的梁實秋先生在中國大陸曾經遭到惡毒的攻擊與詆譭。但是幾乎人手一冊的《英漢－漢英雙解字典》卻在七〇年代末發出了完全不同的聲音。當我們在新世紀面對著又一波的「紅彤彤」、某人的「思想」將寫進黨國政綱，而自由的文學創作再次面臨窒息之時，余先生對於梁實秋先生思想與作為的論述怎能不激勵我們，怎能不引發我們的深思。

　　只有口號的文字不是文學，余先生不但以他的學養為我們做出東西方文學的深度比較，更以他的創作經驗指導寫作者如何在文字上更在境界上、結構上下功夫，更以他的博學深思為讀者們開拓了深邃的視野。

　　啟明星升起的時分，我望向星光下燁燁閃亮無盡頭的文學長河，感念著余先生給我們的永不過時的啟迪。

《望鄉的牧神》
作者：余光中
出版者：台北九歌出版社

# 簡潔之必要

　　現代人寫小說，都明白一個真理，「簡潔是天才的姊妹」。但是，簡潔似乎在遙遠處隱隱閃亮可遇而不可求。一篇小說將某人一生大小事說了個仔細，唯恐讀者不懂，說了再說，不留餘地。我們翻過、讀過只覺得又知道了一個人的故事，或是一些人的故事，這些故事會不會讓我們產生更深一層的思考就很難說了。最好的結果是朋友相聚很八卦地談及某位大家知道的人物遇到了甚麼事，於是剛剛讀過的一個故事便添加了談興，剛看了本小說，裡面說的事情跟這有點近似，也不知是真是假。說過也就算了，大家嘻哈一番丟到了腦後，不再提起。

　　台灣作家林俊穎的小說卻不然，他的簡潔離我們很近，他的簡潔讓我們會心，他的簡潔點燃起讀者的興趣觸類旁通去讀更多的書。這一本《盛夏的事》冷洌逼人，小小的篇幅極為犀利刻劃他要我們去看清楚去面對的世界。

　　第一輯【蜂巢】的二十八篇小說正好是簡潔的範例，具體而微地讓我們直面現代職場的生存狀態。〈解放之日〉談解雇，「借用陳映真《萬商帝君》的諷刺諧音，那昏沉的下午，總『馬內夾』（經理）電召我到他方位採光絕佳的辦公室……正值壯年的總馬內夾是張愛玲形容佟振保的，即便衣服肘彎的皺紋也『皺得像笑紋』，卻不願或不敢抬頭直視我，只說了句：『我覺得你還是不適合。』文明地

取代了『你被解雇了。』」

　　真正是借力打力。陳映真的諷刺諧音有著豐富的情感因素；張愛玲入木三分的人物刻劃，讓我們看到這位總經理的嘴臉。於是，這樣短短的描述不但讓讀者對「被解雇」這一件事情有了清楚的認知，而且汲汲於要完全的了解小說中的「我」在這一回合的交手中的千般思緒。他根本不說甚麼，連「為甚麼」都不問，心底裡冷笑著在這個蜂巢的一個工作隔間裡做了一年，總經理才知道他「不適合」嗎？這樣的詰問引發我們的同仇敵愾。就在這個節骨眼上，小說作者引用了亞瑟‧米勒一九四九年的劇本《推銷員之死》中的一句台詞，表達出的無奈更勝於悲憤。這是一個高潮。

　　小說繼續，「我」喜歡的是「好萊塢電影常見的來去辦公室皆一硬紙箱的簡便無罣礙」，而且深究「人與現代生產組織的關係」，結論是，「生滅的是人，恆在的是位子」。在這個振聾發聵的高潮中，我們與陳映真再次相見，「上班，是一個多大的騙局，一點點可笑的生活保障感折殺多少才人志士啊。」我們剛剛準備點頭同意，「我」卻將上面那句話調換成「造就多少才人志士啊」，在「折殺」與「造就」之間，一個反高潮出現了。我們明白，現代職場不但讓許多人為五斗米折腰，而且讓一些人為了那個恆在的位子，不但有著總經理的嘴臉，更有著總經理的手段，他們理所當然要停留在「生」的一族，而讓事不關己的別人在自己幸災樂禍的壞笑中走上幻滅之途。

　　不給讀者任何的喘息時間，小說推出一個問題，「為甚麼得上班？」尚未提供答案，又追問能夠提出這個問題的人究竟在想些甚麼？一個不願意被困在隔板圈位子上的現代人想到了亨利‧梭羅花了不到二十九元美金在華爾騰湖畔蓋的那所小木屋。而且，梭羅確

實的以一年工作六周來支撐他自由而獨立地從事他個人的志業。毫無疑問，這便是「我」的想望。然而，從十九世紀中葉到現在，世界上並沒有出現很多的梭羅，不是嗎？這一個高潮並非令人氣餒，而是讓讀者面對現實，想一想自己淪為工奴究竟是為了甚麼，是為了生活必需還是為了豪宅名車或更要命的是為了世俗的觀感為了所謂的面子以及可笑的所謂「社會地位」？

　　終於，「我」最後一次搭乘該公司的電梯，走出大樓的時候，又一次讓我們碰到陳映真，這一回是那座《華盛頓大樓》。而且，「我」說，「每個上班族心中都有一座華盛頓大樓」，就像人們常說的，「每個人心中都有一座耶路撒冷」。是我們的想望、是我們為之奮鬥的目標。真的？那麼這條已然脫網的魚是不是一下子跳進了無涯的大海，澈底的自由了呢？沒有，那浩瀚的生氣勃勃的大海讓「我」覺得「有些茫然」，一時之間，大約是舉棋不定了。留下我們回味古老的「葉公好龍」的寓言。

　　除了電影之外，伴隨著迭起的高潮，我們重溫了亨利・米勒的戲劇、梭羅的散文、陳映真張愛玲的小說。反過來說，電影、戲劇、散文與小說都是林俊穎小說的背景音樂，不可或缺。我們始終不知小說人物長甚麼樣子，家世如何，做甚麼工作，為何被解雇，但是他是這樣的真實，他將常常出現在我們的記憶裡，他會常常與我們促膝談心，我們會珍惜他藉〈解放之日〉向我們提出的人生課題，我們也會謝謝他藉著電影、戲劇、小說、散文讓我們重溫陳映真、米勒、梭羅與張愛玲，從他們的書寫中更深切地了解林俊穎小說人物的內心活動。這便是上乘的簡潔了。所有必須說的話都無需贅言，都被豐沛的背景音樂代替了。

　　記得一次茶話會上，有人談及某些文學書寫是很讓人受不了的，小小的心臟承受不了那些文字的撞擊，而且，延伸閱讀也實在是數量太大，沒有時間，沒有時間啊。我聽了就笑了，很誠懇地向他推薦林俊穎的小說，也很簡潔地跟他說，這樣的小說不但有益於他那小小的心臟，也有益於他擴展閱讀的廣度與深度。

　　至於我自己，非常喜歡那許多的畫外音，非常喜歡在林俊穎的小說裡與曹七巧、蘇斯黃、尹雪艷打個照面，同瘂弦的詩句狹路相逢。更多的時候，喜歡被小說家提醒重溫尤金・札米亞金、亞蘭・杜漢、波赫士、榮格、巴爾札克，當然還有孟若、朵麗絲・萊辛，以及史蒂芬・金和納博可夫。重溫堆積如小山的老朋友，再看這一本二百四十三頁的書，所帶來的會心、愉悅就滿滿地溢出了兩千字的書介地盤。

《盛夏的事》
作者：林俊穎
出版者：台北印刻出版社

# 文學史中的壯麗篇章

　　成天忙著滑手機的人們，有誰想到過台灣有著新文學運動，而且在五四運動之後，台灣就有民族主義文學的產生，而「第一個把白話文的真正價值具體地提示到大眾之前的便是懶雲（賴和）的白話文學作品。」

　　本名賴河筆名懶雲的賴和是台灣彰化客家人，出生於一八九四年（光緒二十年）。歷史告訴我們，這一年爆發了中日甲午戰爭，清廷戰敗簽署馬關條約，台灣被割讓給日本。賴和一周歲時，日本以武力登陸並佔領台灣，台灣爆發了大規模的抵抗運動。

　　懸壺濟世的賴和醫生在二十六歲時加入台灣文化協會投身台灣新文化運動反抗日本殖民統治。一九二三年年底以及一九四一年年底兩次被捕入獄，因病重而出獄並於一九四三年病逝，得年只有四十九歲。賴和留下的詩歌、手記、小說全以漢文寫成，深刻揭示日本治下台灣百姓被壓迫、被剝削，被凌辱的命運，控訴日寇的種種暴行，歌頌自由、平等、理性、博愛的普世價值，被譽為台灣新文學之父，對台灣文學的影響深遠而巨大。

　　林瑞明教授不但在成功大學歷史系、文學系授業解惑三十五年而且長期關注台灣文學的歷史與發展，編輯了《賴和漢詩初編》、《賴和手稿、影像集》、《賴和全集》。一九九三年出版的《台灣文學與時代精神——賴和研究論集》則成為研究台灣文學的里程碑得到

國際國內學界高度重視。我們現在看到的是二〇一七年由台北允晨文化出版的新版，文學史中的壯麗篇章，紀錄了賴和這樣一位台灣日治時期最重要的文化人在台灣新文學運動與社會運動中的傑出貢獻，以及他在台灣近代史上的崇高地位。

　　二十一世紀開始了人類歷史一個相當弔詭的時代，高科技的泛濫使得資訊快速而廣泛的流傳，同時泛濫成災的便是浮光掠影、謊言、對歷史的掩蓋、對現實的扭曲。在如此怪誕之中，我們看到這樣一本精益求精的書，以嚴謹的研究、客觀公允的分析還原歷史的真相，讓我們看到在一個劇烈動盪的歷史時段中，賴和這樣一位文化人雖然接受了當時的台灣人所能夠得到的最高等的教育，仍然保持著「我生不幸為俘囚」的強烈的民族意識。更進一步，我們還從這本書了解到這不只是賴和個人的意志與覺醒，而且是台灣社會曾經普遍存在的意識，充分顯示出「台灣不是外來的日本文化所能輕易同化的」事實。

　　除了中原文化的遺澤，賴和在十歲時進入書房學習漢文，每天早晨先到書房早讀然後才去公學校讀日本書。十四歲時進入小逸堂書齋拜黃倬其為師，經過這樣的教育，賴和不但打下了堅實的漢文基礎，而且具備了更為寬廣的文化視野、更加接近了中原文化的傳統。一九〇九至一九一四年間賴和就學於總督府醫學校，已有漢詩明志，如〈登樓〉：「一樓柳色晚晴天，放眼開憑夕照邊。滿路泥濘沒車馬，遠山雨後生雲煙。半江水漲春潮急，萬頃風平麥浪鮮。如此江山竟淪沒，未知此責要誰肩。」

　　就學，學成行醫，且仁心仁術。每天所看顧的患者總在百人以上，一張處方收不到四十錢，因之生活極為簡樸的賴和醫生在身後

留下了大筆債務，卻也因之被民眾譽為「彰化媽祖」。行醫經年閱人無數，也給了賴和無數的素材來成就小說藝術。林瑞明教授更發掘到賴和與世界文學之間的關聯。一九二一年集合了全島菁英的台灣文化協會於台北成立，由蔣渭水推薦賴和醫生擔任理事。同年十一月，法國文學家安那托爾·法朗士因其高貴的文體，深厚的博愛，誘人的魅力，以及法蘭西氣質為特徵的輝煌文學成就而獲得諾貝爾文學獎。四年之後，賴和「以他生活於殖民地台灣的體驗，站在被支配者的立場，寫下了他抗議日本人不義統治的小說，〈一桿『稱仔』〉」，並且在後記中明確指出這篇小說的出現是受到法朗士作品《恐怖事件》的影響，由不忍下筆抵達直抒胸臆的彼岸，因為悲劇會發生在任何受到強權壓迫的國度裡。賴和「使用了批判現實主義的手法」以精簡的小說結構，將一位貧苦農民的處境「冷靜地推展到不堪忍受的地步，產生了爆發性的力量」。其語言，「以中國白話文為主，但同時亦摻雜台灣的日常用語。」據林瑞明教授辨析，賴和言文一致的文學表現方式「才是二〇年代台灣文學創作的主流」。而「張我軍主張屈話就文，並有改造台灣語言（以接近中國白話文）的企圖，就文學發展的實際成果而言，並未獲得普遍的認同。」另外一方面，一九三〇、三一年，黃石輝、郭秋生主張屈文就話，即使用台灣話寫作文學作品以便貼近台灣大眾的心靈。這一主張畢竟要遇上台語的某些語音沒有漢字可以表達的困境。賴和也曾經嘗試，結果並不理想。因之還是他一貫使用的表達方式最為得宜。他先用白話文寫出文章，二稿時，將可以使用台語的部分用台語來改寫，如此幾易其稿，台語並未被改造，文脈雖以白話文為主卻飽含台灣特色。讀者能夠讀得懂又感覺非常親切，遂成為台灣新文學的主流，

並且印證了賴和的文學主張「新文學是新發現的世界，任各有能力的人去自由墾殖，廣闊地開放著，純取世界主義」。

關於賴和文學成就的特色，王詩琅一九三六年的〈賴懶雲論〉有貼切傳神的描述，王詩琅認為，賴和小說集合了夏目漱石的幽默以及被沖淡了的魯迅的辛辣。這種辛辣而不失幽默的格調是賴和作品的特質。對於在台灣的土地上進行文學創作的賴和，王詩琅還有這樣的一個結論，賴和是「一個不能不和我們這樣的時代聯繫起來評論的作家。但丁通過他的《神曲》、歌德通過他的《浮士德》來發抒心中的悲苦，而現代人卻必須藉著對於現實的反映來傾倒自己心中不平的抑憤。」

在全部論述將近尾聲時，林瑞明教授引導我們看到賴和的遺稿，對話體小說〈富戶人的歷史〉。對話體小說出現在二十世紀三〇年代絕對前衛與新潮。看完全篇我們更能夠得到這樣一個結論，既非日本文學的支流，亦非中國文學的亞流；賴和的創作屬於典型的獨樹一幟的台灣文學。

《台灣文學與時代精神：賴和研究論集》
作者：林瑞明
出版者：台北允晨文化

# 借人之智，修善自己

　　二〇一八年十月底，回到台北，早上九點鐘走進復興北路三民書局的大門，直奔右手邊新書區。《兄弟行》三個字簡單、平易、質樸，跳入眼簾，竟然是周氏三兄弟作品的合集。封面設計極為切題，空中大雁自然飛成一個大寫的「人」字。雲霧繚繞之下，三座山峰靜靜屹立，正是南山、玉山、陽山三兄弟、三位博士、三位教授、三位書生的本色。看到這個封面忍不住打開版權頁對美術設計林易儒表達我的敬意。

　　看我捧著書呆立不動，正在排放書籍的小弟很親切地跟我說，「這本書在排行榜上好幾週，很受讀者歡迎。」我也很親切地跟他說，「讀好書能夠借人之智，修善自己。這本書正能夠擔此重責大任。」小弟聽了，笑得很開心。

　　拎著沉重的書袋返回旅館，馬上抽出書來，對寫序的先生們碎碎念著抱歉，對南山先生道了一聲歉，直奔玉山的文章，玉山是老朋友，每次見面聊天見解相近十分的投緣。沒有想到，一組三十一篇內涵無比豐富的文章起首竟然是〈父親的書桌〉與〈母親的淚〉。看到題目，我呆住了。「書生不忘報國」是玉山這位謙謙君子最貼切的寫照，天下事、國事、國計民生他最是關心，必要侃侃而談且談個澈底。然而，他的椎心之痛卻在此時此刻攤放在我的面前。多年來將周世輔教授的鴻文巨製看作教科書正襟危坐認真研讀，卻沒有

想到，這位大學者沒有一張書桌，從來沒有。

　　遷台之前也就罷了，荼毒中、戰亂中哪裡放得平一張書桌？遷台初期大家都不容易，也還勉強說得過去。但是，做了一輩子學問，寫了四十部書外加一千篇文章的周老教授，一直寫到呼吸停止的周老教授卻沒有過一張書桌。五個孩子各據桌子寫功課，做父親的便以茶几一角、床沿一角、餐桌一角寫作，「島上家家興旺的此刻，父親仍停留在一九五〇年代的生活水準，奮筆於接漏的臉盆之側，寸鐵在握，寸陰是競，成為人子愧疚的焦點。」讀到這裡，心痛到淚流滿面。寫作是苦人的苦差事，自古皆然。但是那微薄的薪資、稿酬、版稅都去了哪裡？全部投入了五個孩子的教育。在富裕的寶島，果真罕見。就是在富得流油的美國，喝著雞尾酒無所事事的父母身側常常是背著沉重學貸努力上進的青年，更是屢見不鮮。

　　周老教授畢竟是幸運的，有親人想方設法幫助他完成未竟之作，在他往生之後五年得以順利出版。有玉山這樣的兒子說出令他欣慰的話，「父親以苦修力行治生，以樂天安命養性，進退有節，行己有恥，不愧於《詩經》所說的屋漏，現實生活的驟雨於他何有哉？」世輔教授沒有書桌，「卻在不經意中立下一個典範」，讓玉山仰望，也讓我們仰望，「如見煦煦的春陽」。

　　周老教授的夫人關淑卿女士我是見過的，我們同坐在車子的後座。夫人年過八十，坐姿挺直、端莊、優雅，面容美麗至極，眼神慈祥溫柔，說出話來更是面面俱到滴水不漏。玉山坐在前座，回身與母親輕聲說話，兩位漂亮極了的人物問答默契，組成世上最為靜好的畫面。車子送我到旅館之後緩緩離開，隔著車窗玻璃，我還看到夫人唇邊溫暖的微笑。然而，玉山卻在文章中告訴我們，他小時

候曾經怎樣地傷過母親的心，怎樣地「離家出走」，母親怎樣地哭著，「一路呼喚，尋覓而來」。家境艱難，母親以她的大愛以她一生的全部力量維護著這個家，維護著她的五個子女，想念著因病早夭的大兒子。「母親九十三歲的一生，成就了家人的精彩，自己幾乎無名，而且完全無利，這樣的情懷，何等聖潔，也堪稱精彩絕倫了。」玉山這樣告訴我們，我只是撫摸著「一路呼喚，尋覓而來」這八個字，淚眼模糊中再次看到那個美麗且溫暖的微笑。

　　周南山教授是土木工程專家，懷念雙親的文字別有天地。「步步為戒，生生不息」，這種順天應人的哲學觀來自周世輔教授的教導，也成為南山先生的人生觀。二○一八年二月七日刊登於《聯合報》的大文〈棄新用舊　何不重啟核四？〉真正擲地有聲。看到題目，已經心痛不已，二○一八年七月，台灣將八十束燃料棒送回美國，不但價格高昂而且等於宣布核四結束，引發國際社會震驚。要知道核四一號機早已準備妥當了啊，因此我們可以說，今天台灣電力不足完全不是核電的錯而是政治干擾使然。南山先生的文章從科學的角度說明日本福島因海嘯造成的核災不可能在台灣發生的原因是台灣核電廠之高程為海拔十二點五公尺，而台灣因為地理環境的關係，即便發生海嘯浪高也不會超過兩公尺。台灣缺乏資源，南山進一步說明風力、太陽能、天然氣、水力以及其他正在世界各國研發中的再生能源都不能在台灣成事的原因，有理有據。《聯合報》是大報，南山先生是科學家，如此誠摯的建言沒有被執政者採納，是台灣的不幸。但是，三民書局出版的這本書卻將這篇文章收了進來，讓台灣以及世界的華文讀者讀到之後認真思索台灣的現實與將來。

　　周陽山教授是政治學者，在西方學涯中體悟到父親所代表的人

文精神，實有其永恆意義，體悟到母親的學養與信仰實是家人無上的福佑。陽山先生的文章理性與感性兼顧，涉及的領域寬廣，傳統的式微與復興、多樣的人性面貌、思想者的繼往開來、蘇聯解體後的東歐現狀都在關懷之列。一篇〈交河故城〉讓我浮想連翩。一九六七到一九七六年，我在南疆巴楚九年。回北京探親四次，每次從巴楚抵達交河故城附近的吐魯番，感覺上路已經走了一半，等到了西安，那簡直就是到了家門口了。那時候，早已不是伊斯蘭順其自然取代佛教而是無神論強力掃蕩所有的信仰，是野蠻絞殺文明。世人皆知，到了二〇一九年的今天，這絞殺已經演變成維吾爾種族與文化的被滅絕。整個新疆真正成了令人斷腸之地。

　　一篇又一篇，再次重溫三兄弟的美文，感動、感慨兼而有之，學到很多。

　　將這本精彩之書放上書架之時，我取下了兩本大書，同是三民書局的出版品。周世輔先生的《中國哲學史》、《周世輔回憶錄》。在這大雪封門的日子裡，溫故而知新，得到學習。

《兄弟行》
作者：周南山、周玉山、周陽山
出版者：台北三民書局

# 當張啟疆遇到了施耐庵

　　朋友在我的書房裡遊走，時不時大呼小叫。我正在把有關文藝復興的大部頭書籍搬到書房外側的陽光屋，一本又一本疊放在書架上，準備開始下一個工程。忽然之間聽到了窗外鳥兒們的吟唱，這才驚覺，我的這位朋友已經安靜了好一會兒了。

　　我的辭典閱讀架上，攤放著兩本書，瞄到這兩本書的內容，雖然只有短短數行，還是明白了朋友把它們放在一起的原因。

　　「這是可能的嗎？兩本《水滸傳》……」朋友不停地把眼鏡推到鼻樑上去。

　　「為甚麼不可能？」

　　她舉起淺藍色封面的這一本，小心翼翼地說，「不是改編吧？封面上可是說，『張啟疆著』呢。《水滸傳》的作者是施耐庵，我們上小學的時候就知道了。」

　　此《水滸傳》非彼《水滸傳》，雖然書名一字不差。出版社三民書局將其列為【新新古典】系列，大有深意呢。兩個新字表示出小說家張啟疆的這本書不只在觀念上大異其趣，而且在技法上更是新鮮別緻。

　　朋友終於讓步，由「改編」退讓到「改寫」。眾所周知，小說改編成電影，多數不大討好；由畫作生發出的樂曲卻多數叫好叫座；由小說名篇衍生出新的小說，又常常發生在推理小說的範圍內。原

本由口口流傳而彙集、撰寫成一本大書的「造反」傳奇，現如今被「反造」成一本具有開闊視野、全新史觀，以現代小說技法塑造成的藝術品，自然成其為原創，不是「改寫」能夠竟全功的。

那麼，讀這本新新古典之前，是不是一定要熟悉那本古典文學呢？換句話說，若是不讀施耐庵，就讀不懂雲裡霧裡的張啟疆吧？朋友反守為攻。

幸好，我不僅讀了整本書，讀了作者的獨白，也讀了南山先生鞭辟入裡的分析，便好整以暇地回答，這是一個充滿文學性的基因改造工程，一場極具挑戰性的成功的文學實驗。離開施耐庵的古典文學，張啟疆的現代藝術依然好看，完全可以獨立存在。看了新書回頭重溫古典，別有一番滋味。先看古典再看現代人的書寫會帶來全然不同的心境，由於時代的變遷，以這樣的順序讀起來很可能更加會心。總而言之，無論在何種情形之下，當張啟疆遇到了施耐庵，天雷勾動地火，都會帶來全新的悅讀經驗。

我自己最先是被張啟疆節奏明快一氣呵成的說故事技巧所感動。被逼上梁山的林沖是一百零八條好漢中「唯一的苦主兒」。張啟疆安排林沖第一個出場，一亮相就得了滿堂采。林沖不但被奸人設計陷害，充軍流放仍然不能解決問題，非要取他性命不可。於是師兄魯智深登場，大鬧野豬林，救下林沖。熟讀古典小說的讀者會覺得有點不習慣，覺得魯智深挺身相救在後，而兩位相識在前。毫無徵兆地，不但有魯智深，還有柴進，在情節的演進中扮演重要腳色，終於將身敗名裂、家毀人亡、鐵錚錚的漢子林沖送上了唯一的一條活路，梁山。〈卷首語〉、〈卷中語〉以極具特色的人物閒談點出了「畫外音」，埋下了草蛇灰線。現代小說的插敘倒敘與電影的蒙太奇

技法強化了情節推進的節奏。

　　張啟疆喜愛的人物不但有天雄星豹子頭林沖，還有天殺星黑旋風李逵。說到李逵，讀過或聽過梁山泊傳奇的人們大概都會喜歡他。如此耿直、忠誠、義薄雲天的猛將，所作所為驚天動地，讓說書人亮開了嗓門，讓讀書人拍案不止。然而，熱情洋溢淋漓盡致的描摹卻出現在張啟疆的書寫裡。江州劫法場的段子在短短十一頁的第五章〈黑旋風李逵〉做為結尾〈情義相挺〉的內容，「江州法場上，一尊鐵塔似的黑大漢手持板斧，大吼一聲，從二樓茶坊凌空躍下，衝散人群，手起斧落，先將兩名劊子手砍倒，再惡狠狠殺向知府蔡九，連珠炮似地罵道：『你這天殺狗養雞槌鳥蛋臭婊子，吃了熊心豹膽狗狼心驢肝肺，竟敢斬我大哥——』」這位大哥即是天魁星及時雨宋江。張啟疆在這裡吊足了讀者胃口，猛地煞車，用兩頁〈卷中語六〉作了轉折，引出第六章〈大宋王朝的江山〉把宋江的名字嵌在了標題裡。在這一章第十四節才把挺身救人的李逵劫法場的赫赫神威同宋江的瞻前顧後做出了對比，彰顯了作者張啟疆的好惡，呼應了作者在自序中所明言，宋江的盤算與步調，為了個人的仕途而犧牲了一路相挺的梁山夥伴，「不思鵬飛萬里，只想與虎謀皮」。

　　全書下半部，不再用〈卷中語〉旁敲側擊，改用〈驚夢〉連連，虛實相間，直接地指出這一段悲壯歷史的無奈與蒼涼。夢是好東西，可以是神話、可以是心境、可以是預言、可以是喟嘆，非常的貼近人物的心理活動以及作者要告訴我們的意念。正如張啟疆在獨白中所說，梁山眾星殞落的實在情形是無論梁山好漢們的戰功何等輝煌，「梁山鴿派」宋江、吳用一直在「打著反旗幟子，營造對自己有利的形勢。」具體來說就是「反貪官不反皇帝，反冤屈不反仕途。當

宋徽宗向梁山好漢『招』手，三十六天罡、七十二地煞，只好各『安』天命。」以今日之我對付昨日之我，或戰死、或病殁、或被毒殺、或自縊、或出家，「一步一印，一章一回，走向早已譜寫好的悲壯結局。」

有沒有反對的聲音？當然有，將聚義廳變作了忠義堂，一些人是十分看不上的。宋江不斷搬演的化敵為己所用的偽善活劇，吳用的奸臣嘴臉，一再地被張啟彊昭示。下部第六章（下）〈四方開戰〉中，遵皇命前來進剿的大軍中，有一位後軍催督彭玘，落到了梁山好漢手裡，宋江喝退眾人為其鬆綁扶上賓座納頭便拜。甚至告罪說，「某等無處容身，暫佔水泊，權且避難，今負罪交鋒，誤犯虎威，敢乞恕罪。」一旁的林沖聽得頭昏眼花，未驗先證的預見之兆似曾相識。宋江進一步擁抱彭玘，對宋王朝猛表忠心。看林沖的臉色不善，李逵口中的狗頭軍師吳用這般說，「降敵須降心，通權達變，方能成就霸業。」真的？當然只是權謀的另外一面而已。

還是李逵說得對，「你們這些壞東西，」過河拆橋、忘恩負義。

還是南山先生透澈，「讀《三國》掉淚，是在為古人擔憂；觀《水滸》憂心，是在為今人掉淚。昏亂世道，同樣擁有選擇權的你我，該當如何？」

只聽鳥歌蟬鳴，我同朋友手捧兩本大書陷入沉思，頓時無話。

《水滸傳》
作者：張啟彊
出版者：台北三民書局

第二章

# 吸取歷史的養分

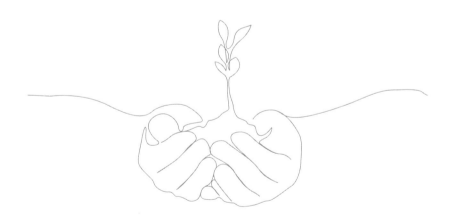

# 追根尋源

　　多年來，一向喜歡大陸作家李銳的小說，喜歡他嚴謹的創作態度，喜歡他所使用的優美、流暢、動人的語境，喜歡他對歷史真相的無窮探究，也喜歡他對複雜人性深刻而多面的刻畫。李銳特立獨行，在二〇〇三年十月主動辭去山西作協副主席的職務，同時退出中國作家協會，放棄中國作協會員資格，成為一位真正的自由作家，也成為最受尊敬的中國作家。因其文學成就，二〇〇四年三月獲得法國政府頒發的「法蘭西藝術與文學騎士勳章」。二〇〇七年十二月獲得香港公開大學授予文學榮譽博士學位。

　　二十世紀末、二十一世紀初的中國在「現代化」的道路上似乎走得昂然，與此同時，貪腐現象驚人，環境汙染，自然生態遭受到前所未有的巨大破壞，更驚人的便是世道人心的改變。

　　面對巨變，追根尋源，李銳跨越改革開放，跨越文革浩劫，跨越四九年之後的無數政治運動，跨越民國與抗戰，直面清朝末年，在中國「現代化」的源頭上，東西方文化與宗教的激烈衝撞。一九〇〇年的義和團事件——近代中國面向世界最狂亂、最屈辱的一刻，成為李銳長篇小說《張馬丁的第八天》的歷史焦點。李銳認為，由此而生的巨大創傷正是中國現代經驗的起源，如果不能直面這一巨大的創傷，現代人便無從思考百年來從救亡到啟蒙的真正意義。

　　金髮碧眼的孤兒喬萬尼・馬丁是義大利北方小城瓦拉洛修道院

一名年輕的修士，自願長年赤腳站在石板地上虔誠抄寫《聖經》，因為凍傷，雙腳皮破血流傷痕累累。在中國傳教十五年之後，方濟各會教士萊高維諾主教回到義大利，到瓦拉洛去挑選一位堅定的修士作自己的助手，見到喬萬尼大為驚詫，連問這孩子為什麼要這樣自苦？喬萬尼回答，「這樣，我就可以離主更近一點。」深受感動的主教帶走了喬萬尼， 給了他一個合適在中國使用的新的名字 「張馬丁」，也給了這個孩子深厚的父愛。漂洋過海，張馬丁跟隨主教來到華北，成為天母河教區天石鎮天主堂的張執事。

兩千年來，天母河流域的民間信仰是崇拜煉石補天、摶土造人的女媧。天母河中心的巨大石塊週遭泥沙淤積成為天石村，據說是女媧留下的這塊天石之上則矗立著一座石砌的娘娘廟，成為這民間信仰的圖騰。天石村上村的男女老少也就成為這民間信仰最為忠實的信眾。

對於萊高維諾主教而言，他最大的願望就是鏟除這民間信仰，在那巨大的石塊之上建立起一座美輪美奐的天主堂，讓生活在天母河流域的人們成為主的信眾。為了實現這一願望，主教不惜犧牲自己，甚至決心要埋骨此地，今生今世再也不返回故鄉義大利。

苦旱之年，民不聊生。天主堂設粥棚大規模賑災，娘娘廟裡民眾求雨的香火不斷。天上仍然沒有半點下雨的意思，女媧的信眾們舉行 「惡祈」，血跡斑斑的隊伍走鄉串鎮，積蓄著痛苦也積蓄著仇恨。死亡的絕望無處發洩，人們的怨毒如同怒火般飆向洋教、飆向天主堂。惡祈的農民並不知道，這一天是聖母升天節，主教正在天主堂裡主持瞻禮彌撒，對於聖母崇拜特別上心的四周鄉鎮的教民們亦紛紛趕到天母鎮來望彌撒，將天主堂圍得水洩不通。

　　在炎炎烈日的燒烤之下，絕望的惡祈隊伍與四鄉的農民、逃荒的飢餓的人群在與團團圍住天主堂教民的對峙中，瘋狂喊殺，「天不睜眼，生靈塗炭！天無哀心，民無貢獻！蒼天殺人，百姓殺神！」

　　就在地動山搖的喊殺聲中，主教走出了天主堂，走進了這一場風暴的中心。農民手中的土塊、石塊紛紛飛向主教。此時此刻，張馬丁飛身擋在主教身前，被飛石擊中，被人們踩在腳下，血流如注，死了過去。張馬丁的以身殉教揭開了這本小說驚心動魄的序幕。

　　如果，就這樣平靜的死去，喬萬尼會感覺十分地幸福。然而，悲劇這才開始。非常愛護喬萬尼的瑪利亞修女趕著為他縫一件神父袍，於是晚兩天下葬。就在這段時間裡，本來只是昏死過去的張馬丁甦醒了過來。與此同時，官府卻已經將天石村迎神會會首張天賜當作殺人兇手斬首示眾。張馬丁沒有真正死去，為他償命的張天賜卻已然冤死。這樣一個事件在義和團、紅槍會、白蓮教、大刀會風起雲湧的關口，如同一滴冷水濺到了滾沸的油鍋裡。由於理念相左，誠實、善良、堅守教義的喬萬尼離開了教會，他隻身前往天石村，不惜赴湯蹈火，希望以真相平息勢如水火的兩派人馬的仇恨。然而，他被劫掠幾乎凍死，救活他的竟然是張天賜的寡妻張王氏。這第二次的死亡更加不堪。張馬丁最終以敗血症平靜離開人世。當紅槍會會眾在新軍士兵、張天賜之弟張天保以洋槍攻破天主堂的防衛之後，天主堂被搗毀，曾經與喬萬尼情同父子的主教被綁在十字架上活活燒死。

　　大旱之後豪雨不止。在洪水滔天之際，以石頭砌成的娘娘廟，卻如同一艘石舟，救助了無家可歸的人群，以及家畜們。

　　慘烈的激烈衝突之中，哈利路亞和娘娘保佑的呼喊此起彼伏，

復活的神蹟與輪迴轉世糾纏不清，求死不得的絕望與刻意復仇的激越難解難分，成為這個特定的時代無法界定的渾沌。愛的力量在這渾沌之中卻是如此薄弱、如此虛妄、幾近荒謬。

文學批評家王德威教授評點說，作者讓筆下人物遭遇巧合、承受痛苦，卻不施予簡單的救贖承諾、道德教訓。在宗教願景與意識形態不能企及之處，由小說補足。

「李銳追求的是任何人自己成全自己的可能性。小說家就像殉道者，為（自己的）信仰鞠躬盡瘁；小說家也像造物者，無中生有，起死回生。」王德威教授如是說。

我們正可以從閱讀《無風之樹》、《銀城故事》、《寂靜的高緯度》、《紅房子》、《萬里無雲》、《太平風物》到《張馬丁的第八天》，一路探究小說家李銳追根尋源的書寫蹤跡。

《張馬丁的第八天》
作者：李銳
出版者：台北麥田出版社

# 淡紫色的詩

　　老舍先生在二十世紀五十年代就當眾說過，在北京的作家中，今後有兩個人也許可能寫出一點東西，一個是汪曾祺，一個是林斤瀾。多少年的風風雨雨過去了，果真如此，汪曾祺與林斤瀾成為北京文壇雙璧，談到北京作家，人們首先想到的就是他們兩位。

　　汪曾祺與林斤瀾是至交，惺惺相惜。汪先生曾經撰文評介林先生的矮凳橋系列小說，「林斤瀾寫人，已經超越了『性格』。他不大寫一般意義上的，外部的性格。他甚至連人的外貌都寫得很少，幾筆。他寫的是人的內在的東西……。得其精而遺其粗。他不是寫人，寫的是一首一首的詩。樸素無華的，淡紫色的詩。」

　　眾所周知，在那塊土地上，為文必得「配合」政治，幾乎是鐵律。直到二十一世紀的今天，依然禁區重重，寫手們並不能自由揮灑。這些淡紫色的詩，來自何處？

　　林斤瀾的九妹林抗一九五七年「獲罪」，與丈夫一道下放浙江溫州雙溪村。當時尚未出生的程紹國卻「因禍得福」，在少年時代便成了他們的學生。一九七九年，在闊別三十年以後，林斤瀾還鄉探望親人，程紹國得以與他結識。兩人投緣，友情未曾中斷。許多只是在笑談中提到過的人與事，在二十多年之後如同一罈罈的老酒散發出百般滋味，被寫了下來。於是，我們有了機會從字裡行間找尋答案。

　　一九四〇年的秋天，當時身在重慶的十七歲的林斤瀾本來想要
投奔延安，沒有成功，便寫信向遠在新疆的茅盾求救。茅盾馬上回
信，建議他「就近入學」，署名沈雁冰。有了這樣的一封信，林斤瀾
下定決心留在重慶，考進國立社會教育學院，於是，他做了梁實秋、
鄭君里、焦菊隱、張俊祥、史東山、許幸之、戴愛蓮、葉淺予諸君
的學生。有這樣的教習，青年林斤瀾的藝術視野會有怎樣的開拓與
發展，我們不難想像。

　　對於四九年以後的茅盾，林先生感情複雜。五十年代「反胡
風」，茅盾雖然積極參與，但與周揚等人的凶悍完全不同，似乎這也
就註定了茅盾不可能青雲直上。文革一起，本來是左翼作家招牌書
的《子夜》馬上下架，原因竟然是「黃色」！

　　在一九六四年以前。林先生小說年年被評選為年度優秀小說，
茅盾便有信來，頻頻指出這些小說的缺失。林先生感激著這些信件，
原因有二，一是聽到不同意見有益於寫作的改進，二是明白茅盾生
怕林斤瀾少年得志飄飄然起來容易出「問題」。

　　這是有蹤跡可循的。一九五六年「鳴放」中，青年作家劉紹棠
坦然指出，〈延安文藝座談會講話〉並非放之四海而皆準的真理，因
其具有時間性（延安的環境）、年代性（抗戰時期），以及時代性（內
戰時期）。換句話說，離開了當時當地的各種條件，這「講話」不應
當成為唯一的文藝方針。這話在我們今天看來當然沒有錯。但是在
一九五七年的風暴中，劉紹棠在中國作家協會遭到嚴厲的批判。茅
盾在這個關鍵時刻，盡一切可能保護劉紹棠，他說，「你劉紹棠少年
得意，說出這樣的話來，你是無知」。「無知」，而非「反動」，那是
希望能夠藉此保護劉紹棠過關。然則，事情並沒有照著這個路子發

展，劉紹棠終究獲罪，吃足了苦頭，那是後話，與茅盾無關。茅盾終其一生關心一代又一代的作家、盡力保護中國文學的命脈，是林先生念念不忘的。

但是，道德的高尚並不等於文學觀念的高遠。茅盾對於文學現象偏見極深，比方說對於沈從文作品的輕蔑、對於早逝的蕭紅的否定。這一切都引發林先生的「不能同意」。

按照朱自清先生的看法，茅盾的文學觀念是推崇「人生的文學與寫實的文學」。茅盾曾經說過，「偉大的作家不但是一個藝術家，而且同時是思想家——在現代，並且同時是不倦的戰士……」他的作品雖然有著氣度、氣勢、氣魄，但是，作品的藝術性終究還是被過於強烈的觀念性文字沖淡了。因此，林斤瀾明確表示，茅盾的文學理念還是「主題先行」。也就是說，終究是與政治「配合」的，是為政治「服務」的。林先生不但不能同意，他還必須要走出自己的路來。

如此，按照程紹國的看法，林斤瀾離茅盾遠，與老舍身近，與沈從文心近。

雖然如此，評家仍然看出了端倪，李陀曾經這樣提到林斤瀾的寫作，「林斤瀾是汪曾祺的摯友，也是酒友和文友。這兩個人湊在一起，他們身邊的氣氛會有一些變化，如清風徐來。但是林斤瀾的寫作與汪曾祺全然不同，全走生澀險怪的路子，尤其是語言，似乎專以破壞常軌語法和修辭為樂。有一種『冷露滴夢破，峭風梳骨寒』的峻峭作風，這在現代漢語寫作中是相當少見的。」熟讀汪曾祺作品的讀者都會感覺到，字裡行間有著沈從文的溫厚與契訶夫的寬容，林先生的文字總是會讓我們想到古靈精怪的喬哀斯，特色鮮明、個

性強烈，看不出師承。

　　那麼，清風徐來並不會釀出那許多與眾不同、淡紫色的詩。它們畢竟是來自險山惡水的現代中國。從那一罈罈的老酒中，我們看到了歷次政治運動的刀光劍影。看到了在那樣險峻的生態環境裡，文學現象的奇詭、慘烈。就在這令人驚心的刀口浪尖上，我們看到了一個身影，遠看像趙丹，近看像孫道臨，笑口常開、聲如洪鐘，卻心思細密、榮辱不驚的一個中國傳統意義上的「士」。

　　這不是林斤瀾一個人的舞台，更不是他與汪曾祺的對口相聲。這是一部生動鮮活的中國現代文學的文壇外史，聲名赫赫者除了上述幾位以外，尚有巴金、夏衍、秦兆陽、冰心、曹禺、張光年、馮牧、林默涵、邵燕祥、端木蕻良、唐湜、蕭軍、蕭乾、沙汀、艾蕪諸君。葉聖陶、葉至誠、葉兆言這樣的文學世家不會缺席。郭小川、方之、高曉聲、宗白華、陸文夫、鄧友梅、劉心武、王蒙、梁曉聲、張一弓、賈平凹、余華、劉恆、蔣子龍等等風雲人物也沒有缺席。程德培、黃子平、朱大可等評論家均在座。而楊沫、田家、浩然、草明這些備受爭議的人物也都被一一提到……。

《林斤瀾說》
作者：程紹國
出版者：北京人民文學出版社

# 知新與溫故

　　時代不同，讀書的方法也在不斷的改變中，並非只是由紙本書向電子書傾斜，即便是閱讀紙本書，有的時候，我們也會改變自己多年來的閱讀習慣，顛倒閱讀順序。這是一個非常有趣的現象，與作者的書寫密切相關，也與編者的意念有關係。

　　劉震雲的中篇小說選《溫故一九四二》是在二○一三年的四月由台北九歌出版社出版的。劉震雲的作品集九歌已經出了六部，其中大部分創作於新世紀。我手上這一本，排行第七，收錄的四個中篇，創作年份從一九八九到一九九三，都是劉震雲的早期作品。成名作家的早期作品所包含的內容通常除了文本之外還有著問世經歷之類的幕後故事，後者與前者一樣的引人注目。有著特別國情的中國大陸對文學一向有著「警惕之心」，生怕這些白紙黑字會動搖國本，於是，一本書的出版緣起與經過就特別的有意思，透露出許多含意深長的訊息。

　　不同於前面的六本，這一本封面墨色濃郁，顯出沉重、哀慟與荒涼。在四個中篇裡面，選擇〈溫故一九四二〉的篇名作為書名，這自然是編者的格外用心。《一九四二》已經拍成電影，這是大家都知道的。於是我們一看封面便知電影的前身就在書中，一步掉進編者的網羅。翻開書來，竟然是馮小剛細說從頭，講了一個長度有十九年的故事，故事裡的三個人是王朔、馮小剛與劉震雲。將王朔排

在第一位是有原因的，不但是他將劉震雲的小說交給了電影導演馮小剛，將其定性為「調查體」小說，在後來的關鍵時刻，也是他出主意解決經費問題給電影催生。不喜歡看序文，不願意序文左右自己閱讀的讀者，在這篇故事面前不知不覺就掉了進去，一直看到了底。到了這個時候，無論其他幾個中篇是什麼內容，都不必再考慮了，讀者已經捧著書，走向了收銀台，義無反顧。

〈溫故一九四二〉誕生於一九九三年，記敘四二年河南大旱之後緊跟著蝗災，爆發大饑餓，餓亡人數三百萬，向中國西部逃荒的人數少說也有數十萬，這樣巨大的災變引發國際國內高度關注的過往。馮小剛認為劉震雲的小說「寫的是民族，寫的是民族的命運」，不但自己大受震動，並且希望將小說搬上大銀幕。劉震雲沒有馬上答應，直到千禧年才鄭重地將小說交給馮小剛。項目正式啟動是兩年之後，論證會上專家們推翻了這個計畫，因為這本小說「沒有故事，沒有人物，沒有情節」。劉、馮二人決定走一條笨路，試探各種方向，將不可能的事情做成功了它。

數月時間，馮、劉二人帶著四位同行行萬里路，見到了一切拍片所需。劉震雲花了半年時間將小說改編成電影劇本，很快被上面駁回。理由是「調子太灰、災民醜陋、反映人性惡、消極」。

二〇〇四年電影界小陽春，舊話重提。馮小剛帶隊尋找外景地，收穫極豐。劉震雲數易其稿，力求完善。資金也有了下落。拍片之事仍然被駁回，理由還是一樣，上頭還規勸他們去寫些拍些「正面的、光明的、積極的故事」。《一九四二》這個苦孩子依舊不准誕生！

到了二〇一一年，「堅定不移走資本主義道路」賺了大把銀子的王朔和馮小剛再度奮起，劉震雲也完全沒有放棄。王朔仗義，讓兩

位在資金方面放心。經過多方斡旋，終於，電影局在設立了一堆條條框框以後允許開鏡。經過數月艱苦拍攝，再經過數月後期製作。二○一二年電影上映，距離劉震雲完成他的小說，整整地經過了十九年的曲曲折折。

　　看完了這個故事，緊跟著也看完了這篇小說。我的心裡有一種悵然若失的感覺，很想一探究竟的便是小說家劉震雲大費周章所為何來。據文學評論家程德培先生所說，「敘述語流的繁複與過剩，眾聲喧嘩是如何被解約，而敘事的直白又是如何有一種自身的豐富性，這些都是劉震雲創造虛擬世界的方法。」在〈溫故一九四二〉，劉震雲的著眼點並非「虛擬」，而在於從紛擾的政治顛覆中還原部分歷史的真實。這個時候，我將視線投向另外三個中篇，〈新聞〉、〈官人〉、〈官場〉。特定的官場文化造就這樣的一些官人。在這樣的官人與官場文化的催生下，才會出現匪夷所思的「新聞」。猛然間，編者的用心清楚呈現。雖然時間跨越了半個世紀，在一九九二與一九四二之間卻有著某種深層的連續、進一步的比較與借鏡，知新與溫故勢必逆向相輔相成。於是，我一反多年的閱讀習慣，從最後一篇〈官場〉讀起，最後重回〈溫故一九四二〉，一切便都有了合理的解釋。

　　〈官場〉寫的是中國某省縣委、地委、省委之間的關係以及由這錯綜複雜的關係形成的官場文化。文字一如程德培先生所說，直白的敘事有力地表現出豐富多樣的特色。整體說來，「朝中有人好做官」，這樣一句老話顯示出它在當今中國仍然是非常的實在，非常的具體，絲毫沒有過時。同時，一朝為官，就必得為個人與小集團謀利益，因為利益是會隨著退出官場而驟然消失的。那怕幾條活魚、看病用車之類這樣極小的「好處」也是會消失的。官場如同泥沼，

陷進去絕不輕鬆，拔出腳來，卻又「失去太多」，真正是半點不由人。〈官人〉具體而微寫國家機關的一個局，這個局的職責是什麼，負責哪方面的工作，我們全然不知。看到的只是一票官人為了留下來為了更上一層樓怎樣地機關算盡，怎樣地拉黨結派，怎樣地爾虞我詐，怎樣地落井下石，以及怎樣地過河拆橋。如此，〈新聞〉「芝麻變西瓜」、「毛驢變馬」的荒謬便一本正經、順理成章。

慢著，我們從這荒謬中赫然看到了一道溝壑，在一九九二與一九四二之間還有自一九五八到一九六二的大饑饉，正是從「畝產萬斤」的荒謬起始，達到千萬餓亡人數的結果。然則，六十年代初沒有了四十年代初《紐約時報》記者白修德的跟蹤報導，也沒有了來自國內外的各種奧援，中國的老百姓所擁有的只是無聲的絕望。

這是電影與小說，知新與溫故給我們帶來的啟示與震撼，我們感謝彼岸小說家與電影人的不懈努力，也感謝此岸出版人的睿智與用心。

《溫故一九四二：劉震雲中篇小說選》
作者：劉震雲
出版者：台北九歌出版社

# 無關緊要的一年

　　據歷史學家黃仁宇先生說，一五八七年是風平浪靜的一年，乏善可陳。但是根據這一年的許多「小事情」及其前因後果，黃教授寫出了一本大書，先是用英文寫成，一九八一年交耶魯大學出版社出版。一九八四年出版了德文與法文版。一九八五年出版了日文與中文版。中文版這本書是黃教授自己寫的，並未假手他人翻譯，書名題作《萬曆十五年》。在台灣出版八年之內二十五刷。一九九四年增訂，四年之內又是十九刷。華文讀者初看這一五八七，難免一怔，須得掐指換算一番。待看到萬曆十五年，便恍然大悟，是了，並非改朝換代的大日子，說是「無關緊要」亦無不可。

　　明朝起自西元一三六八年，結束於一六四四年，歷時將近三百年。萬曆十五年之後，明朝還撐了半個多世紀，似乎，這個帝國的覆亡也不能算到萬曆皇帝的頭上。因之，我們格外有興味，黃先生何以用三十年時間鑽研明史、穿梭典籍、對這一年特別關注，以近似小說的筆法來寫歷史。待得翻開書本，我們便手不釋卷，一直讀到書末陶希聖先生的讀後記〈君主集權制之末路〉，這才懷著探究的心回頭重讀黃先生文本的大量精采段落。黃先生用了望遠鏡來看明朝在人類大歷史中的位置，又用解剖刀將萬曆十五年這個切片放在顯微鏡下細細觀察，於是我們就有了新的發現。

　　當初，明太祖洪武皇帝創建明朝，確立了整套的政治和經濟制

度，最重要的，就是他力圖保存一個農業社會原有的儉樸風氣，施行嚴刑峻法，被打擊的不但有政府的高級官員而且有民間的殷實鄉紳，株連極廣，殺人無算。如此，便建立起一個以自耕農為基礎的農業社會。更重要的是，洪武皇帝推行的道德以君臣、父子、長幼、男女尊卑為標準，判斷是非僅僅以「善」、「惡」為準，從而完全扼殺了這個農業社會萌生法治的任何微小可能性。在財政方面，又是以土地面積作為徵收賦稅的標準，毫無彈性，藉此維持文官制度的統一與協調。文官集團逐漸成為事實上的統治者，在提倡儉樸的大前提下，力求簡化行政，直接的結果便是整個政府的低能。文官集團的專權也使得武將們處境艱難，在文淵閣大學士張居正的暗中支持下，名將戚繼光不但腳踏實地以大刀長矛藤牌武裝自己的子弟兵，而且天才地以鐵的紀律以自創的戰術帶出一支英勇的隊伍，解決了東南沿海倭寇帶來的困擾，卻終於因為張居正的去世與倒台，而墮入被孤立的苦澀與悽涼，在貧病交加之中於一五八八年元月十七日去世，這一天是萬曆十五年的臘月十二日。此時，西班牙艦隊正揚帆挺進英格蘭，國家氣運的盛衰由此可見一斑。然而，一代名將的黯然離去正代表著古老中國失去了一個重整軍備的良機，三十年後，已經沒有一支戚家軍般的鐵軍能夠抵禦努爾哈赤的進擊。

　　明朝的絕大多數文官以中庸之道作為處事原則，力求穩健和平。於是，在這樣一個由數不清的鄉村合併成的帝國內，禮儀和道德代替了法律，對於違法行為的掩飾則被看做是忠厚識大體，政府機構之間的聯繫沒有條例可以遵循，因此任何能夠加強國力的現代化的舉措都與這個古老的社會水火不容。這樣的局面將繼續維持好幾個世紀，這便是只有九歲的萬曆皇帝在一五七三年登基之時所面臨的

現實。

　　九歲的萬曆有著高貴的儀表、帝王的風度，頭一天與百官見面就得到由衷的讚頌。史書記載，他五歲就能夠讀書，那是虛歲，實際上，他三、四歲時已經開蒙。九歲御宇天下，並無人「垂簾聽政」，而是靠著他的聰慧，靠著大臣給他寫的小抄，也能將國事處理得井井有條。當時的首席內閣大學士高拱專權跋扈看不起小皇帝，覺得他不過是個小孩子；也看不起皇太后，覺得她不過是婦道人家。在張居正的幫助下，小皇帝一舉扳倒了高拱，從此對自己的老師與首輔張先生言聽計從。

　　十歲的萬曆已經顯示出他的書法才能。然而，張先生告誡他書法只是末節小枝，聖君明主應以德行治理天下云云，於是一五七六年以後，他的日課只剩下經史，書法造詣再無精進機會。小皇帝與母親很親近，一五七八年大婚以前與母親同住乾清宮，婚後按照皇家傳統自然不能再如此親近，他的心裡也就不是很痛快。但是，年輕的萬曆畢竟是非常勤奮的，他做皇帝的頭十年，這個帝國確實是萬事還蘇、欣欣向榮的。

　　張居正居功厥偉，當然也權傾朝野，他作威作福的程度卻超出了萬曆的想像。一五八二年張居正死後，一年之間「倒張」運動成為狂飆。與此同時，對皇后沒有興趣、對為他生了兒子的恭妃王氏也不再有興趣的萬曆皇帝十八歲，一往情深地愛上了十四歲的淑嬪鄭氏。這個愛讀書、善解人意的女孩子是在這個冰冷的世界上真正將萬曆看做有血有肉的凡人的唯一之人。萬曆與八個女人生下八子十女，心卻一直在鄭氏身上。這一段終生不渝的愛情終於導致了萬曆朝最嚴重的政治危機。

　　自信滿滿的張居正被清算，聰明的萬曆終於明白自己在其中只是一個工具，倒張的人們也不過是為自己的權利著想，並不曾關心萬曆的感受。新上任的首輔申時行深知張居正失敗的原因，於是更為堅定地採取「蘊藉」之法，在人事上力求穩定文官制度的平衡。他當然也要求萬曆成為堯舜之君，不斷進言，要皇帝做這個，不做那個，連萬曆喜歡的騎射、出城謁陵也被勸止。萬曆卻在廷臣襄助下，在二十歲的時候就開始設計自己的陵寢定陵了。在三具棺槨中，除了他自己與皇后，還有一具將埋葬下一位皇帝的母親。鄭氏所生的兒子常洵是萬曆最心愛的，卻是他的第三個兒子，廷臣們力主長幼有序，一定要立王氏所生長子常洛為太子。換句話說，萬曆死後身邊將並無心愛之人。無論萬曆怎樣展示他的個性，廷臣們始終將他視為道統的象徵，用一切辦法要他就範。才情被壓抑，萬念俱灰的萬曆終於成為明朝唯一一位怠政三十三年的皇帝，用今天的話說就是，「朕不跟你們玩了！」這位紫禁城裡的囚徒身邊形影不離的只剩下一位鄭貴妃。

　　徹底的厭倦起始於萬曆十五年。這一年，遼東巡撫注意到一個建州酋長正在開疆拓土，他的提醒被首輔申時行當作小事一件給含混掉了。這位酋長的名字是努爾哈赤，若干年以後，他的廟號是清太祖。

　　或許，黃教授在提醒我們，萬曆十五年並不能真的被看作無關緊要的一年。

《萬曆十五年》　　作者：黃仁宇　　出版者：台北食貨出版社

# 樂家老藥鋪

　　應該說是六十年前的往事了，我與外祖母同住在北京東城，先是米市大街，後是乾麵胡同。老北京的滄桑簡直說不得，乾麵胡同的正門在若干政治運動之後變成了後門，本來的後花園被剷平蓋了簡易的居民樓，原來的後圍牆被推倒開了大門，就在史家胡同的中段。我們一老一小常去樂家老藥鋪的年月，走的還是乾麵胡同那道端端正正的大門。那時候我不到十歲。

　　外婆是無錫人，在北京住了三十多年，鄉音不改。外婆信賴西醫，也喜歡中醫，急診找西醫，日常調理必定要請教中醫申芝堂老先生。出了院門坐上三輪車，朝北直奔東四去看申大夫，瞧完了病，拿著申大夫給開的方子再坐車朝南直奔前門外大柵欄，到同仁堂門口才下車。申大夫說，「到樂家老藥鋪抓藥」。外婆跟三輪車夫說，「麻煩你，帶我們去前門外同仁堂」。兩個人說的是同一個地方，同一家藥店。為甚麼要跑這麼遠去同仁堂呢？外婆說，三百年的老店，靠得住；早先在上海，必是到樂家人開的達仁堂買藥；現在在北京，最佳選擇自然是同仁堂總店。還跟我說，樂家多少代人都遵祖訓，「炮製雖繁必不敢省人工，品味雖貴必不敢減物力」。經營藥店當然是做生意，做生意卻不忙賺錢而是如此地兢兢業業，自然給我留下極深的印象。更何況，我曾經是這家店的小客人，親眼看到他們的待客之道。外婆帶著我一進門，藥店的先生就迎了上來，笑容滿面

寒暄畢，外婆遞上方子，就帶我出門辦事，上書店、上布店、上鞋店。一串事情辦完，回到同仁堂，我們的藥已經包好，用紙繩紮得整整齊齊，放在櫃檯上了。藥店的先生收了藥錢，變戲法似的從袖子裡掏出一個金黃色的小瓶子，彎下腰遞給我，笑瞇瞇地跟我說，「吃了藥，口苦，又不能吃糖。拿這蜂蜜加點熱水，喝下去，嘴裡就不苦了。」外婆連聲道謝。藥店先生一直送我們出門看我們坐上車這才回到店裡去忙。他溫暖的言語，含笑的面容一直儲存在我關於北京的最美好的記憶裡。

　　二○一四年台北國際書展期間，一眼看到樂家人寫的這本書，馬上想到關於樂家老藥鋪的種種，趕緊捧回家。打開書，覺著自己又一次走進了這家藥店，又聞到了店堂裡的藥香，又看到了藥店先生的笑容，又聽到了他溫暖、禮數周到的北京話，心裡那份埋藏久遠的欣喜簡直無以形容。

　　這本書是樂家第十三世孫，在家裡被稱為二十五爺的樂崇熙先生撰寫的，將最近一百八十年來樂家譜系、所開四十餘家老藥鋪的來龍去脈講得條理清晰。一般的家族紀事書寫，多有取捨，對於前人與長輩多有隱晦，不太會觸及不方便多說的故事。這本書卻不然，大宅門裡可能出現的許多事情，講述得清楚明白，連納妾、抽大煙、男尊女卑、婆媳不和、兄弟鬩牆之類人間百態也都沒有將其隱去，只是心平氣和如實道來。樂氏家族人才輩出，他們是中醫藥事業的中流砥柱，歷經改朝換代，有許多值得稱頌的事蹟；樂崇熙先生的記述仍然是有一說一，並沒有任何誇張的成分。樂家雖然是名門大戶，遇到災難也和中國的普通百姓一樣是無法逃避的，日本侵華、中共製造政治運動都是躲不過去的劫難，樂崇熙先生抱著知之為知

之不知為不知的態度誠實書寫，不添油也不加醋。如此這般，這本家族紀事就成為坊間極為難得的一本平實之作，不但詳實記錄了樂家老藥鋪的盛衰，也為這複雜多變的時代留下了一個切實的縮影。

樂家本是北方人，與山西太原有著許多關聯。唐紹宗光化年間，因避朱溫之亂，移民浙江寧波。根據樂家自己的紀錄，五世祖樂鳳鳴在一七〇二年（康熙四十一年）將父親創辦的同仁堂藥室移到了北京前門外大柵欄，開設了同仁堂藥店。該店信譽好，自一七二三年（雍正元年）開始供奉清宮御藥房，直到宣統退位，歷時一百八十八年。但是正陽門外大柵欄同仁堂曾懸掛的一塊老匾卻是一六六九年（康熙八年）的舊物。正如我外婆所說，到了二十世紀五十年代，同仁堂的歷史可不是將近三百年了嗎？這塊歷史悠久的匾在文革中遺失。好在，樂家拍下了照片，並且收在了樂崇熙先生這本書裡，為我們留下了不容質疑的見證。

樂鳳鳴之後的幾代樂家人不事生產加上天災人禍，同仁堂漸漸地典當給外姓。一八三二年，樂家十世孫樂平泉接掌同仁堂的時候，樂家所佔股份不到百分之一。這位樂平泉先生不但是藥學專家，而且是極為穩健的經營者，在十二年的時間裡，收回了祖業，同仁堂百分之百回到了樂家。一八八〇年樂平泉先生去世後，他的夫人許葉芬帶著四個兒子在二十七年的時間裡繼承、發揚了祖業，帶領同仁堂走向了輝煌。這位巾幗英雄不但能夠在一八八五年親手抄寫《同仁堂丸散膏丹下料配方》、在一八八九年署檢《同仁堂藥目》再版發行，更在庚子之亂中帶領全家保全了同仁堂。許葉芬老夫人知人善任，為同仁堂的後續發展培養了人才。她看中的樂達仁果真就是樂家老藥鋪的中流砥柱之一。老夫人一九〇七年辭世之後，樂家一些

人又回到驕奢淫逸的生活，樂達仁先生不但挽救了同仁堂的頹勢，開設了廣獲好評的數家達仁堂，更開創了中藥改革的新局面。

　　樂崇熙的堂兄樂松生生於一九〇八年，早年就讀美國教會學校，從十七歲開始隨伯父樂達仁在天津經營達仁堂總店，成為行家裡手。他首創中藥提煉廠，並被推舉為同仁堂經理，一九五四年帶領同仁堂接受公私合營，並曾經擔任北京市副市長。文革期間，因為被彭真牽累而獲罪，死於一九六八年。對於一位中藥專家而言，六十歲正是爐火純青的大好年華。面對書中樂松生先生文靜儒雅的面容，不勝唏噓。

　　在這本書裡記敘了許多樂家人的事蹟，展現了他們各自不同的性格，也總結出一些共同的特點。按照樂崇熙的看法，樂家雖然家大業大，但基本上屬於安分守己、凡事忍讓、委曲求全的一族，然而世間畢竟有著躲不過去的劫難。

《百年同仁堂：樂家創始憶往》
作者：樂崇熙
出版者：新北思行文化

# 舒先生的真性情

　　常常在想，要談一本舒先生的書。他的書在一個伸手可及的位置，長長的一排。但是，每每翻開一本，就想到他在眾目睽睽之下不得已地修改劇本的結尾、小說的內容。他內心的痛苦、表情的尷尬、走筆的艱難歷歷在目，雖然那已經是半個多世紀以前的事情，我卻無法忘懷。眼下，劇本《茶館》並未恢復到原來的樣子，小說《駱駝祥子》也不是舒先生最中意的樣子，如果要介紹，就希望是原作者真心喜愛的版本，但那版本依然不復再見，是作者的傷心事，提不得。

　　那時候，我年齡小，跟舒先生甚麼話都可以說，曾經毫不客氣地問，「不改會怎麼樣，不改就不行嗎？」他看著我，笑得苦澀，「不改，戲就不能上演，導演、演員都眼巴巴地瞧著你，不改，不是辦法。小說不改，編輯們成了風箱裡的老鼠，兩頭受氣……」。結果呢，受委屈的便只剩了一位，就是舒先生，大家稱呼他老舍先生。我那時候雖然年齡小，也懂得這最後的一層窗戶紙是不能捅破的，於是改變話題，問舒先生今天念甚麼給他聽，還是普希金，還是《葉甫根尼·奧涅金》。我還是小，心裡有話還是憋不住，氣呼呼地跟舒先生說，「普希金的日子比您強，他要塔吉雅娜嫁給誰她就得嫁給誰，他要連斯基去決鬥，連斯基不敢不去。他的詩沙皇也不能動，一個字母也不能改！」話一出口，我就後悔了，我看見了舒先生輕

易不示人的難過表情，幽默大師底氣十足的睿智完全地不見了。

好在，舒先生不是一九四九年以後才開始寫作的，他也不只是寫劇本、寫小說，他還寫了很不少的散文。而且，在《多鼠齋雜談》這本書裡，絕大多數的文章都是三、四十年代的作品，沒受到管制，四九年之後也完全地沒有出版過，在故紙堆裡保留了真面目。待到二〇〇五年這本書問世的時候，舒先生憤然離世已經將近四十年，他的喜怒哀樂與新世紀的政治環境已經沒有關聯，不再「礙事」，因之，我們能夠從這些文字裡看到舒先生的真性情。

點題的這一篇〈多鼠齋雜談〉讓我想到舒先生淺淺的笑容。清苦的文人，家中多老鼠，於是書齋題名「多鼠齋」，不必多言，讀者自然心領神會。缺吃少穿都不在話下，這便是舒先生從不叫苦的硬漢精神。

酒是好東西，「減少了臉上的俗氣，看著紅撲撲的，人有點樣子」。但是醫生提出了警告，於是，戒了。雖然「不喝酒，我覺得自己像啞巴了：不會嚷叫，不會狂笑，不會說話。甚至於不會活著了」。我卻從未見過舒先生嚷叫和狂笑，但我知道那並非因為戒酒。這篇文章是一九四四年寫的，想來，在那之前，舒先生有過嚷叫和狂笑。

戒菸卻是因為物價飛漲的緣故，劣如「長刀」也要賣百元一包，只好戒了。然則，「沒有菸，寫不出文章來。這幾天，我硬撐！我的舌頭是木的，嘴裡冒著各種滋味的水，嗓門子發癢，太陽穴微微的抽著疼，頂要命的是腦子裡空了一塊。不過我比菸要更厲害些：儘管你小子給我以各樣的毒刑，老子要挺一挺給你看看！」如此豪情，我也是沒有見過的。我看到過吸著菸寫文章的舒先生，條條框框之

下，腦子裡還是空了一塊，右手的筆停在空中，左手的菸也幫不上忙。

連茶也戒了。「茶本來應該是香的，可是現在三十元一兩的香片不但不香，而且有一股子鹹味」。哈，這還稀罕嗎？舒先生啊，虧得您走得早，要不然、毒奶粉、地溝油、打針打出三條腿來的雞，您要是都戒了，就只能餓肚子啦。

無菸無酒無茶的日子，羨慕著一隻很小很醜，看起來簡直活不成的小貓，「從身長與體重說，廚房中的老一輩的老鼠會一日咬兩隻這樣的小貓的」。但是一大早，小貓驕傲地抬頭看舒先生，爪下有一隻半死的小老鼠。早已不知魚肉味的舒先生看著早餐吃葷的小貓，怎能不感慨。從不怨天尤人的舒先生愛吃胡同口的炒肝兒，八分錢一碟，那我是確切知道的。碟子上邊那幸福的笑容也是我忘不掉的。

「或問，甚麼文章最難寫？

答：自己不願意寫的文章最難寫」。

著啊！這才是肺腑之言。遵命文章不是文學，但是無論內心如何的煎熬，還得勉為其難，這是甚麼樣的日子？以上問答我卻沒有聽到過，從不說謊、從不抱怨的舒先生在四九年以後失去了說出這句話的自由。

在〈文牛〉這一篇裡，舒先生直言不諱，憑著筆墨紙硯這小小的資本，在一個臥室兼客廳兼飯廳兼浴室的尚稱自由的書房裡，只要能寫就萬事亨通，寫的好吧歹吧，大致都能賣出去，喝粥不成問題。嫉妒他的人哪怕把鼻子氣歪，也不關他的事。但是，「趕到了一點也寫不出的時節呀，哈哈，你便變成了世界上最痛苦的人。你的自由、閒在正是對你的刑罰，你一分鐘一分鐘無結果地度過，如坐

針氈，你簡直失去了你自己」。

　　這種失去了自己的苦狀我是看到過的，但是我看到的舒先生並沒有發出以上的呼喊，更沒有捶胸頓足，連嘆息也沒有。他只是平靜地放下筆，跟我說，月季渴了，咱們去給她澆一點兒水。

　　整本書喜笑怒罵皆成文章。北京學者傅光明卻在跋文中提醒讀者，「令人難以想像的是，老舍居然在一九五七年反右開始前，當時的悲劇創作已全部『被打入冷宮』的時候，寫下了他平生唯一一篇專論悲劇的文章〈論悲劇〉。他認為悲劇是『描寫人在生死關頭的矛盾與衝突，它關心人的命運，它鄭重嚴肅，它要求自己具有驚心動魄的感動力量』。綜觀老舍的小說創作，寫得最為出色的，像《月牙兒》、《我這一輩子》、《駱駝祥子》、《離婚》，都是在遵循世界上最古老的悲劇之創作原則……」。

　　誰說舒先生只能逆來順受？他有吶喊的勇氣，在暴風雨將至的危險關頭。他有長歌當哭的才情，在他為普通人的悲劇命運書寫的時候。而他，終於在一九六六年八月二十四日完成了他自己的悲劇，亮出了寧死不屈的真性情。

《多鼠齋雜談》
作者：老舍
出版者：北京京華出版社

# 關東的沃野

　　夏志清教授不但撰寫了論文〈端木蕻良的小說〉，於一九七四年在麻州召開的中國現代文學研討會上宣讀，而且從這一年秋季就開始收集端木蕻良的早期作品，長篇稍微容易，可是要把分散在報章雜誌上從來沒有結集成書的作品收集攏來就非常地困難了，一定要依靠專業圖書館的幫助。哥大、哈佛、耶魯、芝加哥、普林斯頓、香港中大之外，最終是美國國會圖書館的豐富館藏幫了大忙。端木先生自己對於他當年在香港、桂林等地所寫的作品不但沒有自留底稿，而且連刊載這些作品的雜誌也都沒能夠保存。

　　由於這些資料的匯集，當端木蕻良的研究者孔海立在一九九五年初冬造訪夏先生的時候，才得到了這樣的一個機緣，編輯出版一本端木蕻良四十年代作品選。這本題為《大時代》的書於一九九七年七月由台北立緒出版社出版，此時，端木先生已經辭世，未能親眼看到這本他自己題了詞的書問世。這是一本非常扎實的書，讀者不但能夠讀到早已散失的八篇小說、戲劇與電影腳本、論文，更能了解端木自述家庭史、四十年代他的創作總表，以及這本書成書的來龍去脈。

　　讀這本厚重的選集，讀者一定會被小說〈大時代〉深深吸引，被丁寧這個人物深深吸引，而想去一探究竟。這個人物最早出現在端木的成名作《科爾沁旗草原》中。一九三三年，端木二十一歲，

完成了這部長篇，一九三九年在烽火連天中才得以出版。一九五六年出版過一次，「被刪改得不像樣子」（夏志清教授語）。一九九七年六月由北京人民文學出版社出了新版。端木夫人在端木先生辭世周年這一天題贈給我，用了「存正」兩字。由此，關東的沃野便在我的書房散發出黑土地的芳香，隨著歲月的推移，日見濃郁。

　　古早時代，由於黃河之兇猛的泛濫，由於水災之後更加兇猛的瘟疫，由於水災與瘟疫造成的大饑饉，關內的農戶扶老攜幼奔向關外。在北遷的途中，瘟疫如影隨形，死亡的陰影每時每刻脅迫著離鄉背井的人們。於是求神、於是拜佛。人群中識風水的丁姓老人便受到了人們的信託。倚仗著人們的信託，倚仗著自家尋找風水寶地的能耐，在關內的大地主到了關東的沃野之上成為更加殷實的一方霸主。巧取豪奪、欺壓良善、與官府勾結剷除對手並且吞沒對手之家財……，無所不用其極，終於奠定其富甲一方的地位。

　　盛極必衰是鐵律，二十世紀初葉的日俄戰爭使得丁氏家族受到重創，在逃難的路上，丁家的孩子丁大寧同大管家黃家的孩子大山同時出生。數年之後，大寧有了同父異母的弟弟丁寧。自此，三個男性腳色的互動於焉展開。

　　丁氏家族如此佔地為王、作威作福，家中人際關係又是這樣的複雜，自然是寫長篇小說極好的素材，而且，年輕的端木蕻良不但受到俄羅斯文學的深刻影響，也受到中國古典小說的深刻影響。如此這般，豈不是會寫出一部關外的《紅樓夢》來？非也，端木走了一條別人未曾走過的路。家族的歷史、人際之間錯綜複雜的關係沒有詳加敘說，只是成為一道相當模糊、沉滯、濃厚的背景。在這樣的背景裡，軍閥時代的混亂、民不聊生的現實、張作霖張學良父子

的禍害、日本人的步步進逼交織在一起，成為那個時代最為具體的舞台。在青島念書，回到家鄉省親的丁寧同未曾離開故土，在血與火的淬鍊中長大成人的大山必定的走上全然不同的人生之路，這台戲便這樣生猛而緊鑼密鼓地上演了；主導著情節發展的是熾烈的情感。端木用了急促、跳躍的節奏來主導劇情，換句話說，二十一歲的端木無師自通地書寫了一部現代小說。想來，這才是在四十年後，令文學批評家夏志清教授驚豔的最主要的原因。二十世紀末，晚年的端木先生這樣回顧他的創作歷程，他每讀一本小說都會不時地闔上書本，問自己，作者為甚麼要這樣寫？這個自問自答的過程就是他個人的「小說教室」，古今中外的小說藝術就這樣在他的閱讀中融會貫通，然後，他走出了自己的路。

端木先生出生於遼寧一個小鎮上，此地在清朝以前曾經是個被封為「遼海衛」的地方，其實，那地方並沒有海，只有一馬平川的大草原，這就是科爾沁旗草原。端木的祖上是一位相當「有頭腦」的地主，他所使用的策略是一種兼併的方法、一種蠶食的方法，將周圍小地主的土地逐漸地收攏到自己的手裡，而成為大地主。端木的母親出身貧寒，卻因為美貌而被「搶奪」而來。因之，少年端木就對地主家庭的種種有了切身的體會。然則，端木絕非丁寧，小說，尤其是現代小說，絕非豐沛的親身經歷可以成就的，而是對社會進行了大量的研究之後的產物。

端木熟悉農民的生活、熟悉他們的語言，因此他筆下的農民形象鮮活，絕非千人一面。在《科爾沁旗草原》這部書裡，當天地乾旱、穀物歉收、佃戶繳不出租糧的時候，他們相聚商議對策，這些充滿時代氣息、鄉土氣息的對談深刻地刻畫出他們各自不同的處境、

性格、精神狀態，形成了端木小說極為精彩的特質。

　　面對佃戶們的困頓，大山唆使人們同丁家對抗，集體退佃。年輕的丁寧正遭父喪，家裡的二管事又遭綁票的危難關頭，卻能夠四兩撥千斤，以「免租糧」化解了危機。如此書寫，在三十年代自然不是問題，到了五十年代，卻無法避免「被刪改得不像樣子」的命運，而才氣橫溢的小說家端木蕻良也就有了幾十年沒有創作自由的日子，直到晚年才得以集聚精神，奮力一搏，投身長篇小說《曹雪芹》的創作。

　　小說結束在關東的沃野換了主人的狂飆之中，讓日本皇軍聞風喪膽的「馬賊」們組成的義勇軍裡閃耀著大山平靜的面容、矗立著大山威風凜凜的身影。

　　另外一部史詩揭開了序幕……。

《科爾沁旗草原》
作者：端木蕻良
出版者：北京人民文學出版社

# 古老而又年輕的
# 地理思想

　　當人們準備購買一個居所的時候 ，房屋仲介們都會耳提面命
"location, location, location!" 聽到這樣的提醒，人們便注意著學區的
優劣、公共交通的便捷、公共設施的齊備、空氣水質以及自然環境
的種種指數，當然還有安全的考量。一切考慮周全之後，這才付諸
行動。而且，感覺上自己做對了一件事情，對自己，對家人都有了
一個很好的交代。

　　但是安居樂業不久就發現，山火蔓延騰起的濃煙竟然逼到了門
前、本來價值百萬美元的視野竟然被土石流淹蓋，自家房子已然成
了斷崖邊的懸樓、本來居於美麗的小島上，蔚藍色海波在遠處蕩漾，
不知何時海水已經漫上街道，連通陸地的橋樑已然隱入水下，自家
豪宅成了不可救藥的鐵達尼。

　　怎麼會是這樣？答案很簡單，人們對所謂家居位置的考量通常
是只見樹木未見森林。或者更糟糕，連樹葉的形狀都沒看清楚，更
不用說整株大樹了。何以致此？資訊爆炸的今天，怎麼會有這樣的
結果？資訊爆炸是事實，但紛至沓來的資訊不等於知識，資訊更不
等同於思想。有沒有想到過，世界上有一門學問叫做「地理思想」，
這門學問古老而又年輕，這門學問在新世紀更加彰顯出它的重要性。
跑到大學去念這門學科有點遠水不解近渴，捷徑便是找一本真正有
用的書來讀一讀。

　　《地理思想讀本》所提供的論文是現代大學地理系學生必讀文本，對於普通讀者而言，則具有豐沛的知識、饒有趣味的啟發。這本書告訴我們，早在荷馬活著的時代，他用腳丈量的山川土地的樣貌就出現在他的詩歌之中，因此人們將地理著作的出現歸功於這位偉大的行吟詩人。但世界上最早的地圖卻是西元前兩千七百年的時候，由閃族人繪製的。到了西元前三世紀，希臘學者伊拉托尊尼斯來到了世界上，他是第一個使用「地理學」這個名詞的人。地球上的人類要生存，必定要將自己生活的環境做個合理而且有用的記錄，非如此，根本不知自己身處怎樣的險境。於是，地理思想史這樣一種記錄就在數千年的歲月裡逐漸成形，幫助人類更好地化險為夷，更好地適應環境，更好地活下去。

　　綜觀這漫長的地理思想史，其中最主要的因素就是一個有秩序的、有條理的、和諧的宇宙觀。如果我們熟悉西方藝術史，馬上可以得到一種印證，卓越的藝術家往往也是卓越的思想家，他們對於秩序與條理有著頑強的堅持，比方說十九世紀的法國畫家塞尚就是一個鮮明的例子。對於秩序與內在力量的不懈追求幾乎是他離開印象派最主要的一個原因。

　　人類有著極其撼動人心的智力激盪時期，發生在古代希臘，西元前三、四世紀為其高峰。此時的希臘學者將巴比倫學者對於觀察同原則的關係做了徹底的修正。觀察所得不符合原則時，將觀察視為例外是巴比倫的概念。希臘學者卻在觀察不符原則時修改原則，科學之法於焉誕生，占星術走向了天文學。尤其是創立歸納法的亞里士多德總是寧可用經驗來修正概念。偉大的古希臘哲學家幾乎人人都對地理學有著貢獻。地理研究有著兩個傳統：數學傳統與文學

傳統。數學傳統由泰勒士發端、希帕庫斯創立了用經緯度確定位置的理論、托勒密在天文學與地理學方面的研究與著述則集合發展了前人的觀念。文學傳統始於荷馬，第一位散文家赫卡泰將其發揚光大，然後斯特拉勃的充滿歷史感的地理學專著為現代地理思想奠定了基礎。

從西元十六世紀到十九世紀，再一次的智力激盪引領人類前進，達文西同哥白尼引領潮流，敢想敢說，衝破黑暗中世紀帶來的一切束縛。一八〇九年，柏林洪堡大學創立，教師同學生在這裡不受任何宗教與政治的束縛，可以自由地追求真理。到了十九世紀末，達爾文的進化論概念使得這一番動盪達到高峰。

與此同時，學術世界得以分門別類，而實驗科學的興起則是學科分類的重要促成因素。古希臘以降的學者如同百科全書，例如希羅多德在歷史、地理、人種學諸方面都有巨大貢獻。最終，全方位學者洪保德同李特爾在十九世紀中葉辭世，古代學術也在此時抵達高峰與終點。

戰爭是人類行為的一個極端，戰爭帶來的危害無以計數，但是戰爭帶來的深遠影響也是超乎想像的。第二次世界大戰的副產品之一便是普通系統論的創立，相互聯繫、相互依存的諸多元素有了整合的可能性，於是對事務的預測便必然要依靠機率理論。更妙的是，為了破解敵方密碼，電腦應運而生，地理學倚重的計算有了大為快捷的可能性；而衛星的出現，則使得地理學產生了巨大的飛躍。

地理學一向有著整體高於局部的傳統思想。因此，一位優秀的地理學者必然地要對區位、距離、方向、擴散以及空間秩序提出問題，並且尋求解答。因之，微積分、線性代數、矩陣代數等基礎數

學以及語言、文學方面的研習精進對於一位地理學者來講都是不可或缺的。

在現代科技的推動下，地理學對空間的研究、對地域的研究、對人與地球之關係的研究、以及對地球本身的研究都發展迅速。地理學早已攜帶此一歐洲學科的優秀傳統而在全世界開花結果。在人類數千年的歷史當中，地理工作者、地理學家一直在身體力行地負擔起一個教育的功能，啟發人們去研究，告訴人們如何去研究以及為甚麼要從事這方面的研究。比方說地震、海嘯、植被保護、生物保護、地表暖化等等直接同人類生存息息相關的課題。以及人們尚未意識到其嚴重性的諸般課題。在這個系統當中，方法論讓位給哲學。

換句話說，古老而又年輕的地理思想在鼓舞人們將地球視為人類世界，不只是我們居住的家園，而且是我們生命的一個組成部分。地理思想在引導我們「去驚嘆、去哀傷這一個人類的世界」，將對地理的概念上升到心靈與倫理，繼而真正敞開心胸拓寬視野，繼而採取正確的行動。

*Contemporary Issues in Geographical Thought: Selected Translations*

中譯本：《地理思想讀本》

作者：Geoffrey J. Martin、Preston E. James、
　　　D. R. Stoddart 等

編譯者：姜蘭虹、張伯宇、楊秉煌、
　　　　黃耀雯

出版者：台北唐山出版社

# 詩人的「情感」世界

　　同大陸著名的作家、詩人、戲劇家白樺先生見過一面。那是一九八四年的事情，那時候，我們在美國駐華大使館工作。那時候，大陸正在「清除精神汙染，反對資產階級自由化」，白樺的作品當然地在被批判之列。但是，文革結束已經八年，要求自由呼吸的民意已經不能阻擋，很偶然的，我在當地報端發現了一則消息，住在上海的白樺應某個團體之邀來北京做一場公開演講。我便去聽了這場演講。

　　白樺文質彬彬，瘦削，書生模樣。他經受過長期的單獨囚禁、下放勞動，但是，苦難並沒有折損他的氣質，他的笑容坦率、真誠。他在講台上出現，馬上就贏得了聽眾長時間熱烈的掌聲。許多聽眾站起來鼓掌，向他致意。

　　白樺是詩人，講究文字，他的演講將書面語言同口語結合得天衣無縫，十分的精彩，而且含意深遠。他期待著政治的禁錮永遠結束，他期待著思想自由的真正降臨，他期待著人際之間的平等、尊重。他溫暖、平和的話語時時被掌聲和歡呼聲打斷⋯⋯。

　　事隔多年，我常常憶起那一次演講，更多的時候，我讀他的作品。很有意思，他是大陸作家，絕大多數作品都在台灣三民書局出版。換句話說，三十多年前他希望得到的出版自由並沒有得到，想要出版一本未遭塗改、刪節的版本，還是要依靠台灣的出版社。

　　《哀莫大於心未死》是一部長篇小說，出版於一九九二年。中國畫家秋葉來到美國洛杉磯開畫展，面對華洋聽眾簡略地談了談自己的人生遭遇，很淺顯、很平淡，卻已經震動了很多人、感動了很多人。演講之餘，一位在美國長大的華裔友人私下請這位畫家談談他在公開演講中完全沒有觸及的情感世界。於是，一些中國女性的完全遭人遺忘的人生經歷就被描摹出來，她們的人生同中國的社會緊密相連，熟悉中國的讀者一看便心領神會，不熟悉中國的讀者藉著畫家同友人的對話便能夠跨越盲點，對於這個社會之種種有比較深入的了解。

　　畫家九歲那年正值日本侵華期間，民不聊生，他同母親、弟妹們一道艱難度日。鄰居少女荷花臉上塗了黑灰像大姊姊一樣帶著他做小生意，賺取極微的收入貼補家用。九歲的男孩看到荷花洗去偽裝之後的美麗，便要求荷花姐「嫁給」他，進而「互贈信物，私訂終身」。未等故事開展，荷花的美麗被日本人識破，被日本軍人霸佔。她沒有按照世俗的期待「以死明志」而是認命地跟了日本人；於是母親帶著孩子們迅速搬離，結束了九歲孩子美麗的「初戀」。戰後，無數漢奸搖身一變安然無事，年輕的荷花卻被判處死刑遭到槍決。這便讓人想到文革結束後，幾乎人人成了「受害者」，那些熱衷參與打、砸、搶的「造反派」，那些雙手沾滿鮮血的打手，那些將無數人置於死地、毀掉無數家庭的「專案組」成員都成了無辜的受害者，再無人追究。而且文革連同延安時期就已經開始的歷屆政治運動也都不再能公開提起，而是在「向錢看」的大潮中被淹沒、被掩蓋、被遺忘了。

　　抗戰結束，十幾歲的少年人進入了藝專學美術，也跟著老師，

他的革命引路人「追求進步」。一位學鋼琴的女學生張冠玉臉上總是「掛著心不在焉的微笑」，無論是「進步書刊雜誌」還是充滿激情的政治宣導都不能打動她，她不願意涉足政治，只願意成為一個鋼琴家。這樣一個在那個時代情願游離於政治之外的女子被毀於內戰的砲火中，不知所終。個人的、不肯屈從於政治的選擇之無路可走正是彰顯了四十年代中國社會的弔詭。

　　張冠玉的同學白靜怡的遭際則殘酷得多，這個女孩子出身富貴，父親是國府大員，她卻浪漫地嚮往著紅色革命。女兒是父親的掌上明珠，也是父親的軟肋，因為女兒的緣故，父親終於被說服、被策反、背叛了國府，為新政權立下了汗馬功勞。諷刺的是，一九五〇年，白靜怡的父親便被新政權整肅、判刑、槍殺。自此，千金小姐白靜怡被打入中國社會的最底層，住在棚戶區，上無片瓦，下無立錐之地，做的是最苦重最骯髒的工作，毫無尊嚴，連名字都沒有人記得了。更為弔詭的是，策動白先生的中共黨員，秋葉的老師竟然同時被新政權以「特嫌」罪名開除黨籍、整肅、關押、勞改整整三十三年。一九八三年秋天突然獲釋，上級交代的首要任務竟然是「白先生被錯殺，趕快找到他的後人，送上平反證書，著民政機關予以安排」。於是，秋葉懷著歡喜的心情，隨同老師來到棚戶區，準備給白靜怡一個「驚喜」。棚戶區的悽慘超出了秋葉及其老師的想像，雖然他們曾經慘遭囚禁與勞改。當他們終於看到了滿頭灰髮的白靜怡，傳達了上級的指示，出示了那一紙「平反」的時候，白靜怡壓抑了三十餘年的怒火終於噴將出來，她憤怒地撕碎了那一紙空言，將來人趕了出去，在他們身後怒罵不止……。秋葉尚未醒過夢來，他的老師畢竟有些見識，認為自己跑來送信的行為「非常可笑」。

　　當我們讀到這樣的文字的時候，我們終於能夠體會到詩人椎心的痛苦。他曾經認為是崇高的事業結果卻是完全的騙局，人們只是政治的錘與砧之間毫無自衛能力的渺小沙塵，沒有任何個人的選擇也沒有游離在外的些微可能。

　　小說的起始與終結都與一九八九年的民主運動緊密相連。畫家秋葉身邊發生的事情自家電視上一片閃爍其詞，而要靠友人從遙遠的洛杉磯打電話來，從友人家電視上傳來的槍聲才能了解身邊到底發生了甚麼事情。

　　詩人的情感世界所昭示的一切在這個時候有了一個結果，「人是很脆弱的，在一個沒想到要死去的早晨，從東半球通過電聲波傳到西半球，又從西半球通過電聲波反射回來的子彈擊中了我，準確地說，只是衰減了許多倍的槍聲擊中了我……。哀莫大於心死，那是古代中國人的悲哀。哀莫大於心未死，這是當代中國人的悲哀。」

《哀莫大於心未死》
作者：白樺
出版者：台北三民書局

# 似曾相識

　　湖北作家方方是一位嚴肅的寫作人，我同她見過一面。一次文友聚會中，我們同桌進餐。吃飯、聊天還不夠盡興，還要表演節目，大跳肚皮舞。同桌的人們都站起來湧向前去拍照，我同方方兩人坐在角落裡慢慢地吃我們的晚餐。只聽得她嘟囔道，「不是文學會議嗎？跳甚麼肚皮舞哩？」自此，我對她刮目相看。

　　一日，收到一位武漢友人輾轉寄來的一本新書，是方方的小說《軟埋》，因為甫一出爐便遭到橫加指責，方方憤起駁斥；友人認為，這本小說我「非看不可」，於是不遠萬里轉寄而來。

　　秋夜，冷雨颼颼，我打開這本書，一股陰風自書中被釋放出來，帶著尖利的呼嘯。猛然間，我明白了「軟埋」最基本的含義：人死後，沒有棺槨、連蓆片也無一張，在土地上挖個坑、淺淺掩埋。如此，按照中國傳統說法，死者無法投胎轉世，便在原地徘徊，是為「軟埋」。人類遭遇大屠殺、大瘟疫、大饑饉、戰爭、匪患等非常事件之時，會有這樣的情形發生。

　　方方的書談的是一個早已被刻意塵封的劫難，屬於當代中國的一個政治運動，它的名字叫做「土改」。這個令人悚慄的名詞在我的心底裡仍然是鮮活的，於是方方的娓娓述說便有了似曾相識的親切。一九六三年，大饑饉剛剛過去，「社教」尚未來臨之前的北京，我從北大附中回家度週末，看到我的外婆同她唯一的哥哥在幾張紙上寫

寫算算。舅公來自上海，他和顏悅色地招呼我，很簡單地說明，他同我外婆都是年輕時便離開家鄉，土改時成分定為「小土地出租者」，未遭整肅。留在家鄉的家人以及外公的家人都未能倖免於難。現在他同我外婆在仔細核對，兩個枝繁葉茂的大家族連同親如家人的長工、僕婦在土改中死於非命的到底有多少人。十六歲的我靜靜地坐在板凳上，看這兩位長輩一房一房、一個一個地細細計算，兩人神色凝重，得到的總數是一百一十四人，最年長者已經八十多歲，最年幼者不到六個月。只有一人「下落不明」，那人是外公家族裡的一個年輕人。我心跳加速，問道，「他們最後怎樣了？」外婆說，「不知道，大約是被草草掩埋了」。直到他們兩位先後辭世，外婆同舅公都沒有返鄉過。文革一起，外婆第一件事便是將這幾張紙頭焚燬，因為它比地契、房契之類的東西都「可怕」得多，它記錄了一段真實的歷史。時間過去了半個多世紀，我說不出這些人的姓名，但是被軟埋的一百一十四人，這個數字，我從未忘記。

　　方方沒有細述土改過程之恐怖與慘烈，她只寫一個女子娘家被清算之後在婆家造成的連鎖反應，因為知道絕對沒有好結果，便全家服毒自殺。這個女子負責軟埋，然後帶著小兒子出逃，為夫家留下一條根。其中的驚恐、掙扎、無奈、悲憤，方方以但丁式層層地獄的描寫來表述這樣一個弱女子艱難的跋涉。

　　不幸的是孩子落水身亡，萬幸的是被救上岸的女子遇到了另外一個土改倖存者吳醫生。他的「履歷」是從他全家被滅絕自家鄉出逃後開始建立的，極為僥倖地逃過了這個警察國家對每一個公民的瞭如指掌。他的家世被深深地掩埋了，無人知曉。這讓我想到我外公家的那個年輕人，風聲鶴唳中，倉皇出逃，從此更名改姓消失於

萬丈紅塵之中。清楚記得外婆說過，文革中有調查人員找她指認一個中年人是否外公家族的「遠房姪子」。來人說話很委婉，外婆知道，她的指認可能決定那人的命運，若是被扣上「逃亡地主」的罪名，後果是明擺著的。她仔細審視照片上那穿著普通人民裝的男子端正的面容，說道，「不認識，從未見過」。將歷史掩埋，再加一鍬土。於是，一百一十四，終究沒有變成一百一十五。

方方清醒地站在當事人的立場而非小說作者的立場描摹出那個人們掩埋歷史的痛苦而決絕的過程。有意識的掩埋是為了活著，比如「吳」醫生；無意識的掩埋，比方說失憶的「丁子桃」舊日的黛雲，也在無意中得到了活著的結果；而更多的人對自家慘痛的過去，對當代歷史的重重劫難，是選擇遺忘的，這是「軟埋」的另一重意義。對於這樣一種現實，方方懷抱著深切的理解與同情，因為這些為數相當多的人有權利活下去。

方方架構出的小說，揭出了一角冰山，那冰山是切切實實存在著的。黛雲的夫家姓陸，家大業大，全家被軟埋之後，其大宅無人敢於居住，便荒廢了。「丁子桃」同「吳」醫生的獨子青林出現之後，陸家大宅裡便傳出「沒死、沒死……」的竊竊私語聲。然而，我們讀者跟著方方一路走來，明白這「欣喜」是多麼的虛幻。青林是黛雲親生沒錯，父親卻是早已被滅絕的董家人，假托了一個吳姓，倖存於世。這便揭櫫了一個殘酷的事實，陸姓家族沒能留住自家的孩子，董家更是灰飛煙滅。兩個家族在土改中一共死了多少人？並無倖存者在紙上寫寫算算。

方方不依不饒，讓吳醫生留下了筆記，讓丁子桃不斷地從潛意識裡找回自己，說出嚇人的話，帶出一個個謎團。青林，他們的兒

子，終於輾轉找到了某些端倪，但是，他選擇了「既堅強又輕鬆的生活」。母親失語多年，臨終發出「我不要軟埋！」的清晰語聲。青林將母親放進一具棺槨，火化，同父親的骨灰與父親的筆記本合葬。從此，吳青林成為一個吳氏家族的始祖，不但與陸姓毫無關連，與母親的娘家胡姓毫無關連，甚至與父親家族的董姓毫無關聯。他選擇，「堅決不去知道哪些本該知道的事情。時光漫漫，軟埋了真實的一切。就算知道了，你又怎知它就是那真實的一切？」

　　無可厚非，有人選擇遺忘。但仍有人選擇記錄。方方在後記中說：「我們不要軟埋」。這是一位對歷史負責的小說家不畏幽暗、不畏強權、不畏醜惡的宣言。多次的軟埋讓似曾相識的過往形成了一個硬繭，形同頑石。當代歷史在其中無聲地窒息。方方的小說猶如匕首，刺穿了硬繭，讓歷史發出了一聲尖利的呼嘯。

《軟埋》
作者：方方
出版者：北京人民文學出版社

# 石璋如、陳夢家、李學勤及其他

　　石璋如是何方神聖？他是赫赫有名的歷史學家，他的專業是殷商考古。在七十六歲的時候成為中央研究院中山人文社會科學研究所院士。百歲老人仍舊上班，繼續他的研究，二〇〇四年以一百〇二歲高壽自科研工作中辭世。他的研究重點是甲骨文。

　　陳夢家是誰？他是新月派詩人，青銅器、甲骨文的研究者。一九四五年出版《老子今釋》、一九四六年出版《海外中國銅器圖錄考釋第一集》、一九五六年出版《殷墟卜辭綜述》、一九五七年出版《尚書通論》。因撰文反對漢字簡化、反對漢字拉丁化而被打成右派，飽受摧殘。六〇年代堅持做學問，完成《武威漢簡》、《漢簡綴述》。文革初期又遭殘酷迫害，一九六六年「自縊」身亡時享年五十五歲，自殺緣由與死亡經過有多種版本，記得他的人們尊稱他為「為漢字而死的國學大師」。

　　那麼，李學勤呢？他是古文字學家、清華大學教授、首席科學家、中國文字博物館館長，一九九六年啟動「夏商周斷代工程」並擔任專家組組長。他在五〇年代擔任陳夢家的研究助理，曾揭發陳夢家有「經濟問題」。二十四歲的時候，曾經寫文章嚴厲批判已經被打成右派的陳夢家。在陳夢家所遭受的苦難中，有李學勤丟出的若干塊石頭。

　　毫無疑問，這三個人都同甲骨文有著密切的關係。

　　是誰能夠在一部書寫中將這樣的三個人聯繫起來呢？作者是一位非常特別的美國人，出生在密蘇里州，普林斯頓大學一畢業便出國了，在牛津大學拿到文學碩士之後參加了和平工作團。一九九六到九八年在四川重慶市轄下的小鎮涪陵教英文、學中文，開始了他在中國的旅程。他的學生多是農家子弟，他同他們建立了長期的友誼，使得他對「改革開放」中的中國有遠為其他西方人更深入的認識。一九九九年，他到了北京，擔任《紐約客》駐北京記者，並且長期為美國《國家地理雜誌》、《華爾街日報》、《紐約時報》撰稿，成為作家。他的名字是 Peter Hessler，他的中文名字叫做何偉，一位腳踏實地的漢學家。對於他自己所擔任的腳色，他這樣說，「我是個在不同的世界裡過濾訊息的外人。外國特派員永遠是個不自然的腳色。當教師時，我從遙遠的地方拿取訊息——美國文化、英美文學，把它們介紹給現今的中國學生。但作家的工作是從相反的方向介入，我從跟人的接觸開始，然後寫出文章，刊登在遙遠的國家。」

　　整本書從河南北部安陽殷墟考古開始，二十一世紀的現實與並非遙遠的過往交叉進行，間以文字的、歷史的、文化的深度思考。

　　一九三六年六月十二日，在安陽，春季挖掘計畫就要在這一天告一個段落。就在這一天的下午四點鐘，在標為 H127 的坑穴中發現大量的龜甲片。在一個半小時之內，工作團隊挖出了三千片整齊疊放的龜甲片。這次重大的挖掘行動是年輕的考古學家石璋如率領的。之後的四天四夜，考古學家和當地農民一道工作，在重達三噸的泥土中發掘出一萬七千七百五十六塊甲骨片。在沒有路的荒野上，工作團隊將這些甲骨片牢牢地綁在板車上，推到火車上，運往南京，又運往重慶。石璋如同許多考古學家一道，伴隨著這批古代珍藏在

戰爭的烽煙裡穿越整個中國，然後渡海來到台灣，繼續他們的研究。

二〇〇〇年十月，當何偉在北京菊兒胡同的一間公寓安定下來的時候，一個四合院的主人趙景心老人正在對政府興訟，要求保護他的四合院避免被拆遷。他自己沒有提，但是何偉輾轉了解到，趙先生的妹妹是著名的翻譯家趙蘿蕤，芝加哥大學文學博士、中國第一位艾略特長詩《荒原》的譯者，晚年又譯出惠特曼詩集《草葉集》，已於一九九八年元月辭世。趙蘿蕤的丈夫正是陳夢家，已經辭世半個多世紀的考古學者、詩人。

還是安陽，在這裡，考古工作者荊志淳向何偉介紹了一本書，一九六二年出版的一本圖錄，內中有八百多張青銅器的照片，這些青銅器都是美國博物館以及私人的收藏。這本書是陳夢家的搜尋結果，書上沒有署名，因為右派不能出書，但是在科學院考古所人人知道這本書是甲骨文學者陳夢家寫的。順便，荊志淳簡單告訴了何偉陳夢家自殺的事情，而且，一位退休人員楊錫璋當時在自殺現場，於是何偉訪問了他。楊錫璋當年同幾個人負責「看守」陳夢家，以防他自殺，結果他們沒有成功。談話中，楊錫璋甚至還提供了陳夢家的所謂「男女關係」問題，作為他被批判的理由之一。何偉的觀察是這樣的，「我看不出他覺得愧疚、羞恥或有任何感覺，他臉上是一種中國人談到不好的記憶時那種常見的茫然表情」。何偉在安陽試圖同其他考古學家談論陳夢家的過往則沒有成功。於是，他直接地來到清華大學，在李學勤的辦公室裡同這位事業「如日中天」的文字學者見了面，談了些其他之後，何偉直接地將那篇一九五七年的批判文章拿了出來，放到了李學勤的面前。

圖窮匕首見，面對這位外國作家的詰問，「這男人看起來只有疲

億，眼袋重重地垂在眼下」。李學勤的解釋是他自己當時也在被批判中，寫批判陳夢家的文章是出於不得已，因為那時候，「似乎所有的人都是敵人」。他表示後悔，但是他沒有提到他自己一九五五年揭發陳夢家的所謂「經濟問題」到底是甚麼，他一個字也沒有說。

　　陳夢家到底是怎麼死的，何偉同世間所有的人一樣沒有辦法得到真相，但是陳夢家用自己的性命保護的漢字呢？漢語拼音的主要設計人周有光先生告訴何偉，漢字的「字母系統化」早已蕩然無存；漢字簡體化則是失敗的經驗，「毫無證據顯示，漢字簡體化提高了文化教育的普及率，因為文字系統的根本結構並沒有改變」。

　　何偉跨海來到台灣，在中央研究院訪問了百歲老人石璋如，石教授送給何偉他的第十八本書《侯家莊「河南安陽殷商遺址」第十冊》。他的研究不僅根據他自己在六十年前寫下的筆記，他對近日安陽考察瞭如指掌，因為安陽考古工作站的站長唐際根會將新的挖掘成果用傳真的方式讓遠在台灣的石教授看到。於是，年輕的考古學家在安陽瀏覽著泥土，年長的考古學家在台北撫摸著甲骨片，對照自己的筆記閱讀傳真來的繪圖，想念著付出青春歲月的廣袤原野。

　　形同音符的甲骨文早已經譜成昂揚的樂曲，數千年來漢字依然是億萬人安身立命的所在，而漢字保衛戰也正在世界各地無聲地進行著。

*Oracle Bones a Journey through Time in China*
中譯本：《甲骨文：一次占卜當代中國的旅程》
作者：Peter Hessler
譯者：盧秋瑩
出版者：台北八旗文化

# 日月星辰之間的一杯水

　　多年來，台灣允晨出版社出版了許多振聾發瞶的好書，都是能夠給讀者以啟迪的重要作品。二〇一七年九月，允晨出版了瑞典學者傅正明先生所寫的一部傳記文學，記敘的是二十世紀在西方世界廣受歡迎的四位東方靈性大師之一，藏傳佛教傳奇人物、詩人邱陽創巴的生平故事。

　　捧著這本書的閱讀過程於我而言是一個非常艱難、有距離有隔閡，卻又非常新穎、動人、完全的理所當然的過程。從驚訝、不可思議到內心的祥和、平靜是一個了解的過程，對創巴活佛、對藏傳佛教、對東西方文化在精神上的融會貫通、對奇人異士之間的契合與糾葛，以及對一位頗有爭議的宗教家的了解。掩卷之時，內心裡感激著允晨出版了這樣一本奇書，讓我們看到了日月星辰之間的那一杯水，一個我們無從想像的人生，一個跳脫宗教桎梏弘揚「西化佛學」的幾乎是不可能的任務的進行。

　　走在美國小鎮的街頭巷尾，常常會看到門面不大內涵豐富的小店，英文版世界各大門派宗教書籍盡在其中，香煙裊裊，梵音悅耳。工作人員英文流利、態度親切。我們還能夠看到會所以及聚會的簡明介紹，其英文都中規中矩、簡明扼要。我們便知道那是藏傳佛教的會所，他們對世界各種宗教各種流派都採取包容的態度。他們帶來的祥和在險風濁浪的現代社會格外的深入人心，具備著安撫的

功用。

　　然而，我們從這本奇書之中看到的卻是甯瑪派的持有者、噶舉派出家的活佛創巴在大藏虎穴洞閉關，得到啟示，「須得脫胎換骨，有所變通，將噶舉與甯瑪兩大傳統合一，成為狂慧的法教，才能在蠻荒之地克服末法時代的障礙，順利傳法。」

　　一九三九年，創巴出生在藏東康區巴顏喀喇山麓的草原小村落裡，當地苯教香火鼎盛，香巴拉的故事趁風飛揚。一歲那年，被認證為轉世活佛，從五歲起便完全脫離家庭接受僧人的撫養教育。一九五九年，就在得到相當於博士的「格西」學位後不久大軍壓境，被迫離開雪域熱土，流亡印度，自此，永遠地離開了美麗的故鄉。創巴活佛是帶領著三百流亡者走上險路的，一九六〇年同他一道抵達印度的只有十四人，傷痛之餘他努力尋找失散者，陸陸續續了解到其他人的安危，同時，堅定了「我在哪裡西藏就在哪裡」的信念，背負著西藏文化踏上了不歸路，更進一步，將地理上的故鄉拋到了身後，揮劍斬斷了所有的退路，迎戰新世界。

　　抵達印度不久，愛上了同樣來自西藏的流亡女尼昆秋。一九六二年年底，昆秋為創巴生下兒子唯色朗卓。為了創巴的前途，昆秋隱瞞了朗卓是活佛之子的事實，一個人在印度以建築工人微薄的薪資扶養孩子健康成長。一九六三年，創巴得到機會遠赴英國牛津大學深造，學得一口流利的牛津英語為日後在西方傳法贏得了便利。一九六七年，西方世界最早的一家藏傳佛教寺院三昧耶林在蘇格蘭建立，創始人正是創巴活佛。一九六八年，創巴與弟子回到印度，接走了不到六歲的兒子，昆秋繼續留在印度。一九六九年，創巴酒醉駕車，車禍固然帶給他巨大的澈悟，也帶給他身體的殘疾，自此

跛足。相貌堂堂西服革履的創巴活佛再也離不開特製的鞋子與拐杖。但是，創巴不愧是有大智慧的高僧，他曾經善舞，車禍之後，身體不再由心，不能舞蹈；創巴活佛的業力卻在心中翩翩起舞，於是，「舞蹈」成為解脫之境。於是，無論身在何處，創巴活佛都能夠與情境共舞。

　　不穿僧袍不茹素、酗酒、抽菸、嗑藥、留著長髮長指甲的創巴活佛的動作是很快的，他愛上了金髮碧眼十六歲的英倫女子戴安娜，並且於一九七〇年元月初結婚，自此，創巴捨戒還俗，偶爾穿著僧袍，腰上繫一條黃帶子，明示其已婚喇嘛的身分。如此社會新聞在英倫自然掀起軒然大波，在創巴的同道之間也引發出非議。英倫已經不適合居住，當年秋天，創巴夫婦輾轉來到更為開放的美國，在科羅拉多圓石市落腳。一九七一年四月，戴安娜為創巴生下第一個兒子。

　　一九七一年十一月底，創巴在圓石市鬧區珍珠街十一號，創立了「葛瑪宗靜修中心」；一九七二年創建了「柏克萊法界」。自此，提昇金剛乘、建立香巴拉佛教傳承，喚起「覺醒社會」的宏願得以逐步實現。

　　邱陽創巴不僅傳法，他也是天才的比較文化學者，感動於美國當代詩人們的作品，感覺他們的書寫是「完美的心靈宣言」，甚至是「煩惱即菩提的證悟」。起而行動，由藏文格律詩轉向英文自由體，成就斐然。文學的斬斷與頓超同佛法相通，正好印證了大圓滿的核心正是這兩種修持。人格魅力、對理想的堅守、語言文字的信達雅，以及對學生的愛使得創巴成為無數西方人的上師，傅正明用了大量篇幅極有說服力地告訴我們這個驚天動地的過程。

　　創巴曾經這樣跟弟子說，「甘露在密續中的衍生義，是化毒藥為甘露的法門。人生的任何情境和心態，你都不必害怕、不必排斥，你可以把最極端的東西，最負面的東西當作一種燃料，從而激發你把自我的無明，轉化為一種豁然開朗的明覺……。處變不驚，從容不迫，就能遠離煩惱，發現涅槃。……這是不同文化的共同智慧。」

　　一九八七年，創巴圓寂，黛安娜說，「一個甘露瓶子破碎了」。一九八六年，昆秋夫人首次來到美國，見到了重病的創巴，見到了闊別十八年的兒子，真正是處變不驚，從容淡定。她沒有出現在創巴臨終的病榻前，卻出現在送行的隊伍裡。

　　邱陽創巴、昆秋與成千上萬的流亡藏人以他們心中的甘露為我們捧出了一杯清澈的淨水，讓我們看到日月星辰的位置，看到我們自己的位置，而且告訴了我們，怎樣才能在這個位置上做到最好。

《狂慧詩僧：邱陽創巴傳奇三部曲》
作者：傅正明
出版者：台北允晨文化

# 文學應當是個
# 能獨立存在的東西

關於文學寫作，一九六三年八月，沈從文先生在一封家書中的部分原話是這樣的，「當時只以為文學是個能獨立存在的東西，不怕用半個世紀努力，也得搞好它，和世界上最優秀作品可以比肩。時代一變，一切努力不免付之東流。」話中被簡略帶過的痛苦掙扎我們都能夠想像、也都能夠痛切地了解。

大陸學者張新穎研讀了沈先生大量的文字，特別是太原北岳文藝出版社二○○二年出版的一千餘萬字《沈從文全集》全三十二卷，內中有四百五十萬字是首次出版，精挑細選，避免了可能會引發「麻煩」的更沉痛更犀利更深刻的部分，以沈先生的文字為經緯，為我們描述了這個痛苦掙扎的漫長過程。

一九四八年十一月，屆時平津戰役尚未打響，北京大學「方向社」已經召開座談會討論「今日文學的方向」。當時在北大文學院教書的沈先生馬上意識到所謂方向即是要受「紅綠燈」的管制，而這紅綠燈是被政治操弄的。多年來，沈先生的文學創作由「思」字出發，而即將來臨的新時代卻要求文學寫作由「信」字起步，必須接受政治的要求與限制。認清楚了這一點，他對自己的文學命運便有了清醒的認識，「過不多久，即未被迫擱筆，亦終得把筆擱下。」

郭沫若的〈斥反動文藝〉一九四八年三月在香港刊出，大力抨擊沈從文。一九四九年元月這篇東西出現在北大的標語與壁報上，

與此同時，邵荃麟、馮乃超等人也有謾罵文章出現。於是我們知道，「大字報」、清算、批判、對文化人的攻擊、凌辱並非產生於六〇年代的文革，甚至不是產生於反胡風反右的五〇年代，而是在「建國」之前的四〇年代，由中共「延安整風」擴大發展而成，其直接的後果便是摧毀了中國最偉大的小說家的文學觀念，逼迫他成為一個游離於「新時代」之外的人。但是，溫和善良言語謙和的沈從文在精神上卻是強大柔韌百折不回的，對他幫助最多的《舊約》與《史記》奠定了他的悲憫情懷與對人、對自然的無限關愛。他是創造出《邊城》創造出翠翠的文學家，他的根深植於中國的土地、山水與文化傳統中。他從被打暈了的狀態獨自痛苦地掙扎出來，「改用二十年所蓄積的一點雜史部知識，和對於應用藝術的愛好與理解，來研究工藝美術史。」因此，我們知道，在文學之路斷絕之時，沈先生投身歷代人民日常使用的器物研究是他的自主選擇，他將自己對歷史文化的熱愛化作了永不間斷的研究與發掘。在他的後半生裡艱難而用力地做下去，直至生命的最終完成。

然而，文學之火是不會在一位文學家的心中死滅的，經過「革命大學改造思想」並且被派到四川內江參加「土改」的沈先生卻在默默地觀察自然與人的互動，在歷史長河裡尋找支撐自己的力量，甚至悄悄地寫小說，給他自己「帶來一點點喜悅」。

五〇年代初，工作調動到歷史博物館，常常擔任的是策展人、撰述作者兼解說員的工作，解說的過程為很多年以後才得以問世的《中國古代服飾研究》埋下了伏筆。但沈先生如此辛苦工作卻是為了一般青年對歷史的無認識而非常的著急。這樣的著急又只能放在心裡，無法明說。在歷史博物館工作了將近三十年，心裡的痛苦與

時俱增，館方對他的貢獻並沒有感覺，這是一個方面，政治的干擾則是另外一個方面。

在之後的幾年裡，沈先生全然地放棄了成為「專業作家」的機會，也沒有接受建議調入故宮博物院。沒有調入故宮是希望把在歷史博物館開始的歷史圖錄工作做完。不肯「歸隊」回到「文學創作」，卻是對時勢有著清醒的認識。開明書店已經知會他，因其作品「過時」，已刊印之書以及未刊印之書稿、紙型「均奉命銷毀」。換句話說，沈先生過去的創作已無意義，今後若是寫作只能寫奉命文章。沈先生以他的睿智拒絕了這個誘惑，在隨後的大鳴大放中採取靜觀的態度不發一語，逃過了反右的疾風暴雨，搶到了一點時間投身他熱愛的歷史文物研究，創造了文物研究必須結合實物的研究方法。

文革的大風暴襲來之前，早已有日本、美國、瑞典、德國方面翻譯介紹沈從文作品，更有夏志清教授在一九六一年出版的英文著作中以專章盛讚沈從文的文學成就。然而，國內的刻意忽略與抹殺時時提醒著這位仍然想要並且悄悄收集資料準備寫長篇小說的文學家瞻前顧後。風雨欲來的肅殺氛圍帶給他巨大的驚懼。

這一回，沈先生無從迴避。大字報、檢查交代、抄家、批判會、下放幹校，無一倖免。據統計，一九六六年僅八月下旬到九月底的四十天之內，僅北京市就有一千七百多人被打死，三萬三千六百多戶被抄家，八萬四千多名所謂「五類分子」被趕出了北京。沈先生的家被抄了八次，先是女兒被趕出北京，之後全家人陸續被以各種名義強迫離開北京，這個家被連根拔起。書籍、手稿、文獻、資料卡片全數被掠走。多年後發還了部分，沈先生手寫的大量文物資料

卡片全數被毀去了。文史工作靠的是頑強的記憶、不要命的拚搏精神，以及在極為惡劣的生活條件下持續完成，可以說是他單打獨鬥完成了不可能的任務。漆黑的雨夜，沒有照明，屋漏，需在室內撐傘，地上水流如河川，文學之火在心中跳躍，七十歲的沈先生以創作五言樂府自娛。此時，世間再也沒有任何的邪惡力量能夠摧毀他。

一九七六年，疲憊的中國迎來了文革的結束，鑼鼓聲中，哲人沈從文看到了這個民族被腐蝕被敗壞的程度，毫無歡欣之情。他無日無夜地工作，希望為後人留下一些東西，激發後人對歷史文化的記憶與熱愛。

八〇年代，出訪美國與日本，談文學談文物。談二〇與三〇年代文學情真意切，談文物舉凡玉工藝、陶瓷、漆器、螺鈿、獅子藝術、扇子、銅鏡、絲綢、織繡染纈服飾、馬的藝術與裝備熟極而流。文學與文物相輔相成，形成了沈從文獨特而完整的世界。

二〇一八年，沈先生離開他熱愛的山河整整三十年。不幸的是，那塊土地上的文學依然被紅綠燈控制著，而文學也依然沒有能夠成為一個獨立存在的東西。

《沈從文的後半生》
作者：張新穎
出版者：台北麥田出版社

# 虛構的荒誕比生活的荒誕更接近真實

　　二○一八年十一月中旬，前來參加香港國際文學節的華裔英籍作家馬建在得知他的兩場演講活動被大館展場取消之後，在一場記者招待會上表達了他對文學的認知。他到香港本來是要朗讀他的新作《中國夢》的。活動取消，他以一個小說家的身分來談文學。他認為，文學包括了大量的內容，哲學、心理學、醫學等等盡在其中，人類學、政治學、社會學、藝術自然也是會出現的。因之，某些人將政治從小說裡單獨地抽離出來加以評斷是對文學的無知。對於在場的新聞工作者，馬建語重心長地指出，這一天前來與會的媒體工作者是來尋找真相的，也都期待在各自生活的社會裡，審查與自我審查不再發生在自己的身上。他更針對香港的現實表達出他對文學與藝術的信念，沒有任何領域能夠像文學與藝術一樣成為人們精神世界的唯一的避風港。

　　在狂風呼嘯的冬夜，我從書架上拿下了馬建的一本早期作品，一九九四年由台北遠流出版社出版的《拉麵者》。重溫這本書讓我感覺到，三十年來，馬建從未離開過他對文學理念的堅守，無論在中國還是在西方，他以自然流暢的語言，幽默辛辣的敘事風格表達出一個具有中國特色的命題，虛構的荒誕比生活的荒誕更接近真實。

　　五○年代出生青島的馬建八○年代移居香港，並創辦出版社，隨即他的作品在大陸被禁。九○年代經由德國定居英倫。新世紀被

大陸當局禁止入境。他的中文作品在台灣出版，多數已譯成多種西方語文。但是，無論他住在哪裡，他日常使用的是何種語言，都沒有影響到他用自己的筆，去詰問一個時代，去描述極權社會中人們的生存百態。

但是，馬建是文學家，他從事的是藝術性極強的文學創作，正如他自己所說，人們不能也不應該將政治從文學創作中抽離出來評論，因為文學是極其豐富極具內涵的。

多數論者認為《拉麵者》是一位專業作者與一位獻血者喝酒聊天聊出來的一些故事，這些故事是以八〇年代的中國為背景的。讀者很容易感覺這或許是一組短篇小說，實際上，這是馬建一部結構嚴謹的長篇小說，敘事中不但用括號標示出專業作者沒有說出口的話語，甚至，還有讀者的意見或專業作者的意見以黑字標出，納入括號中。如此敘事也是馬建的特色。括號中的文字不多卻跨越了人物對話的極限，使得生活的真相幾幾乎一目了然，極耐人尋味。

這本書並沒有目錄，但每一個篇章有其標題，指出的似乎只是這一個篇章中的主要人物是某種人，比方說〈專業作者〉、〈專業獻血者〉、〈陶醉者〉、〈自殺者或表演者〉、〈抄寫者或空中塑膠袋〉等等。開篇不久，在對專業獻血者的描述裡，馬建不動聲色地引領讀者走向他寫作的初衷，「其實小說是沒有故事的，它是一種把時間敲碎、剪破、倒到一起的雜亂思想。這些思緒如拉麵般反覆拽來拽去，變成有秩序的千絲萬縷。它在拉麵者手中成為一個整體概念。它不斷走來也不斷離去。」千絲萬縷的拉麵是億萬人眾有秩序的思緒、行為。他們在拉麵者手中被任意地拽來拽去，成為一個規範的整體。甚至在拉麵與拉麵者之間產生了一種下意識的和諧，變得舒服起來

了。於是，我們能夠看清楚，這樣的「舒適」是以自由為代價的。專業作者心知肚明，「知道自己的存在幾乎就是毫不利己專門利黨。他的一切都是黨的，黨叫他寫小說，也可以叫他死亡，這並不是他的選擇。」獻血者這樣開導他，「你不願意寫你不想寫的東西。你竟忘了人是靠謀實利生存的，而不是靠意義。」在改革開放中得到「生存機會」的獻血者作出結論，「你要懂得生活中沒有謀實利便完蛋了。要記住，一切報應都是現世的。」直截了當，要言不繁。讓我們想到魯迅先生的小說〈聰明人、傻子與奴才〉。

〈陶醉者〉的主角是一個專門焚屍的個體戶，他同他的母親住在半個門洞裡，不同的死者在被焚化的過程中個體戶為他們播放不同的音樂，甚至包括被禁止的〈何日君再來〉、〈桃花江上美人多〉。個體戶最終焚化的人是他的母親，之後他便消失在萬丈紅塵當中。而我們在閱讀這栩栩如生的章節之時，我們能夠痛切感覺到的是在一個極其荒誕的現實社會裡，活著與死亡的界線正在日漸模糊中。

個體戶消失後，住進這半個門洞的是一個抄寫員，沒有這個城市的戶口，因此他只好把自己掩藏起來，專門為人寫信、寫狀子，寫各種必須訴諸文字的東西。男人追求女子要他寫情書；女人回覆的信件還是他的手筆。有人要興訟，狀子是他寫；被告要辯護，其自辯還是他寫。形銷骨立、思維敏捷的抄寫員整天整夜面對的是「鐵證如山的事實、翻雲覆雨的愛情、排山倒海的行為、死去活來的親情」。再沒有比這個抄寫員所面對的一切來得更為真切了。而他，面對了一個老婦人，老婦人央他寫信給自己的女兒，要她離開一個滿口謊言的專業作者，女兒沒有理睬這些信，卻以表演的方式自殺了，她是前面那個章節〈自殺者或表演者〉的主人公蘇蘇，她的表演是

當眾活活被一隻老虎吃掉。表演的時間是六月四日凌晨三時。人們擁擠著觀看這個表演。老婦人大為欣慰，叫道，「再沒有人能夠征服她」了。我們讀到這裡的時候，了解馬建如何將看似支離破碎的故事凝聚成在迴旋中不斷發展的長篇小說。我們也會想到魯迅先生所寫過的「人血饅頭」。

　　一些論者表示，沒有經過現代中國的荒誕，不懂甚麼是戶口、外匯券、友誼商店、糧票、油票、雞蛋票、布票、電扇票、電視機票、煤票、菸票、肉票和補品證明的人們很難懂得這本書。對於華文讀者來說，希羅文明、十字軍東征、宗教改革、文藝復興都不是容易完全了解的，但讀起來仍然津津有味。為甚麼，中國的近代史上發生的許多事情卻會「讀不懂」呢？恐怕是心理障礙多於知識障礙。

　　馬建對閱讀市場的冷暖非常了解，十八年前他在序文中這樣說，「這篇小說是地地道道的時代產物，像一堆可以踩出響聲還亮閃閃的玻璃碎渣，不會永恆。它無法像巴哈的音樂那般純粹。它有旋律，旋律中有各種配器，演奏這作品的地點只能在沒有聽眾的中國。好在器樂本身就是聽眾。」

　　好在世界仍有追根究柢的習慣。對於拉麵者製造出來的荒誕大家都相當的明白了。

《拉麵者》
作者：馬建
出版者：台北遠流出版

# 誰偷走了靜好的歲月？

　　二〇一八年十一月初，黃永玉先生的作品在台北中山北路大藝術家畫廊盛大展出。走在令人炫目的畫廊裡，我眼前總是浮現出上個世紀九〇年代在香港黃先生的畫室裡與這位藝術家歡喜見面的情形。我們談到很多人也談到很多事。這些人是我們都尊敬的，那些事都讓我們傷感，都讓我們扼腕，都讓我們不能不發出一聲長嘆，是誰，偷走了這些藝術家靜好的創作歲月？

　　幾年之後，黃先生在台北出版了他的一本書，記敘了他的親身經歷，他與這些藝術家們的交往，他對他們的理解。這本書無序，開門見山；亦無跋，餘音裊裊。一如黃先生的處事風格，亦如印刻出版品的風格。

　　重溫這本書需要一些準備，黃先生獨特的敘事方式、簡潔明快形象生動的語言會把我們帶回一個不堪回首的時代，會讓我們再次感受痛楚，為一些不世出的天才被剝奪的創作歲月，為他們所遭受過的一切屈辱，也為他們本來能夠創造出來或本來能夠留下來傳世的藝術瑰寶。

　　開首第一篇寫錢鍾書先生。錢先生是大學問家，曾經住在北京東城乾麵胡同的四合院裡，我在十七歲之前也住在那個胡同裡，有關錢先生仉儷也聽到很多。都說錢先生架子大、不近人情。我從來不這樣看，黃先生在這篇紀念文字裡告訴我們的正是許多人不知道

不了解的錢先生。他不喜歡被傳喚，那怕是「國宴」，那怕是當年正當紅的江青親自點名，錢先生的回答也是「哈，我不去，我很忙，哈。」但是，黃先生為了一幅畫向他請教「鳳凰涅槃」的「根據」，他卻馬上說到那是郭沫若一九二一年一首詩的題目，「三教九流之外的發明」。但鳳凰跳進火裡再生的故事卻是有的，源自古希臘。錢先生指示去翻一翻《簡明不列顛百科全書》第三本。黃先生馬上去查書，解決了疑難。答案究竟是甚麼，黃先生沒有說，成為這本書的特色之一。許多事情的結論要讀者去做功課等於延伸閱讀的提示，非常精采。關於錢先生，黃先生這樣說，「文化像森林，錢先生是林中巨樹。人要懂得愛護森林，它能清新空氣，調節水土。」

　　在一篇題為〈大雅寶胡同甲二號安魂祭〉的長文裡，我們得以了解在中國美術史上赫赫有名的許多藝術家的狀況。文革期間，黃先生同李苦禪先生、李可染先生一道在牛棚裡關了好幾年。早些時候，李苦禪先生，這位善良樸素的先生，這位重要的寫意畫家卻曾經長年地被安排去繪製陶瓷花瓶。李可染先生就更不用說了，生活一直清苦至極，文革後期「被指定為永遠下鄉落戶到湖北農村生根的光榮戶」。不用多說，那種遠離創作的折磨我們都親身經歷、親眼得見。黃先生對於李可染先生有著極高的評價，盛讚其畫作質量與開創新局的功績，「可染先生有一種農民性格中的聰明和純樸，勤勞是他的天性。作品因之顯現出厚重的民族魂魄。面對著他的作品時，就無法拒絕迎面襲來的道德感染。八大山人如此，石濤如此，傅山亦何嘗不如此？」

　　悼念林風眠先生的文章怵目驚心。林先生文革期間為求避禍，曾經自毀作品數千幅，沒有逃過劫難，被上海公安局拘留四年。出

獄後，黃先生到上海去探望他，「一進門，這位七十多歲的老人正抱著一個七八十斤的煤爐子進屋。那時，他自己一個人生活已經很久了。一個偉大的藝術家照顧著一個偉大的藝術家。」文革之後，林先生終於獲准出境，在香港度過最後的歲月。關於林先生，黃先生這樣作結，「林風眠先生二十出頭就當了美專校長，不問政事，畫了一輩子畫。九十二歲的八月十二日上午十時，林風眠來到天堂門口。『幹甚麼的？身上多是鞭痕？』上帝問他。『畫家！』林風眠回答。」讀到這裡，內心的憤怒與痛惜化作止不住的淚水狂湧而出，濡濕了書頁。

　　〈這些憂鬱的碎屑〉寫的是黃先生的表叔沈從文先生。這篇長文我不知拜讀過多少次，每一次都有新的發現，新的感動，新的體悟。非常的幸運，我曾經有三年時間，常常能夠登門探望沈伯伯同兆和姨。那時候，寫到一半的長篇不得不停下來，於是開始寫短篇小說，寄往台北《聯合報副刊》以前都請沈伯伯看過。他喜歡，我覺得那是世界上最高的獎賞，歡喜無限。在黃先生的文章裡除了沈伯伯所遭受過的一切之外，除了沈伯伯的堅忍、掙扎與奮鬥之外，黃先生特別談到沈先生有關文學創作的一些看法。這些看法在今天看來仍然是非常的切實，具有提神醒腦的強大功用。

　　黃先生說，生活中的一些感受畫不出來，要寫。有一些連寫也寫不出來，太慘了。因之，世上有許多心靈作家。沈先生由心靈作家而優秀作家「會感應，會綜合，會運用學識，加上良好的記憶和高尚的道德」數千萬文字的成就無愧於天地。時代困頓，沈伯伯這位極能克服困難，在全新的領域裡創造出奇蹟的智者很少有機會談小說創作，但他曾經在北京大學教授一個特別的課程「小說作法」。

有一次，他這樣跟黃先生說，「寫某篇東西是因為前一篇『太濃』」。黃先生是優秀的畫家，身體力行多年，而沈伯伯是寫家，「概念和感覺的交錯轉嫁，使美的技巧增加了許多新鮮。」

是啊，濃得化不開的情感、思緒必得有個濃淡相宜的置放處。一九八六年夏天，我到沈家告別，沈伯伯說，「好好寫，不要中斷。」這七個字的分量日益沉重、色彩日益清新、情感日益深厚。是的，我現在能夠跟沈伯伯說，再無人能夠偷走靜好的歲月，持續創作便成為生命的全部意義。

闔上這本書，放上書架的同時，取下了沈伯伯的小說《長河》、錢先生的《談藝錄》、齊白石、林風眠、李苦禪、李可染、黃永玉諸位先生的畫集，張樂平先生的《三毛流浪記》以及楊先讓先生的《黃河十四走》。春陽照亮了書桌上這一座巍峨的山峰，我在桌前坐下來，心裡滿溢著感激。

《比我老的老頭》
作者：黃永玉
出版者：台北印刻出版社

# 懂　得

　　五四運動百年，散文大家董橋先生用一部大書來慶祝。開宗明義，董先生在序文中說，「這本《讀胡適》只讀我喜歡讀的胡適」，並且說，「頌揚和謾罵聲中胡先生一輩子是台上的人物。胡先生的學術果真過時了，胡先生推行新文化的努力也隱入文化史的篇章裡了，我緬懷的是胡適之對世界、對國家、對山河、對生靈的關愛和擔當。」於是，我們懂得，這部書寫的是董橋先生對胡適的理解，從字裡行間，我們不僅讀胡適，我們也讀董橋。於熱愛文字的華文讀者而言，這是難得的際遇。

　　全書八十八回，每一回自成篇章，從胡先生說起，或是掌故、一封信、一首詩、一副對聯、一段講詞、著作中的一個部分；聯繫到互動的人物。姓名、字、號、籍貫、事功，娓娓道出其來龍去脈。於是，我們看到了胡適先生的家人、師友、同事、熟人、學生，以及敵人。更重要的是，我們看到了老民國的大風景，董橋先生以他精湛、準確而細膩的筆觸讓我們看到了一個時代，那個時代早已被某些力量扭曲，也早已被某些力量刻意地掩蓋了，淡忘了。今天，對於很多華文讀者而言，「老民國」似乎是個新名詞，但她曾經浴血奮戰，她是第二次世界大戰的戰勝國，她曾經經歷五四運動，曾經掀起新文化的狂飆，而且，幾乎引發了中國的文藝復興。胡適先生曾是那個時代的弄潮兒，他主張白話文、正確的標點符號、引進西

方思潮、戰時創立西南聯大，他是愛惜青年、功在國家的思想者、教育家、外交家。

　　第十五回，董橋先生根據《胡適留學日記》詳述胡先生早年留學美國時的表現，除了功課好之外「他很活躍，活動能力強，平日愛發議論，愛演說，愛跟人辯駁，課程以外的社會政治、國際形勢他都熟悉。」讀胡先生一生著述，董橋先生體會到胡先生的成就「在於打開風氣之先，在於提示茫茫傳統學海中的遠見。」而且「胡先生為人之精當超乎他做事之能幹：能幹只可建造事功，精當足以締結人和。那是胡適之樞紐地位的基石。」學術成就早已超越胡先生的現代思想家余英時教授對於胡先生「譽滿天下，謗亦隨之」的一生有著精闢的分析，認為胡先生「始終是學術思想界的一個注意的焦點」，有人追隨、有人引申發揮、有人商榷討論、有人猛烈攻擊，「但是幾乎沒有人可以完全忽視他的存在。」

　　第十七回，董橋先生告訴我們胡先生對東西方文化的見解，東方子女重孝道，對父母遷就容忍，「那是為人的容忍」。西方人以責任為先，執著於誠實，自己認為是對的事情絕不為了遷就別人而放棄。胡先生說，「吾於家庭之事，則從東方人；於社會國家政治之見解，則從西方人。」

　　第三十三回，從翻譯、介紹易卜生說起，董橋先生引領我們看到戰鬥的胡適，「現在有人對你們說：『犧牲你們個人的自由，去求國家的自由！』我對你們說：『爭你們個人的自由，便是為國家爭自由！爭你們自己的人格，便是為國家爭人格！自由平等的國家不是一群奴才建造得起來的！』」這樣鏗然有聲的話，胡先生是在一百年以前說的。於是，我們了解為甚麼在上個世紀五〇年代，在中國大

陸報章雜誌會出現三百萬字對胡適思想的猛烈攻擊。我們也就了解，為甚麼，五四運動百年，中國人仍然與「德先生」無緣相見。然而，董橋先生說，「五四運動是國族的覺醒也是國魂的豐碑。」更在第四十三回跟我們說，「講人權爭人權二百多年了今時今日我們還在講，還要爭。這是中國的悲哀。」

董橋先生在第三十六回談到老赫胥黎「文章乾淨清通，說服力強。」胡先生的譯文卻囉嗦，於是董橋先生自己動手，還原了老赫胥黎的乾淨清通，讓我們看到了董先生的書生本色。不僅如此，胡先生由老赫胥黎的思想引申開去談及文明與文化，特別指出文明的產生必有物質與精神的兩個因子。本來撥雲見月的議論，卻在悲天憫人的論述過程中被「社會主義」的假象迷惑。一九五四年，胡先生親眼見到所謂的「社會主義」在世界上帶來的獨裁、極權統治，而對自己二十七年前的誤判發出真心的懺悔。胡先生說明了誤判的根源，「樂利主義的哲學家提出『最大多數的最大幸福』來做人類社會的目的，說那是『社會化』的現象也是社會主義的趨勢。」董橋先生發表他自己的觀感，「學術理論上來講這是對的，可惜我心中從來沒有胡先生心中的那一縷清芬，從來不覺得書齋裡的構想可以在人治的國度裡開花結果。胡先生的懺悔害我滿心悲涼。」

文學人董橋先生觀察、體會人生是更加透澈的，對於胡先生本人，董橋先生也是理解得更為徹底的。

第四十九回，董橋先生寫到大陸歷史學家羅爾綱年輕時曾在胡先生家工作，寫過一本《師門五年記》。讀這本書，董先生並不覺得作者真的寫出了「他身受的教誨和恩賜有多麼動人」。但是胡先生曾有一封信給羅，曲折而懇切地表達了他對這年輕人的愛護。董橋先

生一讀再讀這封信，痛切地感受到「做一個胡適那樣的人實在太不容易了。我幾乎可以肯定胡先生其實不是一個快樂的人，他花了太多的心思去遷就人家的感受。他總是比別人先看到人家心中的喜憂。人生實難，人人都難。能夠替別人化解一點難處也許真的是替自己化解了一點難處。這樣的能耐靠的原來真的不是宗教的信仰也不是神明的感召：靠的是『懂得』。」

　　心中波濤起伏，忽聞門鈴響，來客是來討回音的。我把已經大力修改過的文稿還給他，上面還附了一封信。他低頭看著那許許多多被修改過的錯字錯標點，頗為沮喪。我的心裡滿是同情，他們從小未學過傳統中國字，標點更是一團亂。若是家裡長輩無力指點，他們就完全地失去了機會。然而，他們現在已然居住在自由國度，學習永不嫌晚。於是，他用一隻聰明的手機網購了我手裡的這部書。我跟他說，「抄書吧，先抄第八十八回，解決標點符號、行文格式的疑惑，學習正確用字的方法。」望著他離去的背影，我在心中祝禱，但願他認真抄書之際能夠懂得董橋先生奮筆疾書的拳拳之心。

《讀胡適》
作者：董橋
出版者：香港牛津大學出版社

# 精準的預言

　　二○二○年二月十二日，自台北飛回華盛頓，飛機上帶著東大圖書公司新版的《一九八四》，黑色封面的平裝本，腥紅色的標題，譯者是劉紹銘教授。返回家中書房，在劉教授一長排的著作與譯作中間，取出草綠色布面精裝的原譯本，出版者是東大圖書公司。這一本書，來到我的案頭是一九九二年，二十八年來讀之再三。

　　譯本再版，劉教授在序文中說，為了這個新版，為了要寫一篇新序，而要「重讀這本書」，要「迫著自己重溫惡夢」。字裡行間，對喬治‧歐威爾這本重要的著作充滿敬佩之情，並且引了史丹福大學教授歐文‧豪的意見，認為人們沒有必要「隨興之所致重溫《一九八四》」，因為它的過目難忘、充滿激情、一氣呵成，「每個字都剝脫得光禿禿的，唯一剩下的文義是恐懼。」

　　書中所描繪的大洋邦之種種情事於我而言，所帶來的並非恐懼，而是昂揚的鬥志，因為我曾經在一個類似大洋邦的國度居住過三十年，因之，我認為《一九八四》是一部精準的預言，在二次世界大戰結束後的四十年代末，預言了一個專制極權國家可能發生的事情。這些事情滲透了這個國家的社會各階層，牽涉到每一個人的行動坐臥，牽涉到每一個人的所思所想，箝制、禁錮、改造，如若不能奏效，便將其生命與靈魂同時消滅，似乎這一個人從未在天地間存在過。我的生活經驗裡，有的是實在的例子，證實著這部預言的精準。

更重要的是，我的人生經驗告訴我，這大洋邦並非金剛不壞之身，它有壽限。無論當政者如何竭盡全力「維穩」，它依然要崩壞，要坍塌。我們要做的就是了解它、盡一切力量摧毀它，喬治‧歐威爾的書寫正是極為優秀的指南。

比較近的例子發生在二〇一九年，一個維護人權與自由的媒體裡面的維吾爾部門工作人員來電話跟我談到維族民眾被迫集中，被迫「學習」，被迫放棄信仰的情事。我馬上想到曾經發生在新疆南部的事情，便據實相告，在漫長的歲月裡，那個地區實在是這個國度的古拉格。他們驚訝道，這是最近的事情啊。我跟他們說，禁錮與改造行之多年，只不過那時候被關押的不是維族人，多半是漢人，國民政府的遺留人員、國軍將士、歷次政治運動中被清洗的黑九類……。他們訝異極了，因為他們「沒聽說過」這些情事發生在南疆。我的親眼所見、親身經歷於他們而言，是在報章雜誌中、書本上從未見過的。他們掙扎許久，提出了一個疑問，在我的書裡，提到一個維族聚居的地方叫做「毛拉公社」的，他們查找了最近二十年來的地圖，找不到這個地方，他們所說的地圖當然是在那個國度出版的，於是我心平氣和地告訴他們，「人民公社」在二十世紀八〇年代已經走入歷史，在美國國家地理雜誌出版的地圖上，三岔口東南方，東經七十九度、北緯四十度的座標上就存在著那個被消失了的地方。這個地方也生動而清楚地出現在我的書寫裡，我在毛拉以南的「兵團」生活的時間是一九六七到一九七六年，距他們提出問題的時間雖然只有四十年到半個世紀之久，卻不是二十年。他們苦澀地轉移了話題，我和他們之間的無法交集是由於這個國度的近代歷史被刻意泯滅造成的。

　　《一九八四》的許多章節便清楚地描繪了在大洋邦，歷史是怎
樣被改寫被泯滅的。小說主人公史密斯這樣說：「……從昨天倒數的
歷史都被毀滅……，我們常常提到革命，但對革命的實況一無所知，
更不用說革命前的歲月了。每一份有關紀錄，要不是焚毀就是剟改。
每一本書都經改寫，每張圖畫都經重繪，雕像、路名和建築物都換
了名字，每個日期都隨便修訂。這種偷天換日、改頭換面的工作，
每天每分每秒都在進行著。歷史停頓。」

　　歷史的主要載體是文字，因此大洋邦的文字必須「改革」，以利
改頭換面。在「研究科」工作的西明對此津津樂道：「……我們在消
滅字彙，每天毀掉的，數以百計。我們要把語言的渣滓除去……，
新語的最後目標是把思想的範圍縮小，……語言改革臻至善之境時，
革命也就完成了。」對於生活在一個國度的十多億人來說，文字改
革帶來的語言貧瘠則是難以化解的傷痛。

　　聰明的、口無遮攔的西明被蒸發掉了。「蒸發」的意思是一個人
消失得無影無蹤，他似乎從來沒有出現過，沒有任何文字資料證實
他曾經存在。他只活在某些人的記憶裡，這些人喪失記憶或刻意遺
忘或壽終正寢之時，「蒸發」徹底完成。在我的記憶裡，永遠地站立
著一位科學家、一位航空專家，他的被蒸發發生在文革初期的北京。
八〇年代，美國政府與民間機構查問他的下落，得到的回答是，「沒
有這個人，從來沒有。」但是，他不但活在我的記憶裡也活在美國
航空製造業的紀錄裡。現在，他生動地活在我的書寫裡，永遠不會
被消失。這是全世界的正常人對抗泯滅歷史的簡單作法，拒絕遺忘，
用語言、用文字留下真實的紀錄。《一九八四》毫不留情地讓我們知
道，「蒸發」不是一件簡單的事情，蒸發之前的酷刑、「蒸發」之後

人被改了名字投入勞改營，雖然活著，周遭的人們卻不真的知道此人是誰，他走過了怎樣的人生荊棘路，他屬於人類黑暗期的哪一段歷史。這樣的事情也被我的書寫記錄在案。但我確實的不知道我記憶中的這位科學家在他被蒸發之前遭到了甚麼？夜深人靜之時，我常常想到他，想到他對我的指引，想到他是我在那個國度接觸到的唯一一人，說出「不自由毋寧死」這句話的。想到他的不可知的命運，內心的沉痛無以言說。

　　我寫這篇書介的日子是二〇二〇年二月二十六日，這一天的《華盛頓郵報》報導了香港銅鑼灣書店出版商桂民海被判十年徒刑後的新發展。瑞典外交官提出探訪被關押的桂民海之時，中國方面的回答是「武漢疫情正蔓延中，不方便。」桂民海曾是瑞典公民，瑞典政府相信這位書商是在脅迫下不得不「放棄」瑞典國籍，因此依然為其奔走。

　　這樣的脅迫會抵達怎樣殘酷的程度，《一九八四》在七十多年前做出了精準的預言。更重要的是，經過了七十年暴政脅迫的人們應當已經懂得了一個真理，百姓的苟且偷安是暴政續命的靈藥。人類需要有一點精神，維護自由與人權的精神，不懼脅迫，不懼被蒸發的精神。

*Nineteen Eighty-Four*
中譯本：《一九八四》
作者：George Orwell
譯者：劉紹銘
出版者：台北東大圖書

第三章

# 風捎來遠方的故事

# 慢一點，請再慢一點

　　風華絕代的法國長篇小說《追憶似水年華》的作者普魯斯特三歲的時候便罹患哮喘。由於長年患病，由於晨昏顛倒，於是格外地畏懼噪音的干擾。他所居住之處，四壁以軟木鋪牆，為的是徹底隔音。他成年之後幾乎沒有離開過巴黎，接觸的人也不是很多。但是，在他的小說裡，眾多的人物卻展開了曲折、複雜的人生，交織成一幅幅華麗的長卷。人們不禁要問，一位幾乎足不出戶的寫手何以「閱人無數」？

　　才華橫溢的英倫學者艾倫‧狄波頓為我們揭開謎底。普魯斯特是個謎，自然有人千方百計要「逮」到他，請他吃飯是一個辦法。席間，普魯斯特對一切事情都有著極大的興趣。不止是一般的表面故事，而是極其細微的，旁人覺得是雞毛蒜皮的「小事」，他都聽得津津有味。他的口頭禪是，「慢一點，請再慢一點」。同桌吃飯的食客隨口提到來時路上一位擦肩而過的熟人。普魯斯特會詳細詢問，在什麼地方遇到這位熟人，他的衣著、他的舉止動作音容笑貌、與他同行的人又是怎生模樣？講話的人往往吃驚不小，發現自己本來根本沒有注意到的事情竟然是非常的有趣。在普魯斯特這樣的循循善誘之下，食客無意中提到的這位熟人竟然栩栩如生起來。普魯斯特絕對不會將聽來的故事馬上放進書寫之中。他只是仔細地儲藏了無數的「人生經驗」，然後，他會用極慢的速度讓這些人生在他的腦

際發生錯綜複雜的變化，成就為他的書寫中的某個人物。他曾經告訴友人，他所創造的人物常常有著數個原型甚至數十個原型。

這個「慢」字不只是創作態度，更是人生哲學。用狄波頓的話來說，普魯斯特是這樣的一位作家，面對著一把掃帚，他也能為它寫出一本傳記來。正是這個「慢一點」的生活態度使得普魯斯特能夠觀察入微，能夠聽到、看到、想到人們視而不見的無數大事小情。

狄波頓告訴我們，普魯斯特認為，從美學的角度來看，人類的型態實在不多。不管走到哪裡，我們必須儘可能從中認出我們「認識」的人，並引以為樂。「這種快樂並非只是視覺的。」狄波頓指出重點。

不止是人類，那怕是一株玫瑰，普魯斯特也能夠看上老半天。友人幾乎懷疑，他似乎在與這株玫瑰交談，玫瑰似乎很樂意告訴普魯斯特一些很特別的事情，因為，站在花叢前的普魯斯特看起來是那樣的心滿意足！

普魯斯特的老朋友都德說過，普魯斯特看報紙非常用心，連新聞提要都不肯放過，他有本事用想像和幻想把一則新聞轉化為一部充滿悲劇或者喜劇色彩的長篇小說。碰到令人驚恐的人倫慘劇，普魯斯特會從新聞所提供的線索深入到人性的黝暗層面。狄波頓詮釋說，普魯斯特認為，人性悲劇是希臘以降，很多西方偉大藝術作品的中心主題。「因此，普魯斯特宣稱，藝術作品的偉大和題材的表面無關，而與表現的手法息息相關。他還進一步主張，即使是芝麻綠豆的小事也是豐饒的藝術題材，而且報紙上的一則香皂廣告也能和巴斯卡的《沉思錄》一樣深遠。」如此這般，普魯斯特喜歡研究列車時刻表也就有了極為充分的理由。

　　由此，我們就會想到，一九二二年深秋普魯斯特辭世，巴黎萬人空巷、交通中斷、送行的人群絡繹不絕。在送行者之中有一位偶然從紅色蘇聯來到巴黎的詩人，他就是年輕的象徵主義和未來主義的天才詩人馬雅可夫斯基。茫茫然的詩人走在如此深情的望不到盡頭的送行行列裡，心裡會激起怎樣的狂濤巨瀾。偉大的藝術作品不必一定要是號角、鼓聲和旗幟，甚至也不必一定要有著信仰、理想和預言，更不必謳歌革命與叛逆。藝術作品可以是一封娓娓道出的未曾寄往任何地方的長信，有如《追憶似水年華》。躺在棺木中的普魯斯特與走在送行行列裡的馬雅可夫斯基在這段時間裡有沒有相遇呢？他們的靈魂有沒有交談過呢？這個交談與八年後馬雅可夫斯基驟然離世有沒有一些關聯呢？我們可以自己去尋找答案。

　　人們常常驚異於普魯斯特對於病苦的態度。這樣長年的病痛纏身不是苦不堪言嗎？有著如此艱難人生的一位寫手如何能夠完成像《追憶似水年華》這樣的一部宏篇巨製？狄波頓告訴我們，普魯斯特有著一種將痛苦轉化為知識財富的絕技，簡要來說便是，「當悲傷轉化為思想的時候，就失去了一些傷心的力量。」換句話說，普魯斯特永遠能夠從痛苦中學到東西。因為病苦，普魯斯特有著極其靈敏的感受力，感受痛苦的能力遠遠高過常人，有助於知識的獲得。比方說，腳踝扭傷，我們馬上就能明白身體重量分布的情形。打嗝讓我們了解呼吸系統未知的一面。而被情人拋棄便是了解情感依賴機制最好的導論。

　　很多人仍然會感覺茫然，上述狀況是普遍發生的，但是多半的人並不會從中學習到什麼，無論是身體層面還是精神層面。在《追憶似水年華》當中，充滿了這些無助的人。普魯斯特以緩慢的節奏

細述這些無法可想的靈魂所處的困境。然則，普魯斯特在告訴我們，痛苦與真知灼見如影隨形。我們自身所遭受的任何痛苦都是真正的良師，絕非在課堂上聽老師講課所能夠比擬的。

我們會想，每個人的悟性不同，自然結果也會不同。看了狄波頓的意見，我們會了解，心靈的運作是斷斷續續的，隨時可能失去頭緒，隨時可能分心。只有在沉潛之中，才會爆發有活力的思維。而沉潛需要時間，浮光掠影、高速網路、簡訊之類都與沉潛沒有什麼關聯。

我們可以用慢速度來閱讀狄波頓的建言，然後，我們大約會將高居於書架之上塵封已久的《追憶似水年華》搬下來，放在書桌上，取出一本，從第一頁開始閱讀。然後，我們會打開一個本子，用筆寫下我們的感受。甚至，鋪開信紙，用一支筆將我們所學到的寫給我們摯愛的親友。

***How Proust Can Change Your Life***
中譯本：《擁抱似水年華——普魯斯特如何改變你的人生》
作者：Alain de Botton
譯者：廖月娟
出版者：台北先覺出版社

# 不習慣抗議，
# 習慣哀痛、埋怨、遺忘

「我們不習慣抗議，習慣哀痛、埋怨、遺忘」。這樣的一句話印在一本小說的封面上，當然有著提綱挈領的作用。小說的作者是新加坡的英培安。小說的主場是新加坡。

新加坡究竟是怎樣的一個國家，那裡的華人在怎樣地生活著，都是華文讀者關心的。

從地理位置上來講，新加坡位於東南亞馬來半島的最南端，北部以柔佛海峽與馬來亞相隔，南部同印度尼西亞隔著麻六甲海峽遙遙相望。除了本島之外，新加坡還有六十三個離島，總面積只有七百二十平方公里的國家卻聚居著五百五十萬人，人口密度高居世界第二。本地居民中，華人佔了百分之七十四以上，第二順位的馬來人只佔百分之十三。

一八一九年，此地成為英國殖民地，在漫長的歲月裡，新加坡是大英帝國在亞洲重要的航運與戰略基地，更是日不落國重要的經濟據點。第二次世界大戰中，從一九四二到一九四五年，新加坡被日軍佔領了三年半，並被更名為昭南。戰後，英國再次控制新加坡。直到一九六五年，新加坡才從馬來西亞分離出來，獨立建國。但是，在短短的歲月裡，這個島國卻成為亞洲四小龍之一，即使在橫掃全球的經濟風暴中，失業率極低的新加坡仍然屹立不搖。現在，除了紐約、倫敦之外，新加坡是全世界第三個最為活躍的金融中心。

　　英國人、日本人、馬來人都曾經是主子的新加坡華人的精神狀態是怎樣的複雜，我們不難想像。在英文是主流語言的新加坡，多數來自福建、廣東、海南的華人在複雜的語境中艱難掙扎的內心糾結，我們能夠了解。因此，當英培安的小說中出現相當數量的廣東話，並且在書中附有「粵語華語對照表」的時候，我們體會到，華語對於生活在新加坡的華人來講絕非最重要的語言，粵語仍然是或曾經是母語，是他們生命中的一個不可徹底分離的部分。有了這樣的認知，我們讀這本優秀的小說，才能感同身受。

　　國家小、歷史短，絲毫不影響文化的多元，因為這個移民國家有著漫長、複雜的移民史，而每一位移民的艱辛跋涉便足以構成一部或數部長篇小說。

　　英培安的這本小說分為兩個部分，第一部分以第一代廣東移民梁炳洪老先生的回憶與夢境為主線，細緻描述移居南洋的曲折歷程。並非一個「窮」字能夠概括一切。是的，廣東鄉下的貧困已經到了父親準備賣掉妹妹的地步，作哥哥的終於得到家人允許同朋友一道到省城尋找活路，繼而到香港，終於抵達新加坡。兩位少年人離開家鄉之後，並非沒有生存機會，而是仍然懷有夢想，希望著「遍地黃金」的南洋會帶給他們幸福的生活。當他們兩人在一間咖啡茶鋪找到工作，安頓下來之後，兩人的命運發生了改變。梁炳洪安於現狀，不想再冒險，也不想吃苦學藝，而終生留在了這間茶鋪。朋友德仔卻吃苦耐勞積極學藝，成為粵劇名伶。不僅如此，兩人共同喜愛的女子雖然嫁給了梁炳洪，他卻知道實際上，她愛的是德仔。於是，事業、愛情都充滿遺憾的梁炳洪被妒火焚身許多年。如此人生遭際足夠成篇。但是，小說的主場是新加坡，新加坡的歷史、文化

成為雄渾的背景，為人物的際遇延拓出深度。華人人口眾多，但華語始終受到官方的限制同排擠。下一代要有前途需進英校而非華校，粵劇是無數廣東移民心底裡的最愛，卻在日新月異的社會裡迅速地沒落。一件藏在箱底多年的戲服成為鄉愁的具體表徵，成為一個美麗的隱喻，成為一個遙不可及的夢想，它牽連著一代又一代人的心情故事，愛恨交織；對故國的希冀、失望、惆悵，對現實社會的哀怨、猶疑、徬徨都同這件戲服有著千絲萬縷的聯繫，使得整部小說閃耀出華彩。

　　日軍佔領期間，無論怎樣地逆來順受，百姓依然遭到殘酷的荼毒。這段史實在書中有著清晰、沉痛的描述，是小說中特別撼動人心的部分。梁炳洪同妻子在這生死攸關、艱難度日的歲月裡，反而能夠心心相印、能夠互相扶持。作者的敘事脈絡便得以深植於人性之光輝面。

　　小說的第二部分以梁炳洪的孫女如秀為主線，讓我們看到了現代新加坡的社會變遷。如秀念的是英校，在公司裡做事使用的是英文，同女友們相聚聊天也是使用英文的時候居多。因此，如秀的中文程度不是很高，廣東話講得也不是很流利；有趣的是，這樣一位現代女子對粵劇卻情有獨鍾，工作之餘樂於學習演唱。在個人感情方面，她的前男友雖然一表人才，卻用情不專，終於分手。如秀同第二任男友劭華卻很快進入婚姻，隱隱然有著同粵劇的某些關聯。劭華不但曾經同梁老先生「對歌」，而且認識如秀的大哥劍秋，粉雕玉琢、熱愛粵劇並且獻身藝術的劍秋。英培安為劭華埋下了長長的伏線，這根伏線的首尾都同粵劇相連，千迴百轉終於回到了那件戲服上，成就了這本小說在結構上的特別優異之處，使得戲曲同小說

相輝映，曲折、婉轉、引人入勝。

　　然而，英培安畢竟是卓越的小說家，他並沒有讓那件優雅的戲服佔據舞台，他也沒有讓纏綿悱惻的粵曲成為主旋律。那麼善解人意、那麼體貼、那麼樂於傾聽的劭華竟然是冷漠的。而那位為了學戲荒廢了學業，終於翩翩登台的梁劍秋卻並沒有真正得到良師指點，竟然只學得皮毛，終至遭人譏笑、輕慢，而幡然醒悟自己只不過是「半桶水」，尋根究底，年少時並非真正愛演戲，沒有下過苦功夫，而只是虛榮心作怪而已。

　　情何以堪？正是這四個字道出了真章，人性的複雜與多面同哀痛、埋怨、遺忘相應和，寫出了曲折、隱晦而不堪回首的人生。

　　小說成功地描摹了八十餘年動盪不安的歲月，展開了梁家三代人曲折多舛的命運，讓我們看到了新加坡的社會政治風情，以及顫動在廣東移民心弦上的雖然微弱卻年復一年繞梁不去的優雅韻致。

《戲服》
作者：英培安
出版者：台北唐山出版社

# 此地是一些事情的源頭

　　列夫·托爾斯泰在一八九八年所出版的《藝術論》裡有著這樣的論述，「將來的藝術和現在不同，它並不只是描寫少數富人們的生活，它將要努力於傳達人類共同的情感。」我看到這段論述的時候，剛剛讀完果戈里的小說〈外套〉，不禁心生疑問。果戈里的時代比托翁早，他去世的時間是一八五二年。托翁若是讀過〈外套〉，他一定會同意，果戈里所寫的正是貧苦公務員的生活，而果戈里努力傳達的正是人類期待被了解、被尊重的共同的情感。而果戈里所寫的並非「將來的藝術」，而是離托爾斯泰很近的，時間上還超前一點的「當代文學」。

　　徐四金的小說《香水》在一九八五年出版時，歡呼聲大起，許多人熱烈地表示，「這本書是拉丁美洲魔幻寫實的歐洲表現。」、「才華洋溢、引人入勝、獨一無二的原創幻想。」這樣的讚美也完全地適用於果戈里的小說〈鼻子〉，只不過，果戈里比徐四金早了不止一百年，比拉美魔幻小說也早了一個世紀。小說家納博可夫說，「果戈里的作品至少是四度空間的。能夠與他相較的同時代人是毀掉歐幾里得幾何世界的數學家羅巴切夫斯基。」這話聽起來非常的驚人，但是，當我們進入果戈里文學世界的時候，我們就能夠發現，現代小說、後現代小說、後設與解構之類的文學概念在果戈里的小說裡都能夠找得到至為明顯的例證。換言之，此地，聖彼得堡恰恰是某

些事情的源頭，在這裡，我們能夠毫不費力地從果戈里的書寫裡找到一把鑰匙，來解讀許多現代人寫的、多數讀者完全看不懂的文學理論。更重要的是，我們能夠真正欣賞果戈里的小說，這些小說離我們這麼近，近到我們可以伸手觸摸到，近到幾乎是在書寫我們自己的困頓、疑惑、焦慮與希冀。原因何在？現代人同果戈里小說中的人物一樣還是沒有得到了解、得到尊重。「同情」這個情感因素在當年的聖彼得堡和當今世界任何地方一樣，還是稀薄得無可救藥。而小說，這樣一種虛實交錯的體裁，在果戈里筆下被發展成多麼有趣、多麼可笑、多麼可怕、多麼「荒謬」的一種書寫啊。更為可貴的是，果戈里的書寫是親切的、周到的、溫煦的，絕對不以讀者看不懂為能事。

　　杜斯妥也夫斯基說過這樣一句話，「我們都是從果戈里的〈外套〉裡走出來的。」這句話概括了世界上千千萬萬讀者的心聲。我讀〈外套〉的時候還是一個十歲的孩子，那是一個相當簡陋的譯本，紙張的粗糙、字體的模糊、譯文的不甚通順都無法阻擋小說的穿透力，我跟著阿卡基·阿卡基耶維奇一道穿著破舊不堪的外套走在澈骨的寒風裡；我跟這位小公務員一樣地熱愛抄寫，只想著怎樣把字體寫得更漂亮；我甚至曾經跟他一樣完全不能了解我從來不曾麻煩人而為甚麼人家卻總是不放過我？有人跟我說，阿卡基好不容易有了一件新外套卻被壞蛋搶走，他哪怕變成了鬼魂也沒能教訓那些壞蛋，卻把那個羞辱過他的「大人物」的外套剝了下來，而且從此便安靜了，不再折騰。這是甚麼緣故？我回答說，因為尊嚴比新外套還要重要。當年，我脫口而出的話跟我的處境有關。現在我還是會說這句話，因為人的尊嚴在很多的地方、很多的時候仍然沒有得到

尊重。一個人勤勤懇懇做好自己份內的事情，是應當得到尊重的。但是，他卻被肆意批評、被評頭論足、被刁難、被欺凌、被恐嚇。這個人，在生前受盡煎熬，連一句完整的抗議都說不出來。他身後化為鬼魂是一定要討還公道的。果戈里以魔幻手法真實寫出一個人內心可能有的悲憤。更為精彩的是，在淚水不斷滴落的時候，我們還能笑得出來。

　　小說如同一隻飛鳥穩穩當當飛向又高又遠的天際，去完成她的史詩，而對於這隻鳥的評論卻宛如鳥兒的影子，雖然也在移動卻從來沒有離開地面而且離這隻翱翔中的鳥兒越來越遠。一九二七年愛德華‧佛斯特在《小說面面觀》裡所談到的這個現象完全地適用於果戈里的小說。不幸的是，果戈里太在乎評論界的意見，竟然一次焚書、兩次焚稿，甚至捨棄了自己的生命，在他四十三歲的時候。

　　距離我初讀果戈里半個世紀之後，我終於來到白夜籠罩下的聖彼得堡，走上了涅瓦大道，在瑪拉雅‧卡紐施娜婭街，果戈里住了很久的公寓附近，同果戈里巨大的雕像見面。小說家雙手環抱胸前，低頭下望，神色嚴肅。目光深沉。他穿著一件巨大的披風。披風的長度直達鞋面。我伸手摸著這件披風的下襬，跟果戈里說，我會跟著您的小說飛翔，飛到又高又遠的地方。這時候，我似乎看到了他隱隱然的笑容。

　　我也終於有機會來到莫斯科，在新聖女墓園，在果戈里的墓石上，在那個金色的十字架前，獻上一束玫瑰。我跟小說家碎碎念，很快，您的小說會有最好的中文譯本。

　　果真，最新版本的《外套與彼得堡故事》問世了。譯者同編者都是俄羅斯文學學者，他們根據一九七七年在莫斯科出版的俄文版

《果戈里作品全集》翻譯出版了這本經典小說。經過再三揣摩，新譯本的結構有所改變，篇章順序依次為〈涅瓦大道〉、〈鼻子〉、〈狂人日記〉、〈外套〉、〈畫像〉。於是，腳色同場景相呼應首尾相接，讀畢全書，似乎是跟著一個圓旋轉下來，我們會感覺到回到了原地，有如夢境。這樣的編排真正體現出果戈里語言的強大魅力，讓讀者在虛幻與真實間看到聖彼得堡，一個在沼澤上興建起來的內涵極其豐富的城市。更重要的是，讀者經由這樣的一個閱讀歷程，可以看到人生中時時不得不面對的荒謬困境，不但能夠沐浴人性的光輝，也能夠體察人性的柔弱與缺失。熱愛文學的讀者更能夠透過這樣一本書來接受文學理論的一次洗禮。畢竟，許多的事情是從聖彼得堡開始的，其源頭正好在果戈里的筆下冉冉流出。

**Шинель/ Петербургские повести**
中譯本：《外套與彼得堡故事：果戈里經典小說新譯》
作者：Nicolai Gogol
譯者：何瑄
編者：丘光
出版者：台北櫻桃園文化出版社

# 一本書的藏金量

　　世界上就是會有這樣的書，在每一頁裡都有著大量的我們幾乎從未料想到的事情。這些事情並非杜撰，而是有著鐵證如山的根據，它們是這樣地引人入勝，這樣地清晰易懂，這樣地輝煌奪目。這樣的一本書，有著無與倫比的藏金量，如同金礦。當我們碰到了這樣的一本書，那種幸福的感覺是非常強烈的，再三再四重讀的過程中，我們會發現更多的寶藏，每一點新發現都會帶來巨大的欣喜、豐富的聯想。

　　我們都「知道」一萬五千年以前的舊石器時代，在法國南部拉斯科的山洞裡出現的壁畫是人類在這個星球上創造出的最早的藝術品。十九世紀被發現的這些依據岩壁形成與洞窟結構繪出的動物形象栩栩如生，那次的大發現至今震撼著世人。但是我們「不知道」那並非人類最早的藝術成就。早在三萬年前，澳洲的原住民就在他們居處的牆壁上繪製藝術品了。所以，澳大利亞才是全球藝術傳統最悠久的國家。而在我們這本書裡，我們就要跟著一位正在維護這些古老藝術品的專家漢娜開始一趟極為艱難的旅程，去探究一本高齡五百歲的美麗之書的來龍去脈，這個旅程的驚險曲折是我們可以期待的。

　　中世紀的西班牙出現了一件藝術史上的珍品，一本繪有許多美麗圖畫的希伯來文羊皮紙手稿《塞拉耶佛祈禱書》。弔詭之處在於，

那時候的猶太戒律絕對地禁止雕刻偶像，絕對地禁止描繪世間萬物的形象，因之美術被禁絕。那麼這些精細、鮮豔、貴重的插圖是從哪裡來的呢？當一九九六年，這本珍奇的繪本手稿在波士尼亞首府塞拉耶佛出現的時候，自然引起專家們的注意，但是，事關以色列，事關穆斯林眾多的波士尼亞，能夠被聯合國教科文組織請來做維修工作的，不能是德國學者，也不能是波士尼亞學者。如此這般，澳洲學者漢娜雀屏中選。

我們不知道的事情何其多，羊皮紙手稿上毛孔的大小和分布顯示那隻羊的來歷，書中所談的羊皮紙手稿是用亞拉岡薩高山綿羊的皮製成的。當幾可亂真的贗品出現的時候，羊皮紙提供了有力的佐證，證明了漢娜的專業能力。甚麼東西都可以做得維妙維肖，筆觸與裝幀都可以模仿到天衣無縫，唯獨十五世紀便在西班牙絕跡的綿羊無法複製。

粗粗計算一下，這本猶太祈禱書所經過的劫難最少包括宗教法庭、流放、集體大屠殺、種族滅絕以及戰爭，然而，她活下來了，文字與圖畫都倖免於難。漢娜一頁一頁細細檢視這本書的時候，發現在最後一頁有一行威尼斯體拉丁文，「經我調查之手。喬凡尼‧多明尼哥‧維斯托里尼，一六〇九年」。如果這位義大利宗教法庭的審查人員喬凡尼沒有出手搶救，這本祈禱書早已因為「政治不正確」而被焚燬。那麼，這位喬凡尼為甚麼要出手相救呢？這樣一個巨大的懸案我們要讀到一百八十四頁才能揭曉。在那一段驚心動魄的閱讀中，我們會看到一位酗酒的天主教神父與一位嗜賭的猶太教拉比之間令人無法置信的友誼。備受歧視的拉比以其微弱之力輾轉於宗教迫害的巨大陰影中試圖拯救這本文字並沒有妨害到天主教的祈禱

書。喬凡尼卻指出，重點在圖畫，畫中景物暗合哥白尼日心論學說，絕對不合天主教教義，非焚燬不可……。最終，喬凡尼的不可告人的過往在冥冥中指引了他，於是手稿倖免於難。

今天的讀者跟著漢娜由書頁上的鹽水結晶抽絲剝繭了解到手稿成書於一四九二年的西班牙塔拉戈納，那時候，還沒有哥白尼的學說問世，更何況，圖畫並非出自猶太人之手，於是這個探究的過程繼續前行。

夾在書中的一根「白髮」指引著這個探究的旅程繼續向西來到了西班牙西南部塞維亞。來自北非的穆斯林摩爾人在西元八世紀便來到了這裡，並且在這裡建立起璀璨的文明。一直到十三世紀，整整五百年間，此地都在摩爾人的控制之下。在這一長段的光陰中，猶太教、基督教、伊斯蘭教曾經有過長時間和樂融融的日子。這樣的日子勉強的支撐到一四九二年。在「收復失土」的戰爭中，西班牙天主教王室依靠猶太人的財力終於將穆斯林摩爾人打垮，西班牙成為天主教國家。綿延七百年的不同種族、不同信仰的人們和平共處的日子結束，猶太人被西班牙王室掃地出門，所有的抵抗都歸結於殘酷的殺戮。

《塞拉耶佛祈禱書》誕生於血腥之中。書中的圖畫卻在十多年前誕生於混亂中的塞維亞。一位穆斯林著名書畫家的掌上明珠竟然在父親被殺害後被轉賣為奴，其主人是一個猶太家庭，家庭中的少年是一位聾啞人。穆斯林女畫家為了讓這位聾啞少年能夠了解他的信仰而根據聖經《舊約》繪製了許多圖畫，其中上帝創造地球的部分，地球呈現球體而非扁平的圓只因為球體更為美麗畫起來更加有趣，並且同伊斯蘭天文學沒有衝突。漢娜發現的那根「白髮」竟然

是一隻波斯貓被剪下的一根毛，精細繪畫需用的畫筆是用這樣的毛製成的。聰慧的女畫家在一幀畫中留下了自己膚色黝黑的美麗影像，並且在裙裾的折皺上用阿拉伯文留下了她的姓名，「我為賓雅明‧奈塔尼爾‧哈‧拉維做成這些圖畫。薩拉‧伊布拉希‧塔瑞克。在塞維亞名為摩拉」。一位來自非洲的伊斯蘭教徒、一位被稱為「摩爾女人」的畫家、《塞拉耶佛祈禱書》的繪圖者在這裡宣示了她的著作權，五百年來學者專家瞪視著她卻一無所知。

十二年以後，又聾又啞，被剝奪了一切的賓雅明流落到塔拉戈納，在街頭兜售他最後的財產，這些用黃金、寶石繪製的圖畫。猶太文士大衛‧班‧梭山買下了這些畫，選擇了最配得上的高山羊皮紙，用火雞羽毛筆沾了墨水，以希伯來文書寫這本逾越節祈禱書的文字。文字如同火焰燒進了羊皮紙中。然後，做書的裝幀師、做書鉤的銀匠參加進來，在迫害猶太人的血腥中，這本書誕生了。梭山的小女兒在家破人亡之時帶著這本書渡過地中海向義大利進發，祈禱書開始了她艱難的旅程……。

人類曾經有過的不同種族、不同信仰的人們的和樂相處催生了這本書，人類的悲憫情懷保護了這本書。今天，她被細緻地審視，被攤放在我們的閱讀燈下，金光閃閃，強烈昭示著知識的力量以及愛與寬容的力量。

*People of the Book*
中譯本：《禁忌祈禱書》
作者：Geraldine Brooks
譯者：侯嘉珏
出版者：台北寂寞出版社

# 傲慢與偏見

　　這不是珍・奧斯汀溫婉、浪漫的愛情小說，而是一部緊密貼近今日世界嚴酷現實，引發我們思考的文學作品。作者是一九七一年出生於巴基斯坦第二大城拉合爾的莫欣・哈密。他在拉合爾長大成人，在美國普林斯頓大學受教育，在哈佛法學院拿到博士學位，在曼哈頓著名的財經公司工作多年，曾經成為「紐約客」，目前定居倫敦。

　　這樣的一位作者，可以說是「新移民」中的佼佼者，他得到了令無數青年艷羨的教育，他得到了令無數人艷羨的工作。但是，他離開了。他用一部小說來說明這樣一個「離開」本身所隱含的萬千曲折。小說就是小說，再富於自傳性質的小說還是小說，並非自傳。小說主角「成吉思」沒有遷居倫敦而是回到了家鄉拉合爾，在一家茶館裡向一位陌生的美國來客細述他的心路歷程。於是整本小說便成為「我」──「成吉思」的獨白，深入剖析了這位巴基斯坦青年同美國之間或即或離的關係，以及存在於雙方的偏見與傲慢。

　　成吉思的家族在拉合爾曾經是顯赫的，到了成吉思父親這一輩家道中落已經沒有錢來負擔孩子的高等教育了。但是，成吉思是成績優異的好學生，不但拿到美國名校的入學許可，得到獎學金，而且瞞著人在校內打三份工。在他的心目中，美國並非他的尋夢之所，他來到這裡，為的是贏回「本來屬於他的東西」。骨子裡的居高臨

下，使得他在某些時候將曼哈頓公司裡「花錢如流水」的同事視為「暴發戶」。才智相當的「破落戶」與「暴發戶」之間自然產生情緒上的隔閡，處境優渥的年輕同事們卻並沒有覺察到任何的異樣，只不過很喜歡「他這個外國人」而已。

成吉思的頂頭上司吉姆不但錄取了成吉思，欣賞他的才幹，將重要的財經評估案子交給他來處理，而且相當的關心他。他常常表示出成吉思不必介意自己的 「格格不入」。這樣的一個說法是惱人的，為甚麼一個英語極其優雅流利、業務能力遠超同儕的巴基斯坦人在文化大熔爐的曼哈頓，就必得是格格不入的呢？吉姆大約絕對地沒有想到，他的關切給成吉思帶來的反而是不滿、是距離、是對「偏見」的抵觸。

旅居紐約，曼哈頓的現代化，甚至高聳的摩天樓也會帶給成吉思困擾和憤恨，「四千年前，我們這些印度河盆地的民族就已經有了棋盤式的城市，還有下水道系統，而後來入侵和殖民美國的那些人的祖先，在當時還是目不識丁的野蠻人。」然則，公司的氣派仍然讓成吉思興奮、自豪，困擾同憤恨暫時地被掩蓋了起來。

到了二○○一年，「九一一」事件發生的時候，成吉思正在國外出差，他從旅館的電視上看到了雙子星大廈的倒塌，「他高興地笑了」。積壓多年的「困擾」同「憤恨」一下子從被掩蓋的地方衝了出來，他情不自禁地笑了：你這個超級大國，你這個本土從未受難的國家，終於嘗到厲害了……。

這本書在美國出版後，這個情節最常受到質疑。作者解釋說，他自己正在曼哈頓，已經是三十歲的人，他的室友就在雙子星大廈工作，因此他的第一個感覺是恐懼，第二個思緒是惦記著自己的室

友，不知他是否安全。第三個念頭就是，這必定是某個恐怖組織幹的，而自己將來的生活是一定會改觀的。作者的母親當時在拉合爾，看到電視新聞放聲大哭，不但因為老人家熱愛紐約，而且因為老人家清楚地知道，穆斯林的命運將從此改觀。

小說作者寫第一稿的時候，將小說結束在「九一一」事件之前，但是，他感覺非常的不真實，於是在重寫的過程中，將成吉思在「九一一」之後的際遇也放進了書中。成吉思與同事們回到紐約，別人擁有美國護照，迅速通關。他用的是巴基斯坦護照，他是穆斯林，他被移民局問話盤查。等到他出關，同事們早已離去，他一個人回到曼哈頓。

政治的因素還不是迫使成吉思離開美國的最主要的原因，但絕對是重要的因素。壓垮他的最後一根稻草是愛情的失去。這本書裡，這條線索一直存在。很不幸的，二十二歲的巴基斯坦青年愛上的女孩因為男友的病逝而罹患嚴重的抑鬱症。成吉思以為熱烈的愛情能夠溶化堅冰，沒有想到，反而導致女孩更深入地將心愛的前男友隱藏於內心；以至於被送進療養院，以至於失蹤，蒸發於人間，徹底地遺棄了成吉思這份熾烈的情感。如此不堪的情事使得成吉思完全不能專心於他得心應手的工作，於是他被解雇，在美國失去了立足之地，返回了拉合爾，重新認識故土的魅力，自家美食的誘人。個人的身分認同不再是壓力的狀態下，他同在茶館裡偶遇的一位美國遊客坦露心聲，詳述他在美國的際遇以及他對美國的觀感，傲慢與偏見糾纏，讓我們看到一位智商很高的穆斯林在某些問題上的誤解有多麼的深邃，這些誤解導致他走向一種極端的邊緣。比方說，關於印巴戰爭，成吉思一直認為美國暗助印度，心生怨恨，事實上，

美國基本上是維護巴基斯坦的。美國在國際事務上費力不討好的情狀便在書中見到例證。

　　作者巧妙使用獨白的自述方式，我們看不到美國來客的言語行動，完全要靠成吉思的描述我們才能知道來客對這番掏心掏肺的敘述有著怎樣的反應。在成吉思同來客的「互動」中，時時出現緊張刺激的場面，讓我們幾乎懷疑美國來客是有備而來，目的是查訪疑似恐怖嫌犯。隨著情節的推展，我們逐漸緊張起來，小說結束在漆黑的暗夜，街上已經沒有半個人影，成吉思送來客到他下榻的飯店去，快要到門口了，道別之時，「我知道我有些看法讓你很反感，不過我還是想跟你握個手，希望你不會拒絕。先生，你為甚麼把手伸進夾克裡呢？我察覺到有金屬的閃光，既然我們現在算是有點交情了，我相信那閃光只是你的名片匣吧？」

　　於是，熱愛美國的作者便用這樣一個沒有定論的結局，給了讀者機會作出解答，來反映出讀者自己的世界觀。

*The Ruluctant Fundamentalist*
中譯本：《拉合爾茶館的陌生人》
作者：Mohsin Hamid
譯者：張靜雯
出版者：台北印刻出版社

# 當我們面對
# 永無止境的失敗

　　正是明麗的春天，南法普羅旺斯鳥語花香。穿過一片又一片火紅的罌粟田，來到洛瑪冉 (Lourmarin)，街巷靜好，餐館眾多，絕對是寫作人隱身的好地方。我坐在一塊古羅馬時期留下來的大石上，這種帶著歷史香氛的石頭稀稀落落散佈在主要街道的人行道旁，供行人閒坐。手裡捧著一本書，是卡謬一九四六年的作品《瘟疫》，作者一九六○年車禍去世，葬在此地。

　　這本書記錄了一場瘟疫的始末，充滿看似荒謬，實則極富人性的書寫，切實地告訴我們，當我們面對永無止境的失敗——比方說一場恐怖瘟疫的時候——我們能夠學習到甚麼。

　　與法國南部隔海相望，阿爾及利亞北部小城俄蘭，一個位於高地上的醜陋小城，擁有二十萬人口。一場措不及防的鼠疫瘋狂來襲，使得小城中人的生活步調、生活方式、思考模式都發生了巨大的改變。卡謬毫不留情，巨細靡遺一一道出。

　　當老鼠成批死去，在樓道裡走路，腳下會踩到軟綿綿的鼠屍的當兒，李爾醫生送走了病弱的妻子，迎來了自己的母親。媳婦身體不好進療養院休養，母親前來照顧工作忙碌的兒子，完全順理成章，天經地義。但是當我們將整本書讀完，我們才能了解，在這毫不起眼的一送一迎之間，李爾醫生的生命軌跡發生了怎樣驚人的變化。

　　四月下旬的一天，新聞社報導該城在這一天共收集到八千隻死

老鼠的時候，人們只是覺得「稍有不安」，責成政府「採取有效措施」。李爾老太太反而處之泰然，「這就像那些時候一樣，」她語意含糊地說。這位睿智的老人家這樣對她的兒子表達她的心情，「我真高興能夠跟你在一起。無論如何，連老鼠也改變不了這一點。」醫生沒有完全聽懂母親的話。事實上，這位初來乍到的老人家已經想到了歐洲歷史上的黑死病——鼠疫。在災難來臨之時，她義無反顧，站在兒子身邊，盡自己的力量支持兒子，因為她唯一的兒子必定要站在抵禦災病的最前線，因為他是醫生。換句話說，在擁有二十萬人口的俄蘭城，在三分之一到半數人口將要在年內死滅的關鍵時刻，只有這位老人家意識到即將來臨的浩劫。

　　李爾醫生相信的是科學，當看門人死在他面前的時候，他面對了這一年第一個病例，是否鼠疫則需要實驗報告來證實。但是，政府負責醫藥衛生的部門卻不太願意積極去正視災情，不願意「打亂」這個城市的穩定。然而，死亡本身是會帶來驚恐的。一位比較富有的外來者塔霍住在旅館裡，他似乎很喜歡這裡的海灘，喜歡游泳，也喜歡此地的西班牙舞者和樂手。他有寫日記的習慣，因此，俄蘭城面對災變所發生的事情便在一本日記本裡留下了紀錄。而且，從他的日記裡，我們看到了李爾醫生的行止。他從更多的死亡病例中看到了災病的共性。然而，人們是這樣難被說服，他們相信，某種惡病是偶然發生的，它們一定會被克服，一定會消失，日子也一定會循著正常的軌道按部就班地過下去。

　　於是，當「鼠疫」已經被確定，而政府高層仍然抱著僥倖心理無所事事「等著瞧」的時候，李爾醫生站出來指出這「等著瞧」的政策絕對不智，當務之急便是要阻止細菌在數月之內消滅全城一半

人口。

　　不幸而言中，鼠疫狡獪而瘋狂的進襲席捲全城。城市封鎖，不得進出。抵禦鼠疫的血清明顯供應不足。年事已高的卡斯特醫生正是世間為數極少的真正的救人者，他洞悉一切，絕不盲目樂觀，他更不相信那些平庸的官僚，於是穩紮穩打，積極投身試驗、製造血清的工作。甚至，連首當其衝的李爾醫生都感覺無助、感覺恐懼的時候，卡斯特醫生毫不動搖，繼續自製抗疫血清。卡謬在這位智者身上著墨不多，但我們卻從他的言行看到當我們面對強敵、面對永無止境的失敗之時，我們應當具有的智慧、勇氣、信心，以及永不歇止的持續奮鬥。

　　死亡人數每周從三百多直線上升，俄蘭市民從被封鎖，不得與外地的親友走動聯絡中感覺到孤獨、失落與不平，但他們仍然撐持著，希望能夠保持基本的生活方式。終至在大規模死亡來臨時，頹然承認瘟疫「殺死了一切色彩，否決了一切快樂」，而澈底地安靜了下來，接受了命運的殘酷宰割，城市陷入了死寂。塔霍的日記寫到，「瘟疫的第九十四天，死亡一百二十四位。」

　　李爾醫生忙得腳不點地，精疲力盡。塔霍站出來組織救援隊，按照醫生的指示為患者家屬接種，做必要的各種預防與隔離工作。不僅是年事已高的公務員參加了救援隊，連一心一意準備逃出城去的記者，都戰勝了「我不屬於這裡，我被陷在這裡真是委屈」的心理而勇敢地加入救援隊伍。也就是說，更多的人都明白了一個真理，抵抗災病不再是某些人的事情，而是大家的事情，一定要團結起來，共同努力，而且不計個人安危。

　　終於，李爾醫生發現，他已經不像是醫生，不是在救治病人，

而是在做一個宣判者，被病人家屬召喚到病榻前，診斷其親人確是罹患鼠疫，確實死亡，寫下紀錄，召喚運屍車，將其家屬送往隔離營地……。因為死亡人數激增，死者已經不再有保持尊嚴的告別儀式，不再被換上壽衣妥善埋葬，而是被運屍車運往一個大坑，灑上石灰，層層堆疊，草草掩埋……。

　　大家都累了，這種逐漸襲來的疲勞與絕望不但增強了一種漠然的情緒，而且使得需要支付大量勞力的事情變得更加的不可行。在這樣決然看不到希望的苦境中，塔霍的自省逐日加深，他認為，積極抗疫的行動是贏取和平唯一的方法。在贏取和平的過程中，我們必須持有同情之道。塔霍是這樣想的，也是這樣做的，當來年元月底鼠疫開始退卻的時候，他這位曾經大量接觸病人的英勇戰鬥者卻被擊中了。李爾同母親守護著他，直到他死去。

　　卡謬是非常澈底的唯物論者，他告訴我們，鼠疫桿菌絕不會就此死滅或消失，它們將潛伏下來，伺機而動。而我們，卻從他的書寫裡學習到應對之道。

> ***The Plague***
> 中譯本：《瘟疫》
> 作者：Albert Camus
> 譯者：周行之
> 出版者：台北志文出版社

# 走向和解

　　當今世界最有影響力的希伯來作家艾默思‧奧茲以如椽之筆抹去了悲劇與喜劇之間的界線，抹去了小說與非小說之間的界線，甚至抹去了「好人」與「壞人」之間的界線，以一部史詩描述了二十世紀四○、五○年代耶路撒冷猶太民族的恐懼、跋涉、遷徙、掙扎、隱忍、短暫的歡樂，以及無盡頭的哀傷、憤懣、奮起捍衛家園、反思、走向和解。一場夢想與庸俗之戰，一部愛與黑暗的傳奇，成就了希伯來語文學的扛鼎之作。

　　原名艾默思‧克勞斯納的小男孩出生於歐洲納粹崛起的一九三九年，他出生在耶路撒冷，命中注定成為以色列命運的目擊者。他的祖父母、外祖父母、父母都曾經自認為是歐洲人，為了躲避布爾什維克的虐殺而從烏克蘭逃往波蘭治下的立陶宛或從波蘭逃往捷克斯洛伐克。那時候的歐洲，到處都有成功的猶太人，他們是成功的商人，成功的學者、教授、作家、詩人、政治家。他們熱愛歐洲，但是，歐洲喝斥道，「猶太人滾回巴勒斯坦！」他們申請到英國、法國、歐洲的任何國家，甚至德國，全部遭到拒絕，他們申請到美國，回答是，「請等候十七年。」大戰即將開始，他們沒有十七年可以等待，唯一可以去的地方是他們完全不熟悉的耶路撒冷，祖先的應許之地。留在歐洲沒有動身的親人們悉數死在納粹的屠刀下。遷徙使得在歐洲生活富裕的猶太人變得一無所有。艾默思同父母住在一個

極其狹小的地下室裡。父母的房間兼起居室、臥室、書房。父母的床白天要收成一張沙發的模樣，如此才有地方坐。在這間陋室裡卻有七千冊以上的藏書。父親懂得十七種語言，在波蘭取得學位，五〇年代又在倫敦取得學位，終其一生擔任國家圖書館的館員未能承襲長輩的學術衣鉢。艾默思看得很清楚，四〇年代的耶路撒冷滿街都是學者，父親的命運不可避免。母親曾經在布拉格大學修習文學，是一位感覺敏銳的夢想家，一位懂得六、七種語言的詩人，一位俄羅斯文學孕育出來的講故事的高手。每天，她的精力消耗在燒菜煮飯洗衣清潔的家事之中，給兒子講故事成為母子之間最為愉悅的美好時光。

一九四七年十一月二十九日，在紐約附近的成功湖召開聯合國大會，投票表決，在英國託管區的土地上建立一個猶太國家和一個阿拉伯國家的分治計畫。在耶路撒冷，在後半夜，紐約的投票即將結束之時，男女老少聚集在街頭，如同化石沒有任何聲音地等待著整個民族的命運在遙遠的紐約由別人來決定。在艾默思家附近，音量開到最大的收音機裡傳來美國播音員低沉嘶啞的聲音，唱票，……英國棄權、蘇聯同意、烏拉圭同意、委內瑞拉同意、葉門反對、南斯拉夫棄權。「聲音戛然而止，一陣幽冥之中的寧靜突然降臨，凝固了整個場面，一陣令人恐懼的寧靜，幾百人屏住呼吸時的寧靜」是八歲的艾默思從未感受過的。歲月悠悠，那種寧靜也是他再未感受到的。美蘇等三十三票贊成、阿拉伯十三票反對、十票棄權，決議通過。

斷層一千九百年之後，猶太民族得到了活下去的權利。耶路撒冷的猶太人在發出來自心底的吼聲之後陷入狂歡。七個小時之後，

這些人當中的百分之一死於阿拉伯人發動的戰爭中，五個阿拉伯國家的正規軍前來助戰，一心一意將尚未建國的以色列消滅在血泊中。不知戰事將近，悲喜交集的父親在這個深夜來到兒子的小房間。黑暗中，艾默思的手「看到了」父親的淚水。這個民族的男人是不流淚的，艾默思從此沒有再見到父親的淚水，母親死去，父親都沒有掉一滴眼淚。

　　一九四八年五月十四日、十五日相交的午夜，持續了三十年的英國託管在巴勒斯坦宣告結束，以色列建國。午夜剛過，未經宣戰，阿拉伯正規軍的步兵縱隊、砲兵、裝甲兵從埃及、外約旦、伊拉克、黎巴嫩、敘利亞長驅直入以色列。耶路撒冷老城猶太人居住區陷落，平民大量傷亡。對於九歲的艾默思來講，戰爭就在身邊，鄰居玩伴、母親的好朋友、自己的小烏龜咪咪全都葬身於戰火中。

　　自此，猶太人奮起反抗，為生存而戰的結果便是「巴勒斯坦難民」這樣一個新的語彙的出現。這一回，輪到了阿拉伯人流離失所。母親去世後，父親再婚，十五歲的艾默思進入了以色列拓荒者基地胡爾達基布茲，滿心憤怒，他用改姓奧茲來「滅掉父親，滅掉耶路撒冷」一心一意成為堅定不移的新希伯來人。但是他的同儕卻從阿拉伯人的角度看問題，「我們是天外來客，在他們的領土上著陸，逐漸接管了其中的一部分，他們拿起武器反對我們又有甚麼大驚小怪的？現在我們把他們打得落花流水，成千上萬的人住在難民營……」奧茲大為驚異便責問道，那麼你在這裡拿著槍所為何來？同儕道出心聲，「在這個世界上，哪兒也不要我們，任何人也不要我們，這是整個問題的關鍵。」而且，「如果這裡不是猶太人的土地，哪裡還是呢？難道猶太人是世界上唯一不值得擁有一小塊土地的民族？」歷

史的、現實的深刻矛盾層層糾結引發奧茲成為一位深思的和平主義者，追求和解，追求人類的和平共存。

一九五二年的耶路撒冷在圍困中艱難跋涉，生活基本所需極端匱乏。一百萬猶太人住在這裡，三分之一是來自阿拉伯國家的難民，身無分文。母親的厭食、失眠、抑鬱不斷加深，終至選擇自殺以求解脫。在母親生病期間，艾默思同父親聯手盡力照顧了母親。因之，在母親離去之時，艾默思非常的憤怒，感覺母親背棄了他們父子兩人。但是，在母親離去五十年之後，作家奧茲同母親和解，明白在母親的話語中，「蘊含著強烈的冷靜、懷疑、尖銳而微妙的嘲諷以及永不消逝的傷悲」。

九歲時，奧茲見證了自己國家的誕生。十二歲的時候，他看到了自己家庭的崩解。然後，他在胡爾達基布茲度過了三十一年歲月，在那裡開始寫作、從軍、參戰、進入希伯來大學攻讀哲學與文學、成為作家與教授、返回、結婚生子、繼續長時間留在胡爾達基布茲。最後定居南方沙漠城鎮阿拉德則是為了那裡乾燥的氣候比較有利於孩子的健康。

奧茲在他的史詩巨構中與過去的自己和解，細述悲愴的歷史、艱辛的現實生活，以及兩個善良的人無法繼續共同生活所揭櫫出的殘酷。由此，更深邃地注視希伯來文學在他的血液中植入的美好。

*A Tale of Love and Darkness*
中譯本：《愛與黑暗的故事》
作者：Amos Oz
譯者：鍾志清
出版者：台北繆思出版

# 命運之手

　　據說，英倫首席才子亞契曾十一次登上《星期日泰晤士報》暢銷書作家排行榜第一名；自視甚高的丹‧布朗在看了亞契小說之後搖頭嘆息，表示，「嘆為觀止」。內中意涵複雜，但是，「由衷讚嘆」必是其中一個不可忽略不計的成分。美國《時代雜誌》的書評更加誇張，竟然表示亞契的書寫不輸大仲馬。各種聳人聽聞的傳言背後有一個堅實的數字，這本書在譯成多種文字之後，在我們居住的星球上已經有一億人讀過這本書了。好吧，既然是這樣，那麼就買來看一看好了。萬萬沒想到，像我這樣挑剔的讀者也會掉進小說家設下的陷阱，手不釋卷地讀完了近六百頁的大書，而且意猶未盡。

　　講句老實話，太久沒有讀到如此迷人的小說了。在颶風不斷侵襲、槍聲不時響起、山火不時蔓延的現實世界裡，我們的心緒時時處在憂慮與哀傷之中。優質小說在某些時候會成為一劑解藥，讓我們深切體悟人性之善與人性之惡，讓一顆顆狂跳不已的心臟在命運之手的指引下慢慢地安靜下來。

　　小說的時間點從一九〇六年四月十八日開始，在波蘭斯洛寧，這個日後淪為戰場的地方，羅諾斯基男爵的骨血亞伯降生在河灘上，被一家獵戶收養。同一天，銀行家之子威廉‧凱因誕生在麻州大城波士頓，父親馬上為他報名，在一九一八年九月進入聖保羅中學，之後自然是哈佛商學院，凱因銀行家的前途已然在望。

　　戰爭改變了人生的軌跡，波蘭淪為一戰戰場，男爵的城堡陷於德軍之手，兒子被殺，兒子的伴讀與好友亞伯成為男爵的繼承人。在地牢中，男爵竭盡全力為亞伯傳授知識。埋葬了男爵之後亞伯卻被俄軍押送到西伯利亞的勞改營。天賦異稟的亞伯竟然逃脫，經由敖德薩來到土耳其，被英國領事救起，轉交波蘭領事館。一九二一年春，亞伯搭船駛向新大陸，命運之手給了他機緣看到凱因。那一天，他是豪華飯店餐廳的基層服務生，凱因是餐廳的客人。

　　鐵達尼號船難改變了人生的軌跡。凱因的父親死於船難，母親改嫁給一個無賴，這個無賴成為凱因人生路上的一個災星。母親去世之時，凱因十六歲，成為自家銀行的委託人，趕走了無賴，繼續學業。二十一歲時，成為自家銀行董事。

　　兩所學校在這兩個人的成長過程中扮演至關緊要的腳色。凱因是哈佛高材生，亞伯半工半讀以優異成績取得哥倫比亞經濟學學位。身為銀行家之子的雷士特是凱因的好友，伴他度過喪母、娶妻等等人生大課，他的英年早逝卻為凱因提供了進入雷士特銀行的契機。亞伯的好友喬治來自波蘭，他們搭同一條船來到美國。喬治的忠誠始終一貫，成為亞伯生命中的一顆福星。凱因卻沒有這樣的福緣。命運在這樣的關鍵問題上有所取捨，賦予小說更大的張力，更綿密的情節。然則，命運也是公平的，兩個孤兒的人生伴侶大為不同，凱因娶得忠誠的賢妻，亞伯的婚姻卻是不幸的。

　　一九二九年華爾街股市崩盤再一次改變了人生軌跡。凱因對美國經濟狀況的預估與分析是正確的，為他在銀行界的迅速攀升奠定了基礎。亞伯投身旅館業，大蕭條奪走了他投資的飯店、奪走了他工作搭檔的性命，原因竟然是凱因銀行的董事們不肯接受凱因的建

議，不肯對亞伯伸出援手。這件事不是凱因個人的錯，卻誤打誤撞在亞伯心中種下了仇恨的種子，於是不擇手段施展報復。他萬萬沒有料到的是，就在自己走投無路之際，正是心懷愧疚的凱因個人悄悄出手金援，救了亞伯的事業。中間人遵照凱因的要求在漫長的歲月裡嚴守秘密，親眼得見這兩人的明爭暗鬥，心懷忐忑，卻直到凱因去世才能夠道出實情。讀者看到小說終了，明白了作者冷靜、毫不容情的設計，只能對命運之殘酷、小說家之心狠手辣搖頭嘆息。

《聖經》曾告訴我們該隱同亞伯的故事，他們是亞當與夏娃的兩個兒子，該隱因為嫉妒與憤怒殺了亞伯。在我們這本書裡，凱因沒有因為嫉妒與憤怒殺掉亞伯，他只是為了自家銀行的安全而檢舉了亞伯在不完全知情的狀況下縱容了對政府官員的賄賂，岌岌乎毀掉了亞伯。亞伯的反擊卻是致命的，他巧妙地運用了凱因銀行董事的貪念一舉扳倒了凱因，使得他不得不離開了自己的銀行，傷心欲絕。

命運之手，或者說小說家亞契之心真是堅硬如鐵，一定要陷這兩個極為聰慧之人於這樣痛苦的境地之中。然則，小說寫到了這樣的程度必然會彰顯一些我們期待的特質。

二次大戰爆發，兩個在美國高枕無憂的富人義無反顧地丟開家庭與事業爭先恐後奔赴歐洲戰場。激烈殘酷的廝殺中，亞伯竭盡全力在不知傷者是誰的情況下救護了重傷的凱因。這件事，凱因在去世之日已經明白，亞伯卻處在懵然不知的狀態。自己的義舉、對手的義舉，兩次至關重要的和解之鑰在毫無知悉的情況下被擱置了，導致兩人之間的對壘沒有寧日。

更有甚者，凱因的獨子愛上了亞伯的掌上明珠，兩位父親竭力

阻撓，於是這對現代羅密歐與茱麗葉便赤手空拳到西部發展，迅速展示實力：非常的成功，十年後在曼哈頓第五大道設立精品店，開幕酒會空前盛大。此時此刻，兩位老人各懷心事遙遙站在對街觀望，旅館業大亨亞伯一眼認出了銀行家凱因，凱因也從亞伯手上的銀鐲認出了對方；無言，脫帽致意，擦身而過。這是他們最後一次晤面，凱因死於當晚，他竟然沒能同十年未曾謀面的兒子重逢、無緣見到自己美麗賢慧的兒媳。亞伯也要等到凱因走後才了解凱因曾經出手相救的真相。我們再次對小說家心生怨尤。

　　戰爭，船難，國際國內的、政治的、商業的險惡風雲之中，人性之美與人性之惡同台角逐，演出了精采絕倫的人生大戲。美國這個移民國家、這個民主國家的諸般特色，光明的以及黑暗的，更是彰顯得淋漓盡致。最終，在亞伯的遺囑中，本來屬於波蘭貴族亞伯‧羅諾斯基男爵的這隻銀手鐲現在屬於亞伯的外孫，他的名字叫做威廉‧亞伯‧凱因。兩股血脈終於在祝福聲中合流。命運之手終於停止翻雲覆雨的惡作劇，我們對小說家亞契也不再抱怨。

*Kane & Abel*
中譯本：《該隱與亞伯》
作者：Jeffrey Archer
譯者：宋瑛堂
出版者：台北春天出版

# 有　夢

　　台北樂學書局寄來新書，一本本拿出來放在桌上，華文原創、歐美文學、日本文學、希伯來文學、俄羅斯文學……，《白夜》出現了，櫻桃園文化的最新譯本。紙箱還在地板上，一堆堆粗粗分類的新書還在桌上，我捧著這本《白夜》，縮進我的閱讀角落，打開閱讀燈，忘記了時間。

　　最早讀到的杜斯妥也夫斯基作品是《窮人》，那時我是初中一年級的學生，從此愛上了這位俄羅斯小說家。《白夜》是十三歲的時候讀到的，緊跟在《罪與罰》的後面。十七歲的時候離開北京，這本書被我包了書皮，封面上寫了《農田水利灌溉》的字樣，帶到了山西又帶到了新疆，最終留給了在那裡無書可讀的年輕人。之後的四十年，我一直在期待一本譯得更好的譯本，一本能夠將杜斯妥也夫斯基波濤洶湧的內心世界生動呈現的版本。

　　無論歲月怎樣地不留情，當我捧著這本書的時候，無可理喻的，回到了那個有夢的年代。那是一個不能談愛的年代，多少億人的愛都只能獻給一個主義一個主席一個黨，情竇初開的少男少女在層層的禁令之下裹步不前。然則，愛情是那樣美妙的一個東西，突如其來地出現了，竟然不能試著走進去嗎？不能，以身試法者的下場就在眼前。於是「有夢」。夜間說了夢話後患無窮，白日夢卻是無法禁錮的，毫無表情的臉面掩蓋了腦中的夢想，連篇的廢話掩蓋了心中

溫柔的呢喃。

　　杜斯妥也大斯基是怎樣的一位夢想者啊。我永遠記得一個故事，一位畫家為杜氏畫像，工作完成，畫家感慨道，「您真是曠世罕見的模特兒，數小時紋絲不動。」杜氏淡淡答道，「在監獄裡養成了靜止的習慣」。身體失去了行動的自由，有夢卻是無形的，任誰也無法干涉的。我相信，紋絲不動坐在那裡，任由畫家造像的杜氏，在他的夢想裡有著滔滔的雄辯，有著娓娓的敘述，有著細密的內心觀照，完全地不著痕跡。

　　《白夜》裡的無名小職員正是一位具體化了的夢想者，他再一次帶著我回到那個十三歲的年齡，那個會嚮往美好情感的年齡，那個會熱烈地去愛一個人的年齡。

　　這位小職員住在聖彼得堡，在有辦法的人都跑到南方的別墅度假的季節，獨自守著空空蕩蕩的大城市。他對這個城市瞭如指掌，他「認識」整個聖彼得堡，這是指他認識整個都市的地貌與建築，他同人們是沒有往來的，每天在相同的路上看到熟悉的面孔，卻沒有交談。有一次與一位見過多次的路人幾乎就要相互脫帽致敬、問候了，結果仍然是沉默著擦肩而過。沒有說出口的話語並不等於沒有內心的活動，小職員的心思細密，內心情感極為豐富，自己的陋室裡有著綠色的牆壁、掛著蜘蛛網，但是一張椅子擺放的位置稍有變化都會引起他的注意。更不消說，整個城市忽然地空曠起來，許多熟識的面孔忽然地不見了。那是會引起不安的，但是這種不安的情緒發生在一個白夜，一個佈滿星辰的明亮天空下，那是「我們年輕的時候」才會有的美妙的夜晚。並非尋常的極圈白夜。

　　小職員在運河堤岸看到了一個人，一個年輕的女人，一個跟自

己一樣在這個季節留在聖彼得堡的人，不可能不在他並不安寧的心緒裡引發小小的漣漪。這是小說裡的另外一個人物，娜斯堅卡。娜斯堅卡在等另外一個人，那個人是她家的房客。娜斯堅卡有一位用別針把自己別在裙邊的失明的祖母，而那位房客有可能讓她擺脫束縛，看到比較廣大的世界。換句話說，無論是那位房客或是任何別的人只要能夠改變她的現狀，她大約都會愛上的。她並不自知，她嚮往的是行動與言語的無拘無束，而並非真的一個令她傾心的男子。

　　他是那樣的需要傾訴，她又是這樣的需要傾訴，於是四個白夜的推心置腹，讓這樣的兩個人走向了談婚論嫁，甚至「帶上」祖母，小職員決心擔起所有的責任。

　　記得十三歲時的我，比娜斯堅卡更愛這位善良的清貧的小職員。我甚至覺得，腦筋雖然單純但時不時會露出一些小小狡猾的娜斯堅卡配不上那麼善良那麼能夠設身處地為他人著想的小職員。果真，那位房客終於出現了，而娜斯堅卡居然就跟著他走了，雖然留下幾個熱吻，雖然事後有一封信來，但是她給小職員留下的，難道不是失望嗎？就在十三歲的我忿忿不平的時候，杜斯妥也夫斯基很平靜地告訴我，甚麼才是真愛。當小職員面對現實，知道自己將在同樣的境地裡迎接老年，繼續孤獨的時候，他不但原諒了娜斯堅卡，而且他的內心獨白永遠地銘刻在一個十三歲少女的心中，「……願妳的天空將會明亮，願妳那可愛的笑容將會開朗安詳，願妳將會平順喜樂，因為妳把美滿幸福的一瞬給予了另外一顆孤獨而感激的心哪！我的天啊！美滿幸福的完好一瞬！哪怕是用之於人的一生，難道還不夠嗎……」

　　十三歲的我同小職員一道，掩面痛哭了好久。我的心裡仍然不

平，人同人之間多麼難得推心置腹、多麼難得相知相惜。娜斯堅卡，妳真是糊塗，放棄了真心愛妳的小職員，去跟一個不知來歷的房客，妳有的是懊悔的日子要過。

在那個少男少女的初戀會被粉碎到連灰燼都留不下的歲月裡，我不知多少次與那位善良的小職員促膝談心，編織著我的夢想。在我的白日夢裡也會出現一位靈魂高潔表情誠懇目光澄澈，值得我愛一輩子的人。但是，歲月告訴我，我內心深處的真愛是自由，思想的自由、行動的自由、愛人與被愛的自由。

整整一個甲子之後，讀到新的譯本之時，我發現，我同十三歲的自己仍然有著一個共同點，我仍然愛著那位一文不名的小職員，我愛他坦蕩的心懷也愛他溫文儒雅的風度。等待四十年，平凡的娜斯堅卡與面目模糊的房客早已經成為遙遠的背景，而那位小職員卻永遠鮮活、真實，能夠隨時隨地與之推心置腹。

這本書還有小職員的前身〈小英雄〉以及小職員的後世〈一個可笑的人的夢〉讓我們聽到更多的詩意故事、更多的動人獨白。

在闔上書本的時候，跟杜斯妥也夫斯基表達我的感謝，有夢真好。

***White Night***
中譯本：《白夜》
作者：F. Dostoyevsky
譯者：丘光
出版者：台北櫻桃園文化出版社

# 天堂與地獄都在人間？

　　美國南方小說家芙蘭納莉‧歐康納起步很早，二十五歲已經有長篇小說問世，但是，要命的紅斑狼瘡卻使得她隱居在南方的農莊裡。一九六四年辭世之時，小說家不足四十歲。她的短篇小說頻頻獲得歐‧亨利短篇小說獎，享譽美國文壇。在世界文學版圖上，歐康納是美國南部一顆光芒深邃的星。

　　歐康納使用全知觀點書寫，善用極為寫真的筆法描摹場景人物，犀利的筆觸深入人物的內心，隨著人物心理活動的蜿蜒曲折扣問人生大哉問，何以天堂與地獄都在人間？是上帝的疏忽還是上帝給予人類的救贖？

　　歐康納的小說平易近人，很容易讀。卻需要堅強的神經與結實的心臟才能夠受得了小說所揭示的殘酷、邪惡、自私、醜陋、愚蠢、狡詐、無知所構成的地獄景象。有的時候，我們可能會無力地提出我們的疑問，時間並非久遠，難不成，二十世紀二十年代到六十年代的美國南部竟然有著這樣的末日景象嗎？

　　當我們精疲力竭地將書本闔上打開電視試圖轉換情緒的時候，將馬拉松長跑變成刑場的炸彈、校園的槍聲、倒斃陰暗巷道的屍體、人為的火災、衝入人群的機動車一再地將我們拉回歐康納的書寫，讓我們知道，直到今天，天堂與地獄仍然同在人間，天堂與地獄仍然同在某一個人或某一些人的心底與腦際。

　　眾所周知，歐康納寫小說的階段正是見證了美國南方一個艱難的歷程，非裔美國人從「低等公民」到贏得平等權利的過程。在小說裡，身為傭工、季節工或者臨時工的黑人們基本上採取認命的態度，小心地與雇主周旋。從歐康納的小說裡，我們只能看到他們的身影聽到他們的話語；歐康納小說深入的是白人的內心活動。在他們內心深處並沒有平權意識，他們沒有能力抵抗時代的潮流，卻有辦法發洩他們的不滿與怨懟，他們腦中強烈的根深蒂固的階級意識將人生變得更陰暗、更晦澀、更荒謬。一九五七年的〈格林利夫〉與一九六四年的〈啟示〉兩篇獲獎小說異曲同工，以短篇小說的形式深刻揭示人類內心的黑暗面，取得極大成就。事實上，膚色、「社會地位」、經濟狀況直到二十一世紀的今天仍然左右著一些人的心理、思想與行動，導致他們做出並非明智的抉擇。

　　另外一個層面的深入探討則是屬於個人行為上的，行動詭異，造成對他人傷害的一些人在心理上可能是怎樣的，歐康納並沒有詳加描述，而是讓我們從他們的行動、語言去認識他們。歐康納詳加描述的是另外一些人，想要了解真相、想要伸出援手、想要表達關心理解、想要展示愛心的那些人是如何遭到徹底挫敗的。這種深刻有力的書寫等於在告訴我們，地獄確實存在，地獄之火焚盡的還有憐憫，憐憫在很多時候正是無知的表現；更可怖的是，當地獄之火將理解、關切、憐憫甚至愛心焚燬的時候，撒旦到底給人們留下了甚麼？無盡的痛悔、迷茫、哀傷？

　　有書評家認為，歐康納是最虔誠的天主教徒，也是最犀利的負能量小說家。心智成熟的讀者都了解，負能量的燃燒能夠使其成為一種極具啟發性的燃料。

　　在〈瘸腿的先進天堂〉這一篇小說裡，寫一位到感化院做義工的父親怎樣將自己的心神放在「拯救」一個身心俱殘卻十分「機靈」的少年，而完全地忽略了自己唯一的不怎麼機靈的兒子。母親不在了，兒子與父親相依為命，但是在精神上，他得到的只是殘羹剩飯，父親的注意力集中在那個瘸腿、強悍、兇殘、不斷肇事、謊話連篇的少年身上。我們沒有讀到兒子的內心活動，而是從那少年與父親的互動中折射出兒子那樣一個蒼白的被忽略不計的形象。這位「宅心仁厚」的父親將那少年接到家中，「信任」他，為他訂做特製的鞋子、置備天文望遠鏡以觀天象、置備顯微鏡以探究微觀世界。他究竟為甚麼要這樣做，他要滿足的是自己拯救他人的心願。那少年看得透徹，以其暴戾、詭異的行動迅速地將這位父親的心願擊得粉碎。警察帶走了邪惡的少年，父親終於省悟過來奔向自己的兒子，為時已晚，「三角架倒下，望遠鏡掉落在地。上方幾呎處，孩子吊在恍如叢林的陰影中，就在橫梁正下方，孩子就從那裡啟程踏上太空之旅。」歐康納毫不留情，給我們寫了這樣幾句話，結束了這篇小說，把我們留在絕望的黑暗中，同那位父親一起咀嚼沒有第二次機會的人生苦果。

　　十七篇小說，篇篇精采，最動人的一篇卻是歐康納去世後才被刊布的〈帕克的背〉。一位白人男子帕克，因為母親在宗教方面的偏執而逃家進入海軍，又因為酗酒而離開海軍在鄉間打工，竟誤入情網娶了清貧的福音派牧師的女兒為妻，此女相貌平凡、不會燒菜、脾氣倔強、性格彪悍，帕克婚後從一個熊腰虎背的男人變得瘦弱不堪。帕克沒有別的愛好，只鍾情於刺青，全身上下只剩後背還是「淨土」。妻子卻嗤之以鼻，視為垃圾，不屑一顧。為了取悅信仰虔誠的

妻子，帕克在背上刺了一幅拜占庭時代的耶穌肖像。帕克的朋友們看到了，「他們往上撩起他的襯衫。帕克感覺那些手立刻退開，襯衫有如面紗落在背後那張臉上。撞球室裡鴉雀無聲，帕克覺得這片寂靜是從他周圍這圈人中散發出來的，最後往下蔓延到建築地基，往上穿過屋頂橫梁。」在朋友們的讚嘆、議論聲中帕克回家了。

完全出乎意料，妻子竟然認為「耶穌是靈，沒人應該看到他的臉」，看到了帕克背上的刺青不但沒有被取悅而且因為不能忍受「偶像崇拜」而掄起掃帚痛打帕克。

歐康納告訴我們，「帕克目瞪口呆到無力抵抗，只能呆坐原地任她痛打，她最後差點把他打到失去意識。刺在背上的那張耶穌臉龐浮現粗大鞭痕。」最後我們看到，在施暴者「眼神堅定」的注視下，一身刺青的男人走出門外倚在山核桃樹上，「哭得像個嬰孩」。

這絕非天堂，卻也不是地獄，山核桃樹周圍是一片混沌，這片惡濁的混沌澈底泯滅了人間本來應當存在的理解與憐憫。

*You Can't Be Any Poorer Than Dead & Other Stories*

中譯本：《你不會比死更慘：芙蘭納莉・歐康
　　　　納小說集 II》
作者：Flannery O'Connor
譯者：許怡寧、謝靜雯
出版者：台北聯經出版

# 現代人必須知道的事情

　　好友芙洛是運動家，年過八十仍然活躍於高爾夫球場、保齡球館、網球場。向來神清氣爽的芙洛忽然淚流滿面抱住我，「我的兒子是高高興興走進醫院的，一個月後卻被抬了出來。」四十歲出頭的男人感覺腸胃不適，家庭醫師正巧度假去了，於是這位中年人走進郡立醫院請求檢視治療，一番檢驗之後，誤診為腸癌，手術中又發生事故，不得不用直升飛機送進知名大醫院，然而為時已晚，搶救無效。常聽人們說，「如果能夠不進醫院，絕對不要輕易走進去。」芙洛的慘痛經驗正是一個例證。那麼，誤診難道是普遍的嗎？有一本書這樣說，「在過去五十年中，解剖屍體時發現誤診的機率高居不下，大約有百分之二十到三十是重大誤診」一位二〇〇五年從哈佛醫學院拿到博士學位的緊急醫療科住院醫生科特·史密斯坦率告訴我們。更進一步，他認為包括斷層掃描、磁振造影、酵素免疫分析法在內的各種檢測方法雖然讓病情診斷這件事情有所進步，但是，一般的「了解病因」和「做出診斷」並不能轉化成真正有效的「照護病患」。

　　怎麼會這樣?讓錯愕不堪的我們來細讀許多位哈佛醫學院學生、實習醫生從他們面對生死的實戰經驗中學習到、體認到的事情。身為現代人，無論怎樣修身養性總是要同現代醫學打交道的，許多事情是我們必須要知道的。

　　醫生了解病因與做出診斷都需要問診，然而現代醫生多半都被訓練成能夠在病患陳述十八秒之時予以打斷的「高手」，聆聽病人陳述的醫生反而會遭到批評。這是保險公司的願望也是人滿為患的醫院的願望，醫生問診的速度夠快，所診治病人的數量才會增加，這是一個簡單的數學題。事實上，在這樣的快速中，治病救人的醫學產生了微妙的變化，醫生面對的只是某種疾病，而不是一個狀況複雜的病人。畢業於哈佛醫學院的內科住院醫生邁克‧威斯特哈斯語重心長地呼籲，「找回失去的傾聽藝術」，直接指出了現存醫療制度的嚴重缺陷，「我擔憂的是醫療正朝著錯誤的方向前進。拿保險公司的壓力及病人眾多當藉口並無法彌補認為自己的故事沒有被仔細聆聽的病人有苦無處說的痛苦以及失去健康的遺憾。」威斯特哈斯醫生的見解已經進入人文關懷的境界，他的見解才是誤診的剋星，才能提高病人回診並贏回健康的機率。

　　阿里‧韋斯納醫生告訴我們的是他在哈佛醫學院實習期間照護一位神經科病人的事例。病人是一位六十七歲非常有教養的紳士，韋斯納同他見面的時候，醫院紀錄表上說明透過檢測，已經證實他患有 ALS（肌萎縮性脊髓側索硬化症），引發憂鬱症以及味覺轉變的症狀。病人看到年輕的韋斯納淚流滿面地表示，他已經好幾天沒有吃東西了，因為他吃任何美味都好像在咀嚼硬紙板，他想，自己「可能是罹患 ALS」。這「可能」兩個字引發韋斯納警覺，醫院住院醫生並沒有告訴病患實情，正是這種隱瞞本身引發聰明、博學的病患陷入深度憂鬱。更糟糕的是，住院醫生明白病患憂鬱的來源卻沒有採取任何措施，沒有坦誠地與病人溝通。換句話說，曾經診視過病人的四位醫生都為了不明所以的原因而迴避了這份責任，讓病

人陷落在惶惑不已的黑暗中。

　　事情終於有了轉機，院方終於告訴了病人他的實際情況，這位病人感覺好多了，情緒平靜地面對現實，走完了人生最後一段路。韋斯納醫生這樣總結他所學習到的知識，「身為醫生的我們除了必須誠實面對自己內心的聲音，也必須對病人誠實。病人不僅能應付事實，他們其實期待而且也有權利從我們口中聽到真相。身為醫生，我們的責任不應是隱瞞他們的生命真相，而是協助他們了解真相並且從中努力，盡全力改善他們的生命。身為醫生，我們必須調適自我的挫敗感，我們有責任以誠實和尊敬的態度對待病人。」

　　醫生對病人誠實還比較容易做到，醫生尊敬病人，從病患學習到醫德的重要性，這就不那麼容易了。但是年輕的韋斯納醫生有這樣的自覺，這不僅是我們現代人終於聽到了的福音，而且也是一種證明，證明了哈佛醫學院之所以是哈佛醫學院的根本原因，正是這樣的教育啟迪了韋斯納醫生，給了他機會，使他成為一位能夠帶給病患慰藉，能夠為病患提供最佳療護的好醫生。

　　現代社會，醫學進步，人們開始了解，世界上有許多聞所未聞的疾病，也有許多目前仍然完全無法治癒的疾病。醫生能否體認病患的心境在治療過程中往往成為致勝的關鍵。但是，毫無疑問的，醫學越是進步，分工越是精細，專科醫生們就越是在自己的領域裡走得遠，而對其他領域的研究則顯出了貧乏。然而，病患是一個個構造非常複雜的人，檢驗過程產生的副作用、手術的副作用、治療過程的副作用、藥物的副作用，若是醫生因為各種原因不能或不願正視，令人遺憾的事情就會不斷地發生。

　　科特‧史密斯醫生直截了當地告訴我們，「自信」在醫學界非常

之重要，有人曾經跟他說，「如果你做不到那麼棒，你至少要表現出道行很深的樣子。」怎麼可能？醫生日漸了解醫學知識太過廣博，無人能夠真正精通，內科醫生因為是「萬金油」而被遭到譏諷，專科醫生則躲在「範圍有限的圍牆後面」一點點啃噬必須窮一生精力才能有所收穫的知識。於是，史密斯醫生下定決心回歸傳統不斷精進做一位真正體恤病患的好醫生。

　　他的話讓我痛切地想念抱持懸壺濟世祖訓的中醫師，講究的是望聞問切，胸中丘壑滿是醫理與對人的尊重；診室裡飄散著草根樹皮的芬芳，幾根銀針、幾包草藥帶來的慰藉何其溫暖。然而，我們仍然無法避免面對西方現代醫學，怎麼辦呢，我們祈禱醫生真的關心我們。甚麼樣的醫療態度與方式是我們真正需要的？最少，我們可以看一本書，看看這些可敬可愛的醫生們的體悟與認知，以此為標準來選擇我們所面對的醫生，讓我們有限的生命得到應有的照護。

*The Soul of a Doctor: Harvard Medical Students Face Life and Death*
中譯本：《哈佛醫學院沒教的事》
作者：Susan Pories et. al.
譯者：何敏綺
出版者：台北健行文化

# 假如這是真的

　　有人告訴我們，在倫敦有一家首屈一指的生物科技公司，其部分資金來源於政府的支援，這家公司專門研究如何讓主掌疾病與衰老的細胞停止損傷人類的肌體，公司的名字叫做「凍結時間」。最近，這家公司的執行長收到一封電郵，寄件人是湯姆，他這樣寫，「我已經四百三十七歲了。我有證據。我相信我能協助你們的研究。」隨信附上的還有照片，幾十年前照片上的那個人同現在的那個人幾乎完全一樣，歲月在他的臉上留下的痕跡微乎其微。

　　假如這是真的，請問讀到上面這段文字的讀者，您會怎樣想？

　　實在是太荒謬了，這位湯姆大約是瘋了。相信，絕大多數人會有這樣的反應。但是，有人並不這樣想，這個人是莎士比亞。莎翁曾經雇用這位湯姆在劇場彈奏魯特琴作為背景音樂，而且，他也風聞這位湯姆似乎不會老去，但他覺得沒有甚麼值得驚異的，湯姆只是同大家不太一樣而已。好一個「不太一樣」，湯姆可以一個世紀又一個世紀地活下去呀，他從不生病，有不斷增強的免疫力，十五年歲月過去，他大概只不過老了了一歲。當然，最終，他也會變老，非常非常緩慢地變老。更恐怖的是，世界上不是只有一個這樣的人，「不老症」患者有男有女有老有少，互相發現，互相協助，嚴守秘密，他們甚至還有一個組織，叫作「信天翁」。相較於他們的長壽，普通人幾乎成了蜉蝣……。這個一八八七年建立的組織要求他們每

八年換一個地方換一種身分免得被普通人視為異類而加以剷除，因此他們不能愛上任何人，因為他們的所愛會在他們面前老去，造成心理上巨大的創傷。而且，因為感情的因素他們不願搬遷，極易造成更大的危險，「可以愛美食、音樂、香檳、十月少有的晴朗午後，可以愛上瀑布的美景和舊書的氣味，但對人的愛是碰不得的，不要跟人建立連結，也盡量不要對遇見的人產生感覺。」這是信天翁的生存規則。

　　為甚麼？因為生死攸關，危險不僅來自普通人對異類的強烈戒心，也來自信天翁的自我保護。一八六〇年，已經活了二百七十九歲的湯姆，心裡的寂寞、哀傷無以復加之時曾經走進倫敦的哈金森醫師診所尋求理解與幫助，醫師認為湯姆需要的是精神方面的治療。三十一年之後，哈金森醫師跟任何凡人一樣老邁了，而湯姆幾乎還是三十年前的樣子。這便是一種證據，證明湯姆不是瘋子，他有著某種疾病。哈金森醫師在認出了湯姆之後，接受了事實，並且給了這疾病一個名字「不老症」。這個劃時代的發現沒有機會公佈於眾，湯姆被理解被接受的喜悅只維持了十三天，哈金森醫師的屍體就漂浮在泰晤士河上了。西元一八九一年誕生的這個醫學名詞「不老症」也就被埋沒至今。

　　人類的智慧極其有限，「每個人都把自己視野的極限，當做世界的極限。」 這個普遍的事實的殺傷力究竟有多大，人類歷史作了紀錄。

　　一五八一年三月三日，湯姆出生於法國，父親因為宗教信仰而死於戰爭中，母親帶著兒子來到英格蘭避難。但是，湯姆在十三歲的時候已經「停止長大」，每天每月每年，他瞪視著鏡子中的自己，

看起來，他還是那個十三歲的男孩子。直到他十八歲，鄰居們再木
訥也終於感覺蹊蹺。黑暗的中世紀，是獵巫的時代，因為湯姆的「異
狀」，母親被認為是女巫，被綁在木頭椅子上沉入河水溺死。湯姆親
眼目睹了母親的慘死，帶著母親留下的魯特琴，開始了幾個世紀的
流浪。

　　現在，他看起來不足五十歲，然而實際上他像一棵老樹或者一
幅文藝復興時期的傑作一樣老……。現在，他在倫敦橡樹園中學教
歷史。選擇教授歷史是有原因的，他需要馴服歷史使其成為一個可
以控制的物件，但是他痛切地知道他自己身處其中的歷史跟現在的
人在螢幕上看到在教科書裡讀到的截然不同。回憶之痛無比劇烈，
或者可以說人生之痛無以化解。出路何在？遙遙無期的終點在哪裡？

　　這是怎樣的人生呢？這樣的人生能夠給我們這些現代的普通人
帶來甚麼樣的啟示呢？英國小說家麥特・海格用一本魅力十足的小
說來為我們開啟一扇窗，看到一個我們未曾想像過的世界，得到
學習。

　　湯姆的例子是一個處在猶豫與徬徨中的例子。我們還能夠看到
完全不同的例子，一位叫做歐邁的男子，他喜歡澳洲，他同湯姆一
樣不會很快老去。但是他完全無視時光的停滯，他拒絕「信天翁」
的信條，敢愛敢恨，活在當下，不肯向命運屈服。他有過婚姻，眼
下他的女兒差不多九十歲了，是一位形容枯槁的老婦人，他卻還是
中年樣貌，他生活在人跡罕至的海濱，守護著女兒的安寧……。

　　湯姆在四百年前也有過婚姻也有一個女兒，女兒同他一樣也是
信天翁。小說告訴我們湯姆尋找女兒的漫漫長途，告訴我們父女相
見之時的驚悚，以及湯姆面對歷經滄桑的女兒的椎心之痛。他甚至

不敢動問女兒這四個世紀以來的遭遇……。女兒選擇隱居山林，與大自然一道度過漫長的歲月。湯姆下定決心師法歐邁，豁出去了，不再躲藏著過日子，直面人生與蜉蝣共存，「一隻黃羽鳥坐在窗沿好一陣子，然後振翅飛走。這就是自然。有很多我所經歷過的事物，當時初次經驗到的感覺都無法再次體會，像是：愛、親吻、柴可夫斯基、大溪地的夕陽、爵士樂、熱狗、血腥瑪麗。這就是事物的本質，過去的歷史──一直以來的歷史──是一條單行道。你得繼續往前走，但是你不需要總是往前看。有時候，你可以只是環顧四周，然後對目前所在之處感到滿足。」湯姆如此自我期許。

正如美國詩人艾蜜莉・狄金生正告我們的，「無數的當下鑄成永恆」。

或許，珍惜當下、無所畏懼、從歷史學習並記取教訓、熱愛大自然、接受「非我族類」並與之和平相處是小說家想要提醒我們的？在這個瞬息萬變、時間絕對停不下來的世界裡……。

*How to Stop Time*
中譯本：《時光邊緣的男人》
作者：Matt Haig
譯者：黃亦安
出版者：台北寂寞出版社

# 耶路撒冷的石頭

　　二〇一八年十二月二十八日，在我的行事曆裡，只有一行字，艾默思・奧茲辭世。

　　這一個冬天不是很容易度過，寒流一波又一波來襲，坐在窗前讀書，面對的風景或是白雪皚皚或是植被被凍得抬不起頭來，或是尖利呼嘯著的狂風將枯枝折斷轟然落下，在紅磚地上再次粉身碎骨。這樣的天氣，讓我想念耶路撒冷崎嶇不平的石頭，披著歷史的層層灰燼，在親身經歷無數風雨的同時，冷然、誠實、坦蕩地面對天地，面對世道人心。那是奧茲的書寫風格，希伯來文壇最細膩、最動人、最強有力的文學語言。

　　這一次，攤放在膝頭上的是這位以色列作家的成名作《我的米海爾》，用重溫這本書來為我尊敬的作家送行。關於這本書，坊間有很多說法，女主角漢娜有奧茲母親的影子、這本書是以色列版的《包法利夫人》、腳色入夢簡直是《安娜・卡列尼娜》的創作過程，等等。托爾斯泰寫安娜・卡列尼娜的時候將近知天命的年齡，福樓拜寫包法利夫人的時候三十歲，奧茲卻是從二十六歲寫到二十八歲。寫這本書的原因並非母親的幽魂不散，而是一位不知來自何處的女子將年輕的奧茲「禁錮」起來了，為了「走出監禁」，奧茲不得不提筆以她的觀點寫她要自己寫的故事。居所不寬敞，燈光和香菸雲霧都會妨礙到妻子的睡眠，奧茲只能在夜間把自己關在浴室裡，坐在

抽水馬桶蓋上，膝頭墊著梵谷的畫冊，點支菸，在筆記本上書寫，「直到午夜或凌晨一點，帶著疲倦與悲傷闔上眼睛。」

　　一九六七年四月，六日戰爭爆發前一個月，這本書完稿了。奧茲走出了漢娜的「奴役」，檢視文稿，大感困惑，以為這是極少數具有敏感心靈的讀者才會喜歡的讀物。小說沒有情節，主角也不像個主角，文本裡分崩離析的耶路撒冷也已經不復存在。送到出版社，編者看過文稿之後斷定「這本書沒有暢銷的潛力」，這本小說感覺上像是詩集，「字裡行間充滿感性」，完全不適合一般讀者大眾。編者還提出了許多修改意見。但是，謝天謝地，編者不但沒有拒絕出版，甚至沒有要求或期待奧茲修改書稿，就這麼按照這本「單調無趣」之小說的原來樣貌付梓了，而且沒有抱持任何可能驚天動地的期望。讓奧茲高興的是那八個字的讚譽「字裡行間充滿感性」。他不再掛心小說，上前線打仗去了。

　　一年後，小說上市，立時大賣，在以色列就售出十三萬本，譯成近三十種外文，涵蓋七十二種版本。四十年後，這本書不但依然暢銷而且專家們將這本書認定是奧茲的成名作，小說家因為這本在浴室裡寫成的小說而奠定了他在希伯來文壇的地位。

　　究竟是甚麼緣故，讓漢娜和米海爾的故事家喻戶曉？

　　漢娜喜歡文學，雖然她並不提筆寫字。但她會做白日夢，在她的夢境裡，身為「女王」的她可以駕馭青梅竹馬的阿拉伯雙胞胎為她攻城掠地。她是那樣地熱愛著權力，那樣一心一意熱切地意圖將他人放在掌心裡揉搓、降伏他們、馭使他們、凌虐他們。現實生活卻是如此的不如意，尚未完成學業便嫁給了專修地質學的米海爾。孩子尚幼小，臉上堅定的驕傲往往讓她勃然大怒而動手拼命打這個

無辜的孩子。心裡的鬱卒無從發洩，她成為無可救藥的購物狂，因為她的緣故，這個三口之家沒有辦法離開破舊的城區遷入一個比較暢亮舒適的所在。

米海爾是科學家，理性、沉著，以沉默來對抗漢娜帶給他的窘迫甚至凌辱。一個極為特別的場景讓我們感受到兩人對待事情截然不同的態度。米海爾的博士論文將近完成的時候，一位英國的地質學家提出了新的不同的觀點。漢娜大為興奮，她挑撥道，「米海爾，你的機會來了，好好給這個英國佬一點顏色瞧瞧！」她期待米海爾進入戰鬥狀態修理這個不知進退的英國人。然而，沒有廝殺、沒有血腥、連唇槍舌劍也無。米海爾花了一年時間修改論文，接納英國同行的研究成果，使得自己的研究更精確。原因非常簡單，因為那位英國人「是對的」。服膺真理是科學家的本色，米海爾的平和讓漢娜失去了一次興奮刺激的觀戰機會。她不笨，她用「最甜美的笑容」來掩蓋自己嗜血的渴望，等同欺騙，「我們偶爾也會拌嘴，接著便陷入沉默；我們也會互相指責一會兒，而後又檢討自己；有時又像兩個在昏暗樓梯上偶遇的陌生人一樣微笑：不好意思，但又彬彬有禮。」

周圍的親戚、鄰居，整整一大堆的好人無法阻擋愛的力量日漸消失，千年聖城耶路撒冷無法改變人心深處的不能滿足。

奧茲按照漢娜的「指示」如實寫出一段失敗的婚姻之常態。正是這種常態讓作者疲倦而悲傷。也正是這種常態讓世界各地的男女驚心，婚姻是多麼可怕的物事。曾經相愛的人形同陌路已經恐怖，見面的地點是昏暗的樓梯更是清楚宣告再也看不清彼此。米海爾心知肚明，愛情早已不復存在，婚姻靠親情日復一日慘淡地維繫。漢

娜從未意識到，在她豐富的語彙庫裡沒有「珍惜」這個詞。她從未珍惜過米海爾，她從未珍惜過早慧的兒子，她也沒有珍惜過耶路撒冷。除了年輕貌美，漢娜幾乎一無是處。然而，她是這本書的主角，奧茲用第一人稱的純女性觀點敘說，書名更用了並非真情的《我的米海爾》。小說卻成功地引起世界各地讀者的共鳴，尤其是女性讀者的共鳴。正是因為恐怖與平和、虛偽與真實如此地間不容髮你中有我我中有你而引發了讀者內心的悸動。洞明世事的巴爾札克早在十九世紀就指出「珍惜」正在退出人類的文化。奧茲的小說告訴我們，當「珍惜」蕩然無存之時，世界的樣貌。

　　小說進入第二十九章，另外一位女子出現了，她的平和、善解人意同漢娜的極端之間對比是那樣的鮮明。米海爾的轉身而去遂成為必然。

　　四十年後，奧茲還會想起漢娜與米海爾，「我看見漢娜佇立窗前，總是將視線放在她無法企及的那片蒼茫廣闊。於是在心裡，我對她說：漢娜，現在你已經身處四方了。現在的你，過的比以前開心些了嗎？但願你一路平安。」然後，小說家回過神來，專注於眼下的書寫。耶路撒冷的石頭再次展現崎嶇不平的複雜、深邃、感性與溫潤。

*My Michael*
中譯本：《我的米海爾》
作者：Amos Oz
譯者：鍾志清
出版者：台北木馬文化

# 籠罩心頭的陰影

在讀到玄基榮先生這部短篇小說集之前，對於大韓民國的認識相當的淺薄，對於韓國的文學更是陌生。

一九七七年，為了回美國，我同北京市公安局外事科有八個月的纏鬥。每次到達北池子八十五號這個衙門，內心裡都有一種悲壯的感覺，我要回家，他們千方百計不准我回家。我要持續爭取，直到他們放行為止或直到我灰飛煙滅為止。

在北池子八十五號，我看到過幾位老人，衣衫洗得發白，縫補得整整齊齊，彎腰曲背，坐在等候室的長凳上，不言不語。有的老人身邊有孫兒陪伴，有的只是孤身一人。他們等來的只是一聲訕笑，「我們中國政府最是寬大，想去南朝鮮，沒問題，經過平壤。」從辦公室窗口被扔出來的還有一本本已經過期的大韓民國護照。老人家拾起自己的護照，從懷裡拿出一方整潔的布，顫抖著手指，細心地將護照包好，放進懷裡，這才拄著拐杖蹣跚離去。他們和我一樣，只有一個目的，就是回家。我只有三十一歲，還等得起，他們已經是風燭殘年的老人家，年復一年，他們來到這個閻王殿請求放他們回家，得到的回答一直如此。經過北朝鮮，等待他們的將不是家人而是被入罪、被流放、死於非命。

我在中國被滯留三十年，走過大江南北，見到的大韓民國公民只有這麼幾位。中國大陸當局同大韓民國有所接觸始於一九八八年。

那時候，我回到美國已經十年，看到報上的新聞，眼前馬上浮現出那幾位老人家的身影，可不知，他們是否等到了回家的日子？心裡的憂傷無以言說。

　　玄基榮的小說所揭櫫的是更加濃重的陰影，是鮮為人知的發生在朝鮮半島南端離島濟州島長達六年半的屠戮所帶來的苦難。事情從戰後的一九四八年四月發端直到一九五四年韓戰結束一年後才平息。為剿滅持異議的南韓勞動黨，韓國陸軍演出了全武行，濫殺無辜。在這段時間裡，非正常死亡人數在一萬五千到六、七萬之間，百分之八十六是死在政府軍手中。韓國陸軍為了阻止民眾支援、掩藏異議人士竟然在漢拏山區縱火焚燬百分之九十的村莊，屠戮全體村民，造成巨大傷亡，遺留下的傷痛數十年無法平復。更可嘆的是，濟州島位於戰略要衝，曾受日軍管轄、利用。大戰結束，日軍撤走，早先為日軍擔任警察者搖身一變成為韓國巡警繼續作威作福。這些人在整個混亂時期，無法無天、欺壓良善，帶來的傷害無以倫比。夾在政府與反對黨之間的廣大受害百姓在這六年半之中家園被毀、親人大量死亡，倖存者的悲苦無以言喻。韓國陸軍將領在韓戰中戰功彪炳，濟州島事件便一再被掩蓋，正式的調查在千禧年才得以展開。一九四一年出生的小說家玄基榮在七〇年代便以小說的形式將這事件所帶來的陰霾訴諸筆墨。二〇〇九年，台北允晨文化翻譯出版了他的小說精選集，世界各地的華文讀者終於得到機會了解一個甲子以前發生的種種，以及遺留下來的巨大創傷。

　　玄基榮的小說寫實、溫婉，以悠長的旋律唱出一首首悲歌。若想了解濟州島事件錯綜複雜的成因以及事後人們對於事件的分析與認知，小說〈順伊阿姆〉是最佳選擇。這位當時懷孕在身的女子在

事件中丈夫失蹤，兩個孩子被槍殺在自己開闢出的農田裡，自己更是被百般折磨，因為討伐隊要從她身上追查她丈夫的下落。順伊阿姆同女兒倖存下來，卻無論如何無法走出悲傷的陰影最終倒臥在自家的田地服毒自盡。小說家這樣描述這遮天蔽日的悲劇，「埋葬著自己一對兒女的那塊凹陷農地，是命中註定的。她像被深水潭的水鬼抓去當替死鬼一樣，無形中被抓住髮梢拉到那農地去。她的死亡不是一個月前的死亡，已經是三十年前的陳年往生。她是三十年前就已經作古的人。只是在三十年前的那塊凹陷農地，從九九式步槍口射出的那子彈經過迂迴曲折的猶豫時光，今天才貫穿她的胸膛正中央。」讀到這裡，我想到那許多的天安門母親。三十年了，同樣寒心忍苦的三十年，卻依然沒有看到天光。

　　家園被毀之後的老百姓怎樣求生，這是天大的一個問號，提出答案的是小說〈都寧山脊的烏鴉〉。堅定、勇敢的濟州女子貴日宅哪怕「烏鴉烏」巡警用刀鋒抵住脖子也不肯屈服，一心一意惦念著兒子，掛記著不知所蹤的丈夫。沒有糧食，疏散之後的交通管制斷絕了人們回到家鄉的廢墟中去尋找糧食的可能性。母親沒有東西吃，沒有奶水，懷中的嬰兒只能餓死。為了孩子，貴日宅鋌而走險，從燒焦的家園裡找到的一點小米還是被發現，她還是經過了被刑訊的恐怖，嬰兒還是因為飢餓而夭折了。被迫築城的勞作中，發現大量的烏鴉正在啄食腐屍，不是牲畜的屍體，是人。於是，貴日宅和其他婦女一道抬起擔架將屍首掩埋。在死屍堆中，貴日宅找到了自己的丈夫。小說在這裡畫上了句號。我瞪視著這個句號，想到中國大陸六十年代的大饑荒，想到荒草深處連綿起伏的亂葬崗，想到無以計數的非正常死亡，土改、鎮反、社教、文革、六四，所釀造的悲

劇依然被深深掩蓋、被刻意地逐漸遺忘。

　　曾經慘遭凌虐、曾經目擊悲劇的人們，走到了七、八十歲的年紀，他們怎樣安頓自己的心神？他們能不能走出陰影享受人生？玄基榮用一篇小說來記敘老人高順萬千迴百轉的心情故事。小說讓我們看到了朔風吹拂之下的荒原，順萬老人是村莊公墓的放牧人，坐在背風的墓邊，眼睛瞄著牛隻移動的狀態。絕佳的地點，卻沒有牧歌。「老人無法離開那草原正是因為那悲傷。那潺潺平靜的悲傷好像在他心中有座不乾涸的冷泉一樣，反而潔淨他的心。偶然被可怕的激情給征服，像長嘯的牛對著草原吼叫。」激情來自他曾經因恐懼而在脅迫下指出了村人藏匿的洞窟……。小說家極其隱晦地點出了籠罩老人心頭的陰影有多麼的濃重。人性的被扭曲加深了悲劇的強度，加諸其上的暴力才是元凶。掩卷之時，我們感謝小說家對人的珍惜以及他對歷史真相的誠實。

《都寧山脊的烏鴉：玄基榮精選小說集》
作者：玄基榮
譯者：張介宗
出版者：台北允晨文化

# 燦爛與灰敗之間

　　有人告訴我們，人類的壽命太短，往往在結束之前仍然沒有學到教訓。因之，人類永遠在重複前人或自己曾經走過的彎路，在燦爛與灰敗之間，屢戰屢敗，屢敗屢戰，迴旋往返。

　　歷史是勝利者的書寫，不夠客觀。有時候，我們無法從歷史書裡，從巨大的時空中尋找到自己的立足點。小說則不同，小說從細微處出發，我們可以從不同的人生中尋找借鑑，提醒或點醒自己。當然，那必須是優質小說，比方說約翰・齊佛的短篇小說，那些極為可信的他人的故事。最重要的是，那些瑣細的「小」事距離我們何其接近，當它們忽地發出砰然巨響，釀成無可挽回的巨流，將一切的嚮往都裹捲而去的時候，我們才明白，生命的轉角處，那些驚駭本來都是有跡可循的，並非偶然，亦並非命運的撥弄。

　　在一首〈悲歌〉裡，來自俄亥俄州在曼哈頓求生存的男子偶遇一位女性同鄉。雖然，她已經告訴他，她同一個毒蟲住在一起，而且不停地同各種毒販打交道以滿足毒蟲的需要，他還是樂意同她見面。因為她「健康平靜」，因為「她的聲音甜美無比，讓他想起榆樹、草地，想起那些掛在前門廊，在夏天的風中叮咚作響的玻璃小玩意。」她讓他想到了家鄉。無論她所陳述的事情是多麼的令人驚懼，她總是那麼樣的寬容，沒有怨懟，沒有苦澀。她優雅輕盈的體態、她單純開朗的性情，讓他感覺溫暖，完全卸下了城裡人自然生

成的心防。即使在戰時警報響起的黑暗中，她娓娓談起的仍然是她一個接一個死去的情人們。戰後，生活再次無縫接軌，而病中的他似乎不經意地在她的眼睛裡也成為了一個「情人」，這讓他心生恐慌。讀到這裡，讀者高懸著的心終於落了下來，那怕曼哈頓的天空碧藍如洗、白雲似雪，他終於逃離了，逃離了那個「搜尋死亡樣貌的邪靈」。

　　住過美東或是造訪過美東的讀者不會忘記曼哈頓璀璨的聖誕夜，也不會忘記在許多電梯裡為人們上上下下服務的電梯服務員，他們穿著筆挺的制服，笑容滿面，殷勤周到。曼哈頓不但有璀璨的一面也有陰暗的一面。從早到晚，站到全身僵硬，笑到臉部肌肉痠痛的電梯服務員基本上不屬於曼哈頓，他們住在遠郊區，搭清晨的早班車來到尚未甦醒的曼哈頓開始他們一天的辛苦工作。〈對窮人來說，聖誕節是個悲傷的節日〉正是在璀璨與灰敗之間為我們描摹人性的高貴。公寓大樓的電梯服務員必定與住戶過從密切。一無所有的服務員與豪富的大樓住戶之間的互動也必然地充滿誤解。不會有聖誕大餐也不會有聖誕禮物的服務員向住戶們吐露了、誇大了他的孤單、寂寞、哀傷、無助。有錢人手指彈一彈，服務員所得到的已經消受不起，於是扛回家分給貧苦的房東。東西太多，房東振作精神在聖誕結束前，再奔出去，分送給更貧苦的人們。讀者讀到這裡，感覺冷颼颼，齊佛在小說裡熟極而流的笑果在字裡行間展示出壁壘森嚴的人間，帶給讀者無盡的悲傷。悲傷則帶領著讀者關注那濃重的灰敗，而逐漸地離開了璀璨。

　　家人之間有喜有憂的複雜關係，家人與外人的永遠不會混淆的區別絕對是齊佛這樣的小說家不會放過的，他一定要拿著一把解剖

刀，直刺下去，骨肉分了家，這才算完。〈孩子們〉，多溫馨的篇名，就是這樣一把解剖刀。有房子有地的家族，曾經有錢有勢的破落戶，過著殘破不全的生活，卻在心理上仍然有著高高在上的驕橫。年輕、善良、勤奮、無家可歸的夫妻，便暫時地替代了孩子們的腳色，他們肩負起一應家事，照顧著家族中的老弱殘疾。用他們的勞作、健康換取一個屋頂一張眠床。家族的大家長去世，他們沒有得到一分錢遺贈，繼承人的冷淡讓他們開始新的跋涉，走向下一個碼頭。家族的大家長還活著，自家多年無來往的孩子偶而返抵家門，他們冷眼旁觀這些外人，滿心湧起的不是歉疚而是嫉恨。他們在父母耳邊稍稍吹一點風，於是，這些父母完全忘記了這一對外人帶給自己的慰藉，專橫地趕他們出門。這一對夫妻繼續流浪，不再年輕，也不再強壯。讀者掩卷之時，無法排遣內心的憂傷，無法排遣對於虛偽的鄙夷。

　　精采的人生小場景無比深邃地寫出了人類的虛妄，以及在命運面前的萬般無奈。〈噢，青春啊美貌啊！〉極為澈底地描摹了在歲月的煎熬下，不肯認輸的男女。隨處可見的健康、美麗、沒有半點心事的青春年少會引發他們的焦躁不安，他們不懂究竟是甚麼東西阻礙了他們，他們覺得自己依然年輕、依然是個受人崇拜的英雄、依然快樂幹勁十足。他們不能忍受自己淪為黑暗中的旁觀者，「失去了體力、衝勁、好看的容貌」這一切一切對他們來說不可或缺的東西。於是，他們鼓足餘勇，奮力一搏。齊佛給了我們真正契訶夫式的書寫，讓我們看到與歲月為敵的可悲結果。

　　齊佛是小說家，更是詩人，他會用大自然的炫麗色彩與人生深不見底的昏暗做出最為適切的對比，讓讀者明瞭其意象，將他所揭

示的警訊深深刻畫在腦際。在〈哈特利這一家〉短短的篇幅裡，「晴朗美好的一個下午。層層的雲翳，卻被一道燦爛奪目的光芒穿射而過。從小山頂望去，鄉間淨是黑與白。唯一的色彩是火的餘燼，令人無比的動容。」間不容髮，讀者跟著齊佛看到了漫不經心的父母和一個已經可能患有精神疾病的女兒在滑雪勝地不知不覺間走到了悲劇的終點。就在那美景中，讀者聽到了小女孩的尖聲驚叫，死亡瞬間抵達。入夜之後，傷心卻仍然不明所以的夫婦跟在靈車後面開車回紐約，「放眼望著這美得令人迷眩的夜晚，非常冷非常清澈，天上的星光似乎比旅館、比村子裡的燈光還要明亮。」然而，他們有遙遠的漆黑的路要走。

於是，在明亮與灰暗之間我們看到了契訶夫式的悲憫。我們更看清楚了，短篇小說的血親是詩歌，而非長篇小說。齊佛用他無與倫比的睿智為我們開啟了一扇明窗。

> ***The Season of Divorce: Stories***
> 中譯本：《離婚季節：約翰‧齊佛短篇小說自
> 　　　　選集 01》
> 作者：John Cheever
> 譯者：余國芳
> 出版者：台北木馬文化

# 深沉的倦意

　　二十世紀五〇年代出生於婆羅洲砂拉越的華文作家張貴興的長篇小說《野豬渡河》在台灣獲得金鼎獎，消息傳來，感覺十二分欣慰。在我的心目中，張貴興是華文世界的馬奎斯，而他，比馬奎斯更有歷史感、更有詩意、也更有深度。我無法忘懷，捧讀這本獲獎新書時內心如鉛的沉痛，如幻似真的華麗所揭櫫的殘酷，以及鋪天蓋地而來的深沉的倦意。

　　張貴興的家鄉在開荒前是長尾猴的老巢，附近的 Krokop 則曾經是野豬的大本營。然而四面八方的墾殖者來了之後，野豬的地盤縮小，牠們對現在叫做豬芭村的日產原油一萬五千桶的漁港發動一次又一次的進攻，不計生死，以雷霆萬鈞之勢衝回故鄉，成為這塊土地上一個耐人尋味的旋律。

　　西元一九四一年十二月十六日，張貴興出生前十五年，鴉片戰爭一百年後，英國人統治砂拉越一百年後，日本突襲珍珠港九天之後，一萬日軍搭乘戰艦從南中國海登陸豬芭村，開始了將近四年的血腥殺戮。

　　張貴興憑藉著他對歷史的忠誠，憑藉著他對砂拉越的深切情感、憑藉著他對熱帶莽叢的深切了解，憑藉著他對人、獸、魚、鳥、蟲、樹木、植被、天候的深切感悟，以一支飽蘸重彩的大筆為我們展開了這一幅歷史畫卷。除了心臟不斷遭受重擊之外，讀者的視覺、嗅

覺、觸覺、聽覺、味覺、想像力與記憶力都受到嚴峻的考驗。掩卷之時，不能不對作者如同獵人設計捕獸陷阱一般的布局技巧、化腐朽為神奇的敘事方式、洶湧澎湃的文字波濤發出由衷的讚嘆。

全書第一章〈父親的腳〉、最後一章〈尋找愛蜜莉〉首尾相接形成一個巨大的磁場，闕亞鳳同愛蜜莉在這部書裡有了舉足輕重的位置。細心的讀者，從失去雙臂的亞鳳的夢境中，看到吹奏口琴的無頭男子、看到一位白髮老婆婆揮舞著大鐮刀追殺飛天人頭、看到日本軍人騎著自行車輾過孩子們的屍體。在亞鳳自縊於波羅蜜樹下的三天前，他看到殘存的東洋浪人手握武士刀逼近前來，他看到一個手持帕朗刀的女人跳入彈坑刺殺懷孕的母豬，她的身後有一條黑狗、一隻無頭公雞和一隻長尾猴。在這個視野裡，孩子同他的父母團聚了。讀到最後一章，我們已經知道了亞鳳在二十一歲的時候失去雙臂的原因，我們心情忐忑地惦念著罪孽深重的愛蜜莉將怎樣走向毀滅。張貴興毫不留情，早已埋下草蛇灰線，讓我們見識到箭毒樹的厲害。每隔一段時間，短則一年半載，長則十幾二十年，「箭毒樹就會溢散出毒霧瘴氣，惡臭嗆鼻，方圓三百碼內樹木枯萎，河流乾涸，飛禽走獸暴斃，滴落的樹汁可以讓獠牙暴突的雄豬狂奔數十英里氣竭死亡。」終卷之時，我們看到了箭毒樹的樹汁已經滴落到愛蜜莉的身上，我們看到她在鳥兒的鳴囀聲中狂奔，也看到了多年前，她坐在長舟裡，面對著一對熱戀中的達雅克年輕人，竟然妒火中燒點燃起殺機，設計害死了自己的朋友，美麗的達雅克少女，犯下了第一件不可饒恕的罪行。

亞鳳在臨死前的夢境中沒有見到他可愛的孩子求求，求求在水邊玩著小水槍和發條打鼓小小機器人，卻被日本人的子彈削去了半

個頭顱。亞鳳也沒有夢見他的妻子惠晴，懷著孩子的惠晴同其他的孕婦一道慘遭日本軍人殺害，母親與尚未出生的嬰兒無一倖免。張貴興毫不留情地告訴我們，沒有，這一切都沒有出現在亞鳳的夢境裡。雖然幾年的時光裡，亞鳳以腳代手練出絕技，但他畢竟還是要走上骷髏之路。

日本戰敗之後，惠晴同其他被殺害的孕婦以及慘遭日軍蹂躪的何芸一道化作沒有身軀的飛天人頭，「五官明豔動人，姿態風華絕代」，追殺著莽叢中殘存的日本鬼子，討還血債，張貴興這樣告訴我們。我們相信，這是必然的事實。血債血還是人類歷史一個巨大的部分，砂拉越豈肯例外？

天候中的異數江雷帶來的美好姻緣卻葬送在另一個人帶來的黑暗之中，同是抵抗日本侵略者的英雄好漢卻抵擋不住內心的陰暗，犯下的惡行同樣令人髮指。張貴興毫不留情，在朱大帝這個人物身上以其犀利、敏銳揭櫫了人性之惡的悲哀。

最為華麗而弔詭的篇章當屬〈龐蒂雅娜〉，九十幾歲的馬婆婆，豬芭村華人公墓的守墓人，傳奇中的傳奇。日本早已埋伏在砂拉越的情報人員利用孩子千方百計刺探公墓附近馬婆婆高腳屋的秘密。鬼子進村之後，血腥追殺參與集資抵抗日本的大人、孩子，這座高腳屋便成為藏匿孩子的基地。馬婆婆揮動大鐮刀四處覓食給孩子們加菜。當馬婆婆被出賣，日本軍人兩次來襲，馬婆婆拚著性命保護孩子。鬼子點火燒屋槍殺孩子之時，受盡折磨奄奄一息的馬婆婆「從地上一躍而起，拽著窗戶下的大鐮刀，懷抱著六個孩子屍體，凌空飛出了高腳屋，越過竹籬，和聒噪不休的白鸚鵡消失莽叢中。」張貴興這樣告訴我們，我們的淚水如同暴雨傾瀉在書頁上。

　　啊，還有鴉片，鴉片存在於莽叢中，幾乎人人吸食。鴉片斷貨之時，吸食鴉片成癮的人們完全地迷失了。在幻覺中，會親手殺死自己的兒子，也會將自己熟悉的人看作帶領豬群渡河來襲的豬王，開槍射擊。

　　張貴興極其巧妙地利用鴉片帶來的幻象，將其引申成隱喻，讓我們看到了家族、村落秘辛中最黑暗，最不可思議，又最為真實的部分。

　　國仇家恨、幻象與現實、公眾的認知與撲朔迷離的陰謀，這些人類的小把戲就在熱帶莽叢的雄渾背景上以線條明晰的浮雕形式展開。我們真正能夠探觸到的卻是小說家張貴興對家鄉的熱愛，對愚頑人類的悲憫，對殺戮的切齒痛恨，濃得化不開的憂鬱情感，以及深沉無涯的倦意。

　　無與倫比、獨一無二，相信是眾多讀者在扉頁貼上藏書票，再次翻開書頁重溫細節時的共同心聲。

《野豬渡河》
作者：張貴興
出版者：台北聯經出版

# 與美邂逅

　　交通近便，豐衣足食的人們基於各種理由出門旅行，順便與多年不見的老朋友、老同學歡聚一番，於是歡歡喜喜、浩浩蕩蕩組團前往某地，當然還要有導遊幫忙，省心省力。一路上，手機相機不可少，攝下無數珍貴的鏡頭。返家之後，生活照舊，許多炫麗的畫面漸漸沉沒於成千上萬的照片之中，再也找不到蹤影。不久之後，靜極思動，於是又一段旅程於焉展開。

　　艾倫‧狄波頓住在倫敦，他的以旅人為主體而非行程與造訪之地的書為我們展開與眾不同的旅行，帶領讀者與美邂逅，帶領讀者在旅行中得到昇華。他也有導遊，他的導遊是於斯曼、波特萊爾、霍柏、福樓拜、洪博、華滋華斯、梵谷、羅斯金、德梅斯特……。

　　噢，天吶，倫敦的初冬，雨下個不停，公園裡泥濘不堪，到處溼答答、冷颼颼，令人情緒低落。就在這樣的日子裡，大開本的美麗冊子《冬日陽光》出現在眼前，碧海、藍天、偉岸的棕櫚樹、陽光下溫暖的沙灘成為最大的誘因，狄波頓決定啟程去這本圖冊所指引的加勒比海與大西洋邊界島國巴貝多。毫無問題，「探索人生、尋覓實踐的幸福、掙脫工作束縛、努力活下去」是很多人踏上旅程的原因。狄波頓也不例外，與眾不同之處在於狄波頓讀到了法國小說家於斯曼在十九世紀末葉寫的一本小說《歧途》，寫一位住在巴黎近郊的爵爺百無聊賴準備去倫敦走一走的過程。爵爺抵達巴黎等候開

往倫敦的火車之際在書店買了一本倫敦旅遊指南，沉浸在美麗的幻想裡。他走進一間明晃晃的酒吧，看到許多英國客，簡直就是從狄更斯的小說中走出來的人物，讓他心裡的感覺更加美妙。飢腸轆轆引導他走進一家英國飯館，菜餚無法下嚥不說，木頭餐桌旁的英國人粗手大腳不堪入目。就在此時此刻，倦怠襲來，爵爺明白，他所能夠見到的倫敦，就在這火車站附近已經全盤領教過了。舟車勞頓，真的抵達之後，除了新的失望之外，在倫敦他還能期待甚麼？火車就要開了，爵爺不忙動身，他付清帳單、帶著大批行李搭乘第一班火車打道回府。從此以逸待勞、坐在椅子上雲遊四海，不再邁出家門……。

　　狄波頓與他的女友還是抵達了巴貝多，失望與滿意糾纏不清，尤其情緒的高漲與跌落如香檳或是芥末，讓美的事物在抵達眼前時發生了變化，狄波頓體悟到「令人賞心悅目的東西不一定能讓人快樂，快樂是根深柢固屬於心的。」他雖然繼續旅行，但是有的時候還是「覺得最精緻的旅行還是想像，在家慢慢翻閱聖經紙印製的英國航空公司全球飛航時刻表。」

　　寫出不朽詩篇《惡之華》的法國詩人波特萊爾五歲失去父親，受不了繼父帶來的恐怖，不斷地逃離巴黎，希望抵達溫暖的彼岸。他大呼，「哪裡都好！哪裡都好！只要離開……」然則，目的地與出發地驚人地相似，於是他一次又一次返回巴黎。但是，他對旅行途中短暫停留之地，比方說碼頭、港口、火車站情有獨鍾，覺得那些地方才像歸宿。艾略特曾經這樣說：「波特萊爾是第一個表達現代交通場所之美的十九世紀藝術家。他創造了一種新的浪漫鄉愁，比如『起站的詩』、『候車室的詩』。」狄波頓覺得我們還可以加上讚美公

路休息站和讚美機場的詩歌，而且，他本人常常在心境灰惡之時奔向機場在觀覽廳或者鄰近酒店的頂樓觀看飛機起落，用以撫慰思緒。

英國小說家喬埃斯的書寫同美國畫家霍柏的畫作都引領著讀者同觀者走向作品產生與描述的地點，更是讓人們看到世界的靈魂所在。霍柏的畫作不離孤獨的主題，如同偉大的悲歌震撼人心，人們受到震撼的同時，想像力便被激發出來，人們看到了咖啡館、候車室、汽車旅館與詩的關係。因之，旅程促進了思想的成熟。

旅途中所見充滿異國風情的各種指示牌、招牌、標籤則向旅人展示了自己不熟悉的歷史以及完全不同的思維模式。對於好學深思的旅人而言，更是帶來了快樂。嚮往東方的法國小說家福樓拜在二十八歲那年一償心願來到埃及，於是「便像大啖稻草的驢子一般，狼吞虎嚥著眼前的五光十色。」狄波頓自己則在阿姆斯特丹被一扇紅色的前門所吸引，渴望在此地騎著腳踏車度過餘生。何以致此？他同福樓拜一樣認為，在自己國家找不到的元素與自己的認同與志向契合。這樣驚人的洞見蘇格拉底早已明示，他說，他來自世界而非雅典。或許，福樓拜可以說他來自埃及而非盧昂，而狄波頓則會說他來自阿姆斯特丹而非倫敦。

德國自然科學家洪博在二十九歲的時候從西班牙航向南美。他的目的明確，進行實驗，發現事實。洪博之偉大不僅限於科學，他的壯遊讓今天的人們學習在旅行中思考，過去—現在—未來的種種課題在旅程中展開，於是旅人們的思想境界隨著視野的開闊而被昇華了。然而，讓狄波頓從倫敦來到英格蘭西北部湖區的導遊是華滋華斯，或者更確切地說是這位英倫詩人的詩句。詩句的背後有著一套完整的自然哲學，開始了西方思想史上的新頁，影響深遠。換句

話說，華滋華斯引導人們凝視司空見慣的尋常風景，「小鳥、溪流、水仙、綿羊，對於因都市生活而疲憊、困頓的心，有滋養、修復的功效。」

　　梵谷的普羅旺斯風景與眾不同，他選擇的繪畫技法是去描摹他看到的真實。正如尼采告訴我們的，真實永無止境，藝術不可能一網打盡。梵谷只是用畫作表現出他感覺最重要的部分。英國藝術批評家羅斯金明知人們與美邂逅之時只想緊緊抓住這一瞬間，將其留下來，攝影、繪畫、書寫都是辦法；但他告訴我們，最重要的是在那美好的瞬間學習到熱愛大自然，而非盯著大自然學習繪畫。攝影與書寫同理，留下來的應當是對美好事物的敬畏，是旅人經驗與深思的結晶。

　　法國作家德梅斯特寫了《斗室之旅》提醒人們注意身邊事物的美感，化腐朽為神奇，不必急急奔向另一個半球。闔上書本，望向園中，紅葉飄落，在碧空中迴旋、飛翔，降落在金黃色的所羅門封緘之上，溫柔依偎。心境怡然，想念著維州藍嶺的壯闊，帶著狄波頓的書開車出門，向西行駛，滿心期待、滿心歡喜。

***The Art of Travel***
中譯本：《旅行的藝術》
作者：Alain de Botton
譯者：廖月娟
出版者：台北先覺出版社

# 實踐誓言

　　世人都知道有個地方叫做奧斯威辛，在波蘭的南部。有些人不是很清楚，離奧斯威辛只有五英里之遙便是比克瑙，奧斯威辛第二，一個更大的死亡之地。

　　一九四二年四月，身穿筆挺西裝、二十五歲的猶太青年勒利被送上了運送牲畜的貨運火車，離開了位於斯洛伐克的家鄉、離開了親人，被送往一個他不知道的地方。這個地方就是比克瑙。七年以後，奧斯威辛—比克瑙納粹德國集中營的倖存者勒利和他同是倖存者的妻子吉達離開了歐洲抵達遙遠的墨爾本。二〇〇三年，在勒利的人生路快要走到終點的時候，他花了三年的時間講出了他同吉達的故事。他講述的對象是一位道地的新西蘭人，祖先有著德意志血統的非猶太人，她是海瑟·莫里斯。這本書在二〇一八年出版的時候，使用的語言是英文，但，在極短的時間裡，四十三國的出版社獲得了版權。華文譯者是翻譯家、詩人呂嘉行先生。他以純淨、溫婉、流暢的文字帶給廣大的華文讀者機會，用心觸摸那樣一段人類歷史，從焚屍的灰燼中感受到愛的力量、希望的力量。

　　這是一本不可多得的倖存者文學，經過大浩劫的人寫出來或者講出來的文字。

　　也是二〇〇三年，我在一篇題為〈雪落哈德遜河靜無聲〉的專欄文章裡談到了倖存者文學。曼哈頓一家社區圖書館的館長先生站

在閱讀桌前，他的身後是望不到盡頭的有關戰爭、大屠殺、民族隔離和滅絕的書籍。對於倖存者文學所使用的文字他有著這樣的期待：「我喜歡平靜的文字，寓意深遠，字面上卻平靜而優雅。那樣的文字會長久地撼動我的心，像但丁。」出版家廖志峰先生珍惜這篇文字，二〇〇七年結集出版時，書名用了《雪落哈德遜河》。

　　從世界各地的大浩劫中活過來的倖存者們其經歷有著許多的不同，他們卻有著一個共同點，就是在任何的絕境中不肯放棄希望，對於自由、尊嚴、和平這些普世價值的追求永不止歇，一息尚存，奮鬥不已，「每一個活到天明的日子都是美麗的」。

　　年輕的勒利來到比克瑙，先是失去了隨身小行李連同媽媽放進去的書籍。之後，便是排隊自報家門領到一個寫在紙條上的號碼三二四〇七。然後，再排隊，上衣被剝掉，袖子被扯開，左臂在桌上被壓平，一根嵌在木頭裡的針把這個號碼刺在勒利的手臂上，塗上了綠色的墨水。然後被剝奪一切，自己所有的衣服連同衣服裡面藏的錢全被剝奪了，連頭髮也被剃得只剩下髮茬。在更衣室找到的鞋子勉強合腳，找到的俄式髒衣服勉強能穿。在雨中的泥濘中跋涉許久，親眼看到走不動的人被槍殺。進入真正的監獄，幾天沒吃任何食物的人們在擁擠的筒倉裡倒臥，胃隆隆地響著。門外時有槍聲爆響，出門小解看到三個人被擊斃，其中一個是個男孩。此時「勒利對自己發誓，我要活著離開這裡，走出這裡之後我會是個自由人。如果真有地獄，我要目睹這些殺人兇手在其中焚燒。」

　　這樣的三句誓言，勒利用他的大半生來實踐。

　　比克瑙處於草創時期，苦役之餘，懂得多種語言的勒利勤於觀察了解環境。但當一輛舊貨車被木板釘死，權充毒氣室的時候，他

看到貨車急劇地晃動，他聽到了貨車裡傳出來的哭叫聲。當一切靜止，貨車開啟，他看到了層層重疊的屍體，受到了極大的刺激昏迷過去發起高燒。七天以後，甦醒過來的勒利，看到了刺青師匹潘慈祥的面容。匹潘不僅救了勒利而且在囚徒大批湧到的時候，成功地讓勒利成為助手。在匹潘從人間蒸發之後，勒利成為比克瑙的刺青師，開始了他不同於一般囚徒的人生境遇。

十七、八歲的少女吉達手臂上的號碼是勒利刺上去的。從此，在千萬人當中，這一對男女小心地維護著他們的愛情，在這個隨時可能死亡的集中營裡頑強地求生。

勒利的獲救伴隨著好友的死亡，隨時發生的死亡事件讓心思細密的勒利明白硬碰硬的對抗招致的只有迅速毀滅，他開始採取迂迴曲折的路線，尋求生存的可能性。大批囚徒來臨，被剝奪的衣物中用針線細細藏掖的鑽石、紅寶石、藍寶石、珠寶需要一一搜尋出來，於是一些女囚被派去做這份工作。納粹與他們的幫兇們嚴密地監視著這個工程的進行，但是工程浩大，總有零星寶石被女囚們悄悄地收藏起來。收藏的目的當然是在緊急的情形下，可能用這些價值不菲的寶石換取救命的糧食或藥品。

比克瑙的營建徵集了波蘭當地的民工，通曉波蘭語文的勒利很快有了當地的朋友。他們有麵包、有燻肉、有巧克力，有著飢餓的囚徒們急需的營養品。行動較一般囚徒自由的刺青師展開了隱密、大膽的以物易物的活動。甚至，他的大膽行動也賄賂了監管人員，而使得吉達脫離了苦役進入辦公室成為一名文書。他的大膽行動也救助了許多瀕於死亡邊界的囚徒，讓他們得以活下去。在勒利周圍漸漸地形成了一個相對安全的網絡，大家靜默地保持著默契，互通

有無。

　　夜路走多了必然撞見鬼。勒利的寶藏被發現，他遭到嚴刑逼供、最嚴酷的搬運石頭的苦役。但是，他沒有出賣任何人，他的回答令納粹無言以對，「在比克瑙，囚徒沒有名字。」奉命拷打他的打手是他曾經用食物救下的一位大力士，大力士手下留情，勒利得以逃出生天。

　　如此九死一生的三年熬過之後，德國戰敗，蘇軍打開了集中營的大門，勒利走到了陽光下，但他沒有成為自由人，他被蘇軍扣留，因為他熟悉多種語言，能夠為蘇軍找到他們的所需。逃離俄國人的監控，歷盡千辛萬苦回到家鄉與吉達團聚，勒利仍然沒有成為自由人。當時的捷克斯洛伐克是一個在蘇聯控制之下的共產國家，善於經商的勒利無法見容於這樣一個政權，於是再一次啟動迂迴路線，輾轉來到澳大利亞，成為真正的自由人。

　　克服了內心的煎熬與悵惘，倖存者勒利說出了他的經歷，這段歷史成為一塊柴薪，被拋進了熊熊的地獄之火，毀滅了一百一十萬生命的奧斯威辛－比克瑙納粹德國集中營的殺人兇手們在地獄之火中焚燒。至此，猶太人勒利完全地實踐了他的誓言。

*The Tattooist of Auschwitz*
中譯本：《刺青師的美麗人生》
作者：Heather Morris
譯者：呂嘉行
出版者：台北新經典文化

第四章

# 沐浴於文學之光

# 追尋聖杯，周而復始

　　「寫作者、傳述者、出版者，都受著某種因緣牽引，不斷前進。文學的無用之用，不在教人致富，而是讓人沉靜下來，找到一種內心的安頓。文學之所以不朽，正在於這種內在安適的永恆追求。以故，出版人如我輩，在這理不清線團的迷宮中，不停地追逐著聖杯，一再回到原點，一再出發。」這段話節錄自台北《文訊月刊》的【書時間】專欄。作者是允晨出版社的發行人廖志峰先生，現在，這個專欄以及刊布在海內外報刊上的隨筆終於出書。於是，我們得以了解一位出版人的所思所想。

　　認識志峰很多年了。雖則很多年，卻是在出版業已然備受衝擊的二十一世紀。許多出版人眉頭緊鎖、許多出版人咬牙硬撐，當然也有出版人不斷地叫苦連天。志峰是溫和的，一見面，總是滿臉的笑容。其實，幾分鐘以前，他剛剛騎著摩托車揹著沉重的書袋到一家位於五樓的書店去「補書」。新書售罄，趕快再送幾本去。志峰擦一擦額上的汗水，這樣解釋給我聽。

　　我們見面的地點多半是台北，時間多半是台北最陰冷的二月份，春節過後，台北國際書展期間。允晨是著名的紙本書出版社，兼顧學術與文學。允晨在書展上的位置卻總是在巷弄裡，小小的一長條，或是小小的一個長方形。我永遠能夠準確無誤地找到那裡，而且永遠會在那個攤位上找到我心儀的作品，或原創或翻譯。在飛回美東

的途中，隨身行李裡面一定有幾本書，也一定有允晨出版的新書。
站在允晨的攤位前，看著整齊站立書架上那許多優秀的出版品，我
常在想，美國國家圖書節是這樣地照顧著出版社與作家，世界華文
出版重鎮的台北為甚麼不能藉著一年一度的國際書展好好地支援一
下經營得辛苦萬分的台灣出版社呢？我見到志峰的時候，常常想問
他，場地費這樣高昂，書卻是一本一本在慢慢地賣出的，你怎麼吃
得消呢？終究沒有問出口，因為我大約地知道答案，如果不參加書
展，機會可能更為稀薄。但是我沒有想到的是，志峰在書展上除了
照顧自己的作家與出版品之外，他還不斷地逛到別家出版社的攤位
上去，去尋找那些讓他眼睛一亮的作家與作品，為下一次自家聖杯
的尋求預做準備。

　　甚麼樣的書會讓志峰全力以赴？「我只出版重要的書。」志峰清
楚表示。甚麼樣的書是重要的？不受市場左右，致力於為人們提供
選擇。志峰站在台灣的土地上，心裡裝著兩千三百萬台灣的民眾，
他要打開一扇又一扇窗戶，讓他的讀者們看到世界，同時也看到自
己。世界上不是只有紐約巴黎倫敦東京北京，世界上還有墨西哥還
有喬治亞還有科索沃。這些國家、地區的歷史與現狀都會使得台灣
的民眾認真思考自己的歷史、自己的現狀以及自己的未來。

　　電子世界的蓬勃發展似乎在引領著這個世界逐漸地遠離紙本
書。但是，任何事情都會有著不同的面向，產生意料之外的作用。
正因為電子科技的普及、網路書店的迅速發展，本來在海外頗難尋
找台灣出版品的讀者靠著無遠弗屆的網路迅速得到台灣的出版訊
息。那一扇扇開啟心智的窗戶不僅嘉惠了台灣的民眾，也嘉惠了世
界各地的華文讀者。看過了《邊境》就不會對烏克蘭的現狀無動於

衷，看過了《墨西哥的五個太陽》就能夠了解歷史與現實之間密不可分的關聯，看過了索爾孟的一系列論述就能夠明白普世價值並未過時，依然深刻地影響著社會的變遷、經濟的發展。

電子世界的蓬勃發展似乎在迅速引發語言文字的崩壞，電郵、簡訊充斥著粗製濫造的所謂文字，正確的書寫幾乎成為東西方學校都要花大力氣達到的教學目標，人們快要不會寫字了！

但是，就在這樣的尷尬中，精心出版的紙本書成為最最金貴的出版品。志峰對文字有著他的標準他的追求。到了二十一世紀，他依然真心喜愛著沈從文、許達然，喜愛著綿密、平實、素樸、真摯的書寫，而且身體力行。因之，允晨的翻譯作品少雕飾，允晨的華文原創作品文字雋永深邃流暢自然。因之，允晨旗下作者、譯者精益求精，為了廣度不惜改寫，為了深度不惜增補。作品在不斷的完善中走向新境界。志峰告訴大家，「為了一本值得等的書，我可以等。」等待的結果便是質量的提升。於是，我們迎來了紙本書成為收藏品的新紀元。書籍的封面裝幀、插圖、內文排放無一不精的一本紙本書成為人類文明的捍衛者，默默地施行著一種抵抗。

正如志峰在一篇題為〈鐘聲為誰而鳴——出版的九個理由〉的專欄文章裡面所寫到的，出版是一種抵抗。抵抗遺忘、抵抗庸俗、抵抗歪曲、抵抗謊言、抵抗文明的崩壞、抵抗文字的墮落。出版人廖志峰用甚麼來實施這樣一種頑強的抵抗？

當我們讀到志峰的這一本書《書，記憶著時光》的時候，我們會被他百折不回的熱情感動。在殘酷的現實面前，志峰的熱情沒有被澆熄，「我不是在出版社，就是在前往書店的路上。」在這個混亂的世界上，志峰的純真與浪漫沒有被磨滅，他走訪世界上最美麗的

書店，他擁抱讀書的人群，他傾心於用任何文字完成的美麗書寫，他用出版的方式來表達他對這個世界的關懷。甚至，他用自己的照相機留下那些讓他感動的影像，放在一本又一本書裡，讓讀者同他一道被那許多質樸的畫面感動、吸引，做出自己的判斷與選擇。

　　在闔上這本書以前，我重溫志峰的一段深情書寫，從他的辦公室望出去，總是會看到一些工地，一些正在建設中的建築，合作如家人的工人們無畏風雨，在工地上攪拌水泥、鋪設鋼筋，午間就在貨櫃屋外吃便當⋯⋯。這樣的場景牽動著志峰的心神，他也在勞作中，在建設中，尋求著聖杯，周而復始，絕不放慢腳步。

《書，記憶著時光》
作者：廖志峰
出版者：台北允晨文化

# 被小說「創作」了
# 的小說家

　　在一個有關文學寫作的討論會上，有人提出海外華文作者生活在非華文的語境裡，是否應當考慮雙語寫作的方向？以及如何付諸實踐的問題。這就讓我想到日本小說家村上春樹的寫作實踐，他把有關寫作的種種思緒與經驗很誠實地記錄在一本散文集裡，題目叫做《身為職業小說家》。

　　一般人都是先完成教育，展開職業人生，然後才結婚生子的。村上不然，他先結婚，開辦爵士咖啡廳，拖了七年才完成大學教育。一天，在棒球場的草坪上，喝著啤酒，感覺著一個柔軟的東西從空中冉冉飄落到掌心，同時，一個聲音在內心裡響起，「我也是可以寫小說的」，一切便由這一浪漫情節發端，那已經是三十多年以前的事情。

　　但是，鋪開稿紙寫將起來並不等於成功，村上橫看豎看自己的「作品」實在不怎麼樣。他的英文底子不錯，可以看原文小說，但是他的英文詞彙量當然比不上母語日文。於是他試著用英文來寫，用比較少的詞彙來描寫同一個故事，從中找到自己喜歡的節奏，然後再來「換作」日文。之後，無論他在國內還是在國外都用日文寫作。他的作品被別人譯成英文之後，他不但能夠看譯文，而且能夠同譯者討論、能夠同出版人溝通，但他自己並不用英文寫作。村上成功的經驗應當是對上述問題的一種回答。

　　村上的成功之路並不平坦，他的作品甫一問世就遭到評論界的許多批評，認為他的作品「不像小說」、「明明沒有甚麼內容卻把讀者騙得團團轉」……。日本社會是一個群體社會，不太能夠容忍不一樣的文學理念。特立獨行的村上在一片斥伐聲中遠走海外，他的成功之作《挪威的森林》是靠著微薄的積蓄，在希臘的許多小酒館中完成的，仍然是日文，是他最熟悉的語言；講的仍然是日本人的故事，他最熟悉、最能夠觸動他心靈的風土人情，雖則文學無疆界。

　　從一開始，村上就認定一個事實，雖然作家是「自我本位」的人種，然而小說家卻偏偏是心最寬、最有雅量的人類，為甚麼呢？因為小說家生活在一個每時每刻都在創作的世界裡，每一位小說家都有自己的視野、自己的領域、自己鍾情的題材、自己擅長的技法，都與他人無涉；成功也好、失敗也罷，也都是個人的事，基本上與他人無涉。

　　但是，如同擂台，一日因為一本書成功的小說作者如同跳上了擂台，贏得了短暫的掌聲，這並不等於說就可以在擂台上屹立不搖。事實上，能夠在擂台上撐個三年五載已經不容易，像村上這樣能夠持續寫下去，能夠結束其他謀生行業只靠寫小說維持生活長達三十五年以上，就絕對不是一件簡單的事情，需要一些很特別的東西，並非學院教育能夠給予的。

　　首先，這個行業，需要低調、低速，有點像一個人加快步伐持續步行，絕對慢於騎單車，而且是個人作業，任何的眾聲喧嘩都無濟於事。有人認為小說家就是在把不必要的事情刻意變成必要的那個人。然而，村上的看法卻是小說家是在那些不必要的地方、拐彎抹角的地方獨自一人以極低的效率發現真實、發現潛藏真理的那個

人。而且，他們必須具備「不寫小說幾乎無法存活」的強大動力與韌性，才能夠持續作業。而且，就像村上一樣，每天清晨起床，泡一杯咖啡，端著馬克杯在電腦前坐下，開始敲鍵的同時，有一種愉快的、幸福的感覺。這種感覺也是持續寫小說不可或缺的。

　　那麼文學獎的「肯定」是否絕對重要呢？村上有過不被芥川獎肯定的經驗，當時，評論界甚至大叫「村上玩完了」，還有無聊之人寫了以《村上春樹為甚麼沒得芥川獎》為題的書，擺在書店平台上。然則，村上卻認為小說家需要兩種手感的肯定，一是作者自己確信自家寫作意義的手感，另外一種是讀者（無論多寡）手不釋卷的手感。有了這樣兩種手感，小說家是不會「玩完」的，小說家的資格是以他的作品來評斷的，古今皆然。

　　在寫小說的同時有兩件事情隨時隨地伴隨著作者，一件事是不間斷地讀書，一本接一本，題材不一，良莠不齊都不是問題，都能得到經驗與教訓。再就是細緻入微的觀察，對於觀察所得不做結論，如此才能夠在寫作中獲得最大的自由。因為有這樣的自由，村上在三十餘年的小說寫作中從未遇到過所謂的「瓶頸」。

　　正如同一百多年前匈牙利學者盧卡奇在他的《小說理論》中所說，小說這樣一種藝術形式從他誕生的那一天起，就是在尋求著自我，就是在掙脫種種束縛的同時完成著自我，他本性偉大而自由。村上的實踐正是例證。村上把自己下降到意識的深層，下降到心底最黑暗之處，擷取小說需要的養分，然後上升到意識的上層，將其轉化成為有形式有意義的語言文字，驅動著文字，完成小說。這個「下降」的過程非常危險，不但可能迷路，甚至可能失去「回來」的可能性。然則，這是完成的必要過程，偉大的小說家無一回避過

這個充滿煎熬的過程。

　　當這個過程順利結束的時候，小說家已經站上一個極為特別的位置，他的準備工作已經化作了有血有肉，有思想有作為的人物，他或她或他們會引領著情節向前推展，會深化整個題材的意義，甚至，會引領著小說家進入一個他未曾夢想到的場域，一個未曾設計過的事件，發現一個被深藏的真理。當小說的文本經過最後幾個標點符號的確認，確實完成的時候，長期以來隱密在心靈深處的感覺被引發了出來，小說家有一種「被創作」的非常幸福的感覺。而村上春樹正是這樣的一位小說家。他這樣總結說，「在某種意義上，小說家在創作小說的同時，自己的某部分，也被小說創作了。」

　　於是我們看到了這樣的一位小說家，生活節制、單純、早睡早起，為了保持寫作所需要的體力堅持跑步，常常從事體力勞動，手不釋卷，每天寫四、五個小時，從不間斷。他的作品則攀爬著一個又一個高峰，隨著時間的推移，逐一成為經典。

《職業としての小說家》
中譯本：《身為職業小說家》
作者：村上春樹
譯者：賴明珠
出版者：台北時報文化

# 小說如詩

　　長久以來，我堅持文字的高雅、純淨。感覺上，那是寫作者人格的一種體現，不容輕忽。年輕時走過苦難，那時的世界黑暗而殘酷，面對醜惡，未曾改變自己所使用的語言，依然溫文爾雅，不肯向粗俗低頭。人到中年，有了機會提筆書寫，更是抱定宗旨，描寫人間地獄不必使用惡俗的文字。因之，對於抱持著同樣宗旨的作家們，心生敬意。

　　柳德蜜拉·烏利茨卡婭出生於一九四三年，親眼見證了蘇聯時代的種種倒行逆施。她的專業是遺傳科學，在這個領域工作多年。八〇年代末，九〇年代初，蘇維埃帝國搖搖欲墜之時，將近五十歲的烏利茨卡婭開始了文學創作，而且一炮而紅成為當代俄羅斯文壇最受歡迎的女作家。這絕非偶然，心細如髮的烏利茨卡婭感覺到機會來臨了，她有了自由書寫的可能性，於是全力以赴，在十九世紀俄羅斯文學黃金時代的沃土上，栽種起一株株風姿綽約的參天大樹，《索涅奇卡》便是其處女作。她以認真嚴謹的文風自律，優雅的筆觸飽含對筆下人物深刻的關懷。樸實、簡潔、內斂的文字高張了俄羅斯文學傳統的圭臬，於是，小說如詩。熊宗慧教授的譯文忠實傳達出小說的原汁原味，使得華文讀者能夠領略原作的風采。

　　索涅奇卡不僅是一條書蟲，而且是一位書痴，她讀一本書的時候幾乎處於「昏迷」的狀態，從第一頁的起始到最後一頁的終了，

她都處在這樣一種全身心投入的半昏厥的狀態中。夜間的夢也是在持續的「閱讀」中，這種閱讀熱情在睡夢中尤其變本加厲，「她就是理所當然的女主角和男主角，循著早已熟知的作者意旨和自己希望的情節來發展，朦朦朧朧的演出……」。

這樣的一位讀者，從七歲到二十七歲瘋狂讀書，對於書籍這樣一件物事必然地有著她獨特的要求，果然，「隨著歲月飛逝，她學會了如何從浩瀚書海裡分辨波濤巨著和微浪凡書」以及「拍岸碎沫」。書是有著高下之分的！索涅奇卡在圖書館地下藏書庫暗無天日的環境裡自得其樂地整理著無數的目錄卡、應付著來自樓上的無數的借書單、搬運著沉重的大部頭書籍的同時，相當篤定地對書籍有了非常清醒的認知。

終於，她下定決心要進大學念俄國語文系。就在這關鍵時刻，蘇聯投身於第二次世界大戰，為了避開戰火，索涅奇卡同她的父親搬遷到歐亞接壤處的斯維爾德羅夫斯克。搬遷帶來的困擾阻擋她的閱讀只有一個極短的時間，稍一安定，她馬上走進一家圖書館的地下室，在那裡工作，持續閱讀，並且遇到了很快成為她的丈夫的那一個男人。

羅伯特需要的是法文書籍，索涅奇卡帶他來到自己熟悉的書庫地下室，地下室裡的寶藏讓羅伯特心花怒放，索涅奇卡也對自己引發的這一番驚喜感到震撼。

心靈的某種因為書籍而產生的交會，使得四十七歲的羅伯特充滿激情地向年輕的索涅奇卡求婚，結婚禮物是一幅索涅奇卡的肖像，遠較本人的外型美麗，是羅伯特意念中的索涅奇卡。於是我們知道這是一位現代派畫家，他有過複雜的西方經歷，最終從法國返回俄

國，他的畫作從未被世俗世界理解、讚譽。他是一個追求自由的人，可以背叛任何妨礙其自由的信仰、傳統、人情道理。當然，他也從未容忍女人變成一種束縛，雖然他不斷地從女人那裡獲取靈感。然而，此時此刻，他準備「套上枷鎖」，準備結婚了。我們也知道，索涅奇卡的心靈卻是被厚重的書頁層層禁錮住的，這種禁錮是美麗的，如詩，「在希臘神話的漫漫煙塵和濤濤海浪之中起伏，在中世紀文學尖銳又催眠的笛音裡迷茫，在易卜生起霧多風的憂愁中徘徊，在巴爾札克無聊乏味的細節描寫裡感動，在里爾克和諾瓦利斯如海妖之歌的尖銳動詞裡擺盪，在偉大的俄羅斯作家的道德訓誡和通向絕望之中受到誘惑」，索涅奇卡不可能意識到她正面臨著人生重大的關頭，她很幸福地在兩個星期之後成為羅伯特的妻子。

羅伯特從一位猶太教徒到科學家到藝術家的過往還伴隨著勞改與流放，流放的生涯並沒有因婚姻而結束，於是懷著身孕的索涅奇卡同丈夫一起來到流放地烏法。貧窮、寒冷、焦慮都抵擋不住索涅奇卡的幸福之感，因為丈夫的博學、因為丈夫的才華橫溢，「索涅奇卡的信任從無止盡。丈夫的天分一朝被她當作信仰來看，她終生都以虔誠的讚賞對待一切出自他手上的東西。」我們不能不說，無止境的深層閱讀在如此這般的現實生活中展現了無與倫比的力量，使得索涅奇卡能夠在她並不理解的丈夫和一點人文素養也無的女兒之間辛苦持家卻仍然過著她「幸福」的日子，且歡喜讚嘆。

其貌不揚的索涅奇卡的生活中出現了一個可人兒，女兒的善解人意的閨蜜，丈夫靈感的泉源、丈夫的情人。這個可人兒的母親被流放，她在十二歲的年紀就懂得用自己稚嫩的身體去換取保護，她是一個心機深沉的美人兒，楚楚動人。她與羅伯特的關係水到渠成

再「自然」也不過了。索涅奇卡是在丈夫的工作室從丈夫的畫作裡看出了這種關係。她默默地走回家，感覺著內心的空蕩蕩、輕飄飄，然後從書架上隨手抽出一本書，坐下來，打開書本的中間頁，正是普希金的《鄉村姑娘》，埋頭讀了起來，「這幾頁內容裡完美的遣辭用字和高尚氣度的體現，照亮了索涅奇卡，帶給她平靜的幸福感受。」烏利茨卡婭這樣告訴我們。啊，普希金！他同時照亮了我們，我們靜默無語，內心充滿酸澀的幸福之情。

丈夫腦溢血發作死在情人懷中。情人終至遠離，女兒終至遠離。丈夫五十二幅遺作使他在藝術史上留下了名字，他早期在巴黎的十一幅畫作更是收藏家們垂涎的獵物……。

這一切都與索涅奇卡無涉，她在獨居的公寓裡還有漫長的人生。她會到墓園去在丈夫墳上種些不服水土的白色花朵。夜間，她會戴上眼鏡，「然後隨著腦海思路走入甜美的書本世界的深處，走進幽暗的林蔭道中，走入漫漫的春水裡。」小說依然如詩，餘音裊裊。

*Sonechka*
中譯本：《索涅奇卡》
作者：Ludmila Ulitskaya
譯者：熊宗慧
出版者：台北大塊文化

# 雲淡風輕與刻骨銘心

多年來，閱讀現代文學，無論何種語文，無論原創或翻譯，都比較地遠離愛情小說，或者說不會想去碰所謂的「羅曼史」。腦袋裡和心底裡裝著狄更斯筆下艾妮斯同科波菲爾的水到渠成、普希金筆下塔吉雅娜在奧涅金書房裡的萬千思緒、托爾斯泰筆下娜塔莎守護在保爾康斯基公爵病榻前的肝腸寸斷……；再也容不下一般的乾柴烈火、無病呻吟與矯揉造作。

初見鍾曉陽的《哀傷紀》，這個《紀》字打動了我。不是記錄的記，而是紀元的紀。這就不知寬廣了多少，又深入了多少。不到三百頁的書，卻包含了兩部作品，前一部的時間背景是一九八六年，後一部的時間背景是二〇一四年，中間的二十八年幾乎是一個人的半生時光。這樣幾個簡單的數字所涵蓋的內容無法估算，於是我開始閱讀。

鍾曉陽出生廣州成長於香港，母親是瀋陽人。瀋陽這樣一個地方成為鍾曉陽十八歲時的成名作《停車暫借問》雄渾的背景。曹雪芹、張愛玲的文學實踐對這位年輕的作家來講影響甚鉅。但是，人是會長大會成熟的，作家也會走出自己的路子來，獨特的、無法類比的路子。

現在，已經「知天命」的鍾曉陽說話仍是輕聲慢語，但也能公開表示「作者也有不寫的自由」而語驚四座。這樣有趣的一位作者

以「文字太好」享譽文壇，翻開她的書，看似雲淡風輕，實則刻骨銘心。

第一部〈哀歌──1986〉以第一人稱書寫，「我」是一個涉世不深的少女，從遠東來到舊金山求學。「你」是一個已經愛上大海的成熟男子。於是這一場無法歡樂收場的愛戀便在「我」的敘述中展開。男子介紹少女成了自家姨母的房客，於是有了更多見面的機會，少女在後院晾曬衣物，看到男子在樓上露台邊同親戚說話，會這樣形容，「我把濕濕的衣服用力抖了一抖，濺出的水點，種子似的撒在泥地裡，一隻小黃蝴蝶在同色的芥菜花間飛來飛去，彷彿牠也想找一棵好的芥菜，做牠的花。明媚的陽光下，芥菜花好看地開著，為了蝴蝶的愛。」

從一開始，少女的情感就無法令男子轉移其對大海的一往情深，這一個男人不是蝴蝶，而是「海豹」的化身，而且「海豹化身的男人是天下間最好的丈夫。他消除你對錢財的貪慾，對死亡的恐懼，給你安寧。但是，縱然你把心都給了他，你也得不到他，留不住他。他還是要離開你，回到海洋去。」於是我們知道，這個「你」並非一般的商業漁夫，而是一個真正喜愛獨自與大海相處的弄潮兒，只有在海上才會感覺安寧與滿足。

如此絕望的愛情，讓少女心生幻想，甚至期待災難的來臨，「天崩地裂，水沸山騰，毀滅你的漁港，你的漁船，你所愛的一切，把你交還給我。」

但是，沒有任何災難發生，只不過，無論怎樣熾熱的情感都留不住一個意志堅定的人，於是少女選擇離去。之後雖然還是有機會來到舊金山，她卻不再到他停泊漁船的港口，只不過，她得到消息，

他的船「以她的英文名字為號」。於是，這番愛戀畢竟留了下來，不僅在兩個人的心裡，還在海天之間的一艘船上。

第二部〈哀傷書──2014〉起始便談到一本真實的哀傷書，不但其內容是哀傷的，「作者的生平，也令人感傷」。這位傳奇作者的名字是勞倫斯・賀普。她曾經在二十世紀初的英國享有盛名，她的詩曾被譜成歌曲傳唱。到了今天，人們談到印度英文文學，在談到吉卜林之後，可能還會談到她。

喜歡這位詩人的不只是二十八年前的同一位少女、今天的作家金潔兒，還有老朋友占浩曼，一位藍眼睛的西方人。

在這部作品裡佔了份量的另外一位愛海人鄭星光的再次出現卻是伴同著占浩曼的死訊。人生無常才是真正的常態，金潔兒畢竟長大了。她在這一部書裡同三位男士一位女子的友情或是因為死亡而告終，或是在人生的某些關口自然而然地各自走了不同的方向。看似雲淡風輕的述說，卻都是深刻而警醒的記憶，伴隨著金潔兒一路走來。

鄭星光同《哀歌》中的男子是不同的，大海於他並非不可取代。而且，他是金潔兒的讀者，他是先看到文字才見到作者的，而且一見鍾情。沒有想到的是，這位作者說出的話竟然是，「真高興來到一個不用擔心碰到讀者的地方」，然而，面前站著的這個人竟然真的就是一位讀者，而且是一位懷著熱情的讀者，一位已經愛上自己的讀者。於是，這位讀者「想得到你，不能得到你；想愛你，又不能愛你……」處於煎熬中，卻還扮演著大哥哥的腳色，為金潔兒排憂解難。之後，便有著長久的不通音問。不通音問是事實，但不等於沒有思念，思念是鄭星光的，單方面的。終於他盼到了金潔兒的再次

出現，甚至得到機會在家裡為她安排了一個寫作間，供她安心書寫長達數月。然而，「所有」他「為跨越距離」而做出的努力，到頭來全是「白費心機」。

何以致此，鄭星光在金潔兒返回香港以後寫了最後的一封信給她，道出了心聲，「愛不是紙上談兵啊，潔。愛是行動，是奉獻，是付出與回報。但你是那麼精打細算、自我保護、欲言又止……」。

在金潔兒返回香港前，鄭星光允諾為她保留那寫作間等她回來。在信中，他告知，他要收回這個承諾，將這個「泊船的碼頭」拆毀，今後的路要金潔兒自己來走了。如此痛苦的決定在緣盡之時說出，其絕望更是無邊無涯。

金潔兒有無被觸動，有無試圖挽救我們不得而知。我們看到的終章是勞倫斯‧賀普的生平與詩文。賀普是特立獨行的女子，卻對丈夫情感極深，丈夫去世後，賀普仰藥自盡追隨而去。我們的小說作者懷抱自是不同，不僅留下了《哀歌》讓人傳唱、《哀傷書》引人深思，還有《哀傷紀》綿綿無絕。

《哀傷紀》
作者：鍾曉陽
出版者：台北新經典文化

# 寫個不停的人

在很短的時間裡，張煒這個名字在眼前重複出現。會引發我特別的注意，是因為在我的心目中，張煒的文字好得沒話說。先是武漢作家方方在一篇文章中談到包括張煒在內的作家們遭受到不公正的批評；接著，劉曉波被囚禁致死，紀念一位作家，最好的方式是讀他的書。在一篇文學評論中，劉曉波盛讚了張煒的書寫、盛讚了張煒的為人。

張煒大量的長篇小說，我都會不斷地重溫，尤其是這一部《遠河遠山》，描寫了一些寫個不停的人，他們的書寫是文學長河裡的涓涓滴滴，閃耀著獨特的光彩。

小說以第一人稱書寫，一個幼小的孩子隨著母親來到中國東部一個濱海城市，同繼父生活在一起。我們便跟著這個孩子，感覺他所感受到的，同他一道走進夢境，同他一道觀察世界。這個孩子是一個寫個不停的人，不是為了寫給別人看，而是為自己而寫，而且停不下來，不能不寫。用「我」的話來說，這是一種「病」，幾乎是胎裡帶，永遠不會痊癒。不寫會怎樣？「我」的回答是「會死」。在當代中國的現實環境裡，「書寫」是會帶來災難的可怕行為，母親看到孩子寫個不停就非常的驚恐，而這個對生父一無所知的敏感的孩子竟然寫下這樣的句子，「我的父親是一位詩人」，在夢境裡，這位受到各種折磨的詩人被紙張抽打。紙張，在幾乎找不到紙的歲月裡，

一個寫個不停的人需要千方百計地尋找能夠寫字的紙，因為沒有紙，
是沒有辦法寫的。這麼一個簡單的真理帶給這個孩子的折磨是沉重
而恐怖的。繼父有紙，大量的紙壓在褥子底下，用來捲菸。繼父見
不得這個孩子，他的殘忍、暴虐、無知、狂妄同孩子的愛心、善良、
好學、深思形成尖銳的矛盾，常常以孩子的被毆打收場。

　　無論是母親的驚懼還是繼父的粗暴都沒能夠遏止孩子寫個不
停，他寫甚麼？他寫夢境，寫他的心頭所想。繼父在孩子面前開槍
射殺了兩隻松鼠，孩子記載了下來，「兩隻松鼠的亡靈在濕淋淋的雨
中向我哀號，聲音尖亮逼人。我是全家唯一聽到這悲聲的人。」為
了節省至關重要的紙，孩子的字寫得極小。這個世界上有著那麼多
別人不知道的奧秘，被他寫下來了，「這些隱密分屬於逝去的人、未
曾謀面的人，還有那些無言的花草、小蝶、鳥兒、小溪、河水、大
樹、各式家具……這是真實的。它們和牠們有奇怪的、對我來說卻
是易懂的語言。我們的種種交談都悉數記下。我不能停息。」確實
的，人的內心能夠感受到的遠比「親眼所見」真實得多，絕對值得
書寫。於是，我們知道，小說已經在那些紙片上發展；小說家已經
起步，他邁出的步子正走在一條荊棘叢生卻是完全正確的路上。我
們也預見到，這條路將耗掉這位小說家一生的力氣。

　　書寫是絕對孤獨的，「我」在無人理解的狀態裡只能頑強地沉
默，有時候很想奔到一個無人之處放聲大喊。就在這無奈之中，出
了城，隔著一條河，一間林中小屋出現了。護林人一家的關愛已經
令人欣喜，更重要的是，護林人的女兒小雪是另外一個寫個不停的
人。紙上的字使得這兩個孩子在幾分鐘之內建立了世界上最穩固的
友誼。「言為心生」不再停留在紙面上。來自城市的這個孩子，在這

樣的幸福降臨的時候，充溢於心的是感激。感激書寫讓他們知道了
彼此的一切，感激世界上有小雪、「這片林子、無色無味的風、天上
的雲，還有狗、妖怪、海神、未知的一切」。之後，這種在一起交換
朗讀平日所寫的幸福成為巨大的動力，「我」不斷地尋找機會排除萬
難奔向河西、奔向那座林中的茅屋。連這孩子的外觀都發生了變化，
「在冷靜的外表下被一種熱情鼓盪著。這熱情從毛孔裡滲流出來，
太陽光下很容易識別」。

　　無論相知相惜的幸福是多麼的巨大，書寫依然是個人的、獨特
的。「我」很快發現了自己與小雪之間的不同，「我在不停地寫夢和
幻想，而她寫的都是眼前的一切——故事、動物、植物和人。我即
便在寫眼前的事，也一點一點寫進了幻想。」於是，小說同散文雖
然依然手牽著手、依然心連著心，卻成為兩條深淺不同、響動不同、
風景不同的河流。

　　面對唯一的來自小雪老師的鼓勵，「我」回頭看自己的「書寫」，
從不識字開始塗鴉在紙上畫出「字」的痕跡就開始了，「我愛『字』，
更愛它們連接在一起。平靜回想的時候，這一串串字是溪水；心中
激盪難忍，它們就燃起長長的火龍。有人為此折斷我的筆，最後恨
不得連我也折斷，可是我仍舊癡迷。」至此，小說家的命運已經無
法更改，他將勇往直前，文學獎不會讓他沾沾自喜，不公正的批評
也不可能讓他更弦改轍。一息尚存，他便會寫個不停。

　　小說毫不留情，繼續向前推進。少年為了奔向河西而在冰面上
跌傷了胯骨，最後一段三百米的雪路，他是爬過去的，留下了終身
的殘疾。母親在不盡的折磨之下，迅速衰老，倒了下去。母親過世
之後，少年拖著傷腿離家出走開始了十六年的流浪生涯。從山野到

平原，遇到了好幾位同他一樣又各有特色的寫個不停的人，「有人病得快死了，還是要抓起筆。有人胖得虛喘，大熱天上氣不接下氣，還是要寫。有一個老人七十多歲了，還在寫厚厚的大書，而他只是一個住在窮鄉僻壤的無名老人」。由他們，少年邁向青年、走向壯年、接近老年，接近了人心的奧秘。其中，有一位寫出了最為優美動人的辭章，「我相信自己受到了一生中最優良的影響，最有力的牽引。我身上一定會帶有他的痕跡，直到最後。」兩次中風、拄杖才能行走，小說家感覺時間緊迫，持續默默地寫個不停。於是我們看到一部又一部滿懷深情、充滿詩意的吟哦，帶給我們希望。

　　張煒本人對作家這個稱號懷著特殊的敬意，「無論在甚麼年代，無論我年輕還是衰老，我都不能容忍那些誹謗作家的人。我像維護自己的眼睛一樣，維護著這個稱號所代表和蘊含的一切。我把玷汙了這個稱號的人視為可憐的人、不光彩的人和不能為伍的人」。

《遠河遠山》
作者：張煒
出版者：台北印刻出版社

# 不眠不休全速前進

　　常有朋友問起，你哪裡來的時間做這許多事情？聽到這樣的問題總是讓我依靠急智回答「時間是擠出來的」，或是「用紀律約束自己」，甚至「捨去許多有趣的節目，專心讀書寫作」云云。其實，上帝很公平，每人每天都只有二十四小時。我是一個苦行者，奉行「今日事今日上午畢」的原則，如此分秒必爭，時間就「搶」出來了。上午完成寫作計畫，整個下午可以優游書海，多麼美好。因此，習慣了一年三百六十五天無休。電子稿件寄送編輯部，這才想起正是週末，編輯朋友要等到週一上班才會回覆。週一未見回音，這才想到原來正是節假日的長週末，編輯朋友不在辦公室。常常納悶，節日假日何其多！外子時常提醒我，「你絕對不可以期待任何人像你一樣作息，工作之餘人們有權度假、有權享受生活。」我很委屈，我也「度假」，我非常地享受生活，但同時，無日無夜都在工作，在構思、在寫作、在腦中「倒帶」審度剛剛寫出的文句、在閱讀中獲益。

　　有時，會突發奇想，那些成就巨大的寫作人、藝術家，不知他們的日子是怎麼過的？哈！世間竟然真有這樣一本書回答了我的疑問。這本書叫做《創作者的日常生活》，一打開就放不下手，一口氣看到最後一頁，這才心滿意足地闔上書，跳上樓去為自己泡一杯咖啡，面對滿園金紅的秋色，念頭回到正在腦中組織的下面一篇小說……。

　　英國頗受歡迎的女作家法蘭西絲・特羅洛普五十三歲開始寫作，早上四點開工，完成寫作計畫之後馬上開始準備早餐，全天候投身照顧六名子女和臥病在床的丈夫。法蘭西絲的兒子，英國維多利亞時代的作家安東尼・特羅洛普完全地繼承了母親堅忍不拔的精神，活了六十七年寫了四十七部小說和十八部其他雜七雜八的書，可謂多產。他怎麼辦到的呢？每天早上五點半他一定坐在書桌前，無論這一天身體狀況精神狀況如何，絕不通融！真是一條好漢，我心下讚嘆。而且，他只用三個鐘頭寫作，完成全天寫作計畫之後才來更衣吃早飯。每天先用半小時審度頭天寫出來的文字，然後開始寫這一天的，將一隻錶放在面前，十五分鐘必須寫出兩百五十個字！千字一小時，每天便有兩千五百字的收穫。一百多年前的一位作家每天振筆疾書的成果是十頁，一年寫出三部各有上中下三冊的長篇小說。今天的作家在鍵盤上得到的成績恐怕沒有這麼驚人吧。更妙的是，如果三小時時間還沒到一本書卻已經結束了，安東尼會馬上拿出一張乾淨的紙，開始寫下一本小說，不必凝神呆想，文字順著墨水直接地流到紙上，成為小說。唯一為了儘快付梓傷透腦筋的是出版社，「天吶，新的小說又來了！」

　　珍・奧斯汀的日子與特羅洛普夫人大不相同。她一輩子沒有成家，雖然她的母親和姊姊極力幫她掩護，但她還是必須在一個極小的平面上使用極小的容易掩蓋的紙張寫作。如此這般，僕人、訪客看到這個家庭中的婦女總是在端坐刺繡，一派淑女風範而不是在寫甚麼莫名其妙的小說。因此，我們知道，奧斯汀用筆寫下來的必定是字字珠璣，她用幾乎所有的時間在腦子裡反覆推敲、力臻完善。當然，她早起晚睡，努力延長每日清醒的時間，用以創作。

不只是奧斯汀，偵探小說女王阿嘉莎‧克莉絲蒂寫作時的樣貌也是從來不會曝光的。她不需要寬敞整潔的桌面，任何地方，只要關起門來無人打擾，只要能放平一架打字機，她就能不眠不休全速前進。到現在為止，世界上三種書銷量最大，《聖經》、莎士比亞樂府、阿嘉莎‧克莉絲蒂偵探小說。但是，在她填寫職業欄的時候，除了「家庭主婦」之外也想不起要寫甚麼別的。

只要摸到打字機，就可以衝刺的小說家當然還有歐內斯特‧海明威。下午與晚上，海明威「享受人生」，夜間爛醉如泥是生活常態。但是，身體裡的生物鐘就是能讓他在曙光乍現之時跳起身來，神清氣爽端著一杯咖啡直奔一個小書架，書架上放著打字機，他就站在那裡一直敲敲打打寫到日上三竿並使用圖表檢驗進度。那段時間是海明威的最愛，他自承，寫作的時候「沒有任何事物能夠傷害自己，沒有任何其他的事情會發生，沒有任何事情有任何意義，唯一難熬的就是要等到第二天這個時間的再次到來。」實在難熬的時候，海明威寫信，那種用筆寫在洋蔥紙上裝進信封貼上郵票請郵局遞送的情深意切的信件。

村上春樹同樣喜愛日程的準確重複。早上四點起床，連續工作五、六個小時，下午則用來跑步、游泳、閱讀、聽音樂、辦雜事，晚上九點上床，而且「天天如此，從不改變」。這樣單純的重複對村上春樹來講是絕對必要的，它保證了小說家有著充沛的體力，同時「它是一種催眠，我為自己催眠，以求更深入自己的心靈」，小說家如是說。唯一的「問題」是社交活動大大地減少。那又有甚麼關係？重要的是寫出上乘的作品。

當然，全速前進的同時，作品的質量是一定要保證的。我們都

知道王爾德花了一個上午拿掉一個逗號，又花了一個下午把那個逗號放回去的故事。音樂家蕭邦也是這樣，他作曲的時候，如有神助，音樂從心底湧現，落在指尖，馬上在鋼琴上呈現出極其完美流暢的樂章。當作曲家試圖把音符寫下來的時候「一連串猶豫不決煩躁不安堅持不懈的努力」便開始了，「接連幾天，他把自己關在房裡，哭泣、踱步、折斷他的筆，一個音節重複又重複，塗改上百次，又寫又擦，第二天又以同樣絕望的堅持再次開始。六週之後一頁樂譜終於完成，卻和第一天寫的那一頁一模一樣。」法國女作家喬治・桑這樣告訴我們。看到這樣的書寫，我們再聽蕭邦會為這位鋼琴詩人的嘔心瀝血感動流淚，懂得那琴聲不只是天籟更是一位創作者的全部生命。

　　毫無疑問，成功的創作者生命不息工作不止，絕不浪費一分鐘。同時，他們永遠小心翼翼，精益求精，以免前功盡棄。於是我們便能夠了解，全速前進的背後是不眠不休的竭盡全力。那便是一位創作者真實生活的寫照。

*Daily Rituals How Great Minds Make Time, Find Inspiration, and Get to Work*
中譯本：《創作者的日常生活》
作者：Mason Currey
譯者：莊安祺
出版者：台北聯經出版

# 作家的身影
# 從灰燼中飛昇

　　再次細讀允晨出版社發行人廖志峰在二〇一七年出版的一本記敘他自己中年心情的書，其中一篇文章談到了他出版的一本德語文學經典的中譯本，「接到博達版權代理公司的來信，請我繼續發行一本已到期不再續約的書，《焚書之書》。這封信讓我詫異，詫異於授權者為了傳播這些焚書之書的故事，為了歷史的轉型正義，願意無償推廣，讓我深受感動。」這件極其罕見的事情讓出版家深受感動，也讓讀者深受感動，於是，在二〇一八年的平安夜，我再次打開這本書，看著那些被刻意遺忘的作家們的身影從灰燼中飛昇起來。灰燼來自焚書的火堆，這些作家的書正從書店、從圖書館、從古董書肆被蒐羅來，盡數投進火堆裡。那一天是一九三三年五月十日，焚書的大規模行動發生在納粹德國，在焚書的原始黑名單上的作家有一百三十一位之多，其中多數是德語作家以及三十五位其他語種的作家。

　　大規模焚書的事情在歷史上並不罕見，比較近的一次應當是一九六六年八月，舉凡不符合某人「思想」的書、屬於「舊思想舊文化舊風俗舊習慣」範疇的書一概被查抄、被焚燬。於是孔夫子與司馬遷、杜甫與曹雪芹、但丁與歌德、沈從文與廢名都不能倖免。不久前，友人來到我的書房，竟然說，你架上有這樣多的「禁書」。順著她的視線看過去，高爾泰、閻連科、胡發雲、馬建、廖亦武、楊

繼繩、方方……，這些優秀作家真誠感人的作品昂首挺立。有聲與無聲地被禁止出版發行，是比焚書更為澈底的滅絕行為。然則，卻沒見到一本中文書有系統地記敘這許多被焚書被禁止出版的作家們的生命故事，沒有見到一本書詳細記錄這些作家的思想、理念、追求，心境與夢想。於是，捧在手中的《焚書之書》對於人類文明的維護便有了更加深刻的現實意義。

這本書的作者佛克‧衛德曼告訴我們他寫這本書的目的與過程。一九三三年的納粹掌權者和他們為數眾多的支持者對這些書是如此驚懼，非要焚毀不可；這些作家的名字必須從歷史書中被抹去，從國家的記憶裡抹去；他們的書最好無聲無息地消失，永遠消失。然而，這個計畫並沒有得逞，戰後，先有記者猶根‧瑟爾克在一九七六年專訪了幾位倖存者，發表了《焚燒的詩人》，在德國引發強烈震撼。繼而，佛克‧衛德曼毫無遺漏地追蹤了一百三十一位名字上了黑名單的被焚書作家的生命軌跡。尤其是德語作家，作品被焚毀，作家的生命受到嚴重威脅，他們當中的大部分「失去了讀者、家園，甚至生命」。尤其是那些「名不見經傳」的作家們，他們的書再也不見蹤影，他們的名字再也無人知曉，衛德曼的追蹤使得他們的名字再次回到人們的記憶裡。

與此同時，在一九三三年焚書之時年僅三歲的慕尼黑收藏家葛優克‧薩爾茲曼，用了三十多年的時間蒐集到了一萬兩千五百餘冊九十多位被焚書作者的第一版書籍。網路幫不上忙，書店裡、出版社的倉庫裡早已沒有這些書。薩爾茲曼先生從一九七六年開始，在漫長的歲月裡疏忽了家人，走遍全國，走訪著一個又一個跳蚤市場，用盡了所有的積蓄，專心致志尋找、購買這些曾經被遺忘的書籍。

他的小房子裡堆滿了書，在房子裡走動如同走在書籍堆積成的峽谷裡。史蒂芬‧褚威格的資料最為齊全，「每一本書、每一場演講辭、每一部特刊、每一部朋友送給褚威格的書，薩爾茲曼都有。」連《棋書》，這本當年只印行三百本的書，他也有。褚威格致佛洛伊德的悼辭同佛洛伊德一道躺在棺材裡，薩爾茲曼表示，「終究會找到的」。這樣令人驚嘆、崇高、無價、稀有的珍藏將轉移至（可能已經轉移到）紐倫堡納粹資料中心。「它有獨立的展覽區域、配有圖書館員和檔案負責人，是活潑的、開放的空間。」收藏家本人則在有生之年詳細講述每一本書背後的故事，不讓他們被遺忘……。

他們是誰啊？

寫了《隱形人索勒曼》並且得到大文豪湯瑪斯‧曼由衷鼓勵的亞歷山大‧弗雷，因為寫了毫不留情批判戰爭的偉大小說《繃帶箱》而被納粹逼迫逃亡到奧地利、瑞士。戰後，他並沒有因為貧窮、無國籍、無讀者而放棄批判精神。一九五七年，小說家在瑞士巴塞爾沒沒無聞、一貧如洗地離開人間。

奧地利正義詩人、生活藝術家、演說家、評論家、雜誌主筆魯道夫‧蓋斯特書籍被焚毀，詩人被逮捕，坐牢。終其一生，大量小說、詩歌、政論未能發表，七百多個議題的寫作大綱未能完成，但他從未停止寫作，從未停止過呼籲無國界理想社會的來臨。他告訴我們，「短促活著的，是盲眼的樹，強烈存在的，是流逝。」

寫了著名遊記《在十字軍東征的世界之路上》的德語作家亞敏‧維格納是最懂得世界如何運轉的人，曾寫公開信警告希特勒苦勸其停止戰爭的腳步，被逮捕、被刑求，被投入集中營，最終加入流亡者行列極其寂寞地死於義大利柏斯坦那，肝腸寸斷地說出了「移民

等於死亡」的警語。

　　巴伐利亞民族作家，我手寫我心的奧斯卡・葛拉夫卻不這麼看，在憂愁與絕望之中不但認為悲慘的流亡其實是某種成功的開始，而且進一步認為「德國流亡文學有一個重要的使命，它必須為受到不公正對待的人平反，護衛並建立一座固若金湯的橋樑來結合過去與未來。」葛拉夫清醒地認識到，這一切的努力「可能在多年後的未來才會被承認」。

　　……。

　　我們，生活在二十一世紀的人，正是靠著瑟爾克的報導、薩爾茲曼的收藏、衛德曼不懈的追蹤，靠著這樣一本《焚書之書》了解一九三三年五月十日發生了甚麼事情，為甚麼會發生這樣的事情，為甚麼這些作家的書會被焚燬，焚書之時以及焚書之後，這些作家所走的路，他們的心情故事。這不但是歷史，而且是現實，甚至關係到人類的未來。

　　他們的人生終點並非事情的完結。《焚書之書》使得他們的身影再次飛揚也並非事情的完結。這本書提供給我們的是範圍更為寬廣、更有深度的啟迪。

　　對於讀書人而言，這是一本不可不讀的書，一本不可或缺的案頭書。

*Das Buch der verbrannten Bücher*
中譯本：《焚書之書》
作者：Volker Weidermann
譯者：宋淑明
出版者：台北允晨文化

# 作家們把自己交給了他

　　他是一個奇蹟，是一位築夢的人，是一位編輯。一九一○年離開《紐約時報》進入位於曼哈頓中城的史克萊柏納出版社。他「發掘」的作家包括費茲傑羅、海明威、湯瑪斯・沃爾夫……。是他，挑戰了幾代人的文學品味，掀起了一場美國的文學革命。他在這家聲名赫赫的出版社工作的三十七年間，沒有任何出版社，沒有任何一位編輯像他這樣發掘這麼多天才作家，出版這麼多經典作品，影響一代又一代的讀書人。他的名字是麥斯威爾・艾瓦茨・柏金斯，一位少言寡語、意志堅定、身形瘦長、無論室內室外永遠戴著一頂帽子的新英格蘭男人。他幾乎每天出現在曼哈頓與康州新迦南之間的通勤火車上，一坐下，馬上從公事包裡拿出厚厚一大疊書稿，專心看稿。火車上的旅客們從來不打擾他，因為這非比尋常的閱讀關係到某一本書的出版，關係到不知哪位作家的遠大前程。

　　身為撰稿人，看到柏金斯不眠不休的所作所為，不能不感動得落淚。從打開這本書的第一分鐘起，我就陷入天人交戰，努力克服想寫一封信給台灣新經典文化出版社發行人的衝動。我對這位發行人充滿了感激之情，想要感謝她出版了這樣一本好書，又不願打擾她，也許她正在看一本書稿，她的決定將要影響到這位作者在華文世界的前程。

　　柏金斯曾經這樣告訴未來的出版人，作家最好的作品都來自他

們自己，編輯絕對不能把自己的觀點加入其中，也不要改變作者的風格，就好像編一本馬克‧吐溫的書，不要把他變成莎士比亞，反過來也是一樣。

一九一九年春天，位於第五大道與四十八街交口的史克萊柏納出版社收到一位年輕軍官的書稿，無人喜歡，書稿一路流浪最後才抵達編輯新秀柏金斯手上，他發現了小說的活力，發現了字裡行間的原汁原味，那許多真實的東西。

退稿、修改、另起爐灶的過程中，柏金斯一直寫信、面談，提醒作者，將他最精采的部分展現出來。這位作者此時正在火車站修理車廂，柏金斯一次又一次在編輯會議上發動進攻，爭取一本書能夠在優雅、傳統、保守的出版社問世。他告訴大家，「如果不出版費茲傑羅這麼才華橫溢的作者的書，別的出版社一定會出，而年輕的作者們將跟隨他的腳步。」一九二〇年三月二十六日，史克萊柏納出版社有史以來最年輕的小說家費茲傑羅的處女作《塵世樂園》出版，叫好叫座，銷售勢如破竹，如同旗幟揭開了整個美國文學的新時代。這本書成為柏金斯偉大編輯生涯的序幕，費茲傑羅也就此成為專業作家。

歲月悠悠，雖然寫出了《大亨小傳》、《夜未央》，問題多多的費茲傑羅曾經離開嚴肅寫作，曾經貧病交加。柏金斯用盡辦法照顧著鼓勵著這位天才，成為他終生的朋友。費茲傑羅病逝，柏金斯參加葬禮成為他的遺產執行人，撰文介紹費茲傑羅的成就，當別的出版社徵求授權將這位作家的作品收入選集的時候，柏金斯都支持，他竭盡所能保持了費茲傑羅的名聲長盛不衰。

費茲傑羅在一九二四年把當時身居法國的海明威介紹給柏金

斯，兩年之後，居無定所常常神龍見首不見尾的海明威將《春潮》
與《太陽依舊升起》一併交到柏金斯手裡。書稿尚未定稿，柏金斯
卻毫不猶豫地給了海明威預付版稅，因為他絕對不能失去這麼一位
獨特的作家。但是，並不是每個人都這樣想，已經七十二歲的史克
萊柏納的掌門人就被海明威書中的髒話嚇得目瞪口呆，被海明威的
驚世駭俗震動得無語。然而，同爭取通過費茲傑羅的書一樣，柏金
斯全力以赴寸步不讓，除了請海明威「盡可能減少四個字母的單字」
以外，柏金斯爭取到了《春潮》、《太陽依舊升起》、《流動的饗宴》
順利出版。「失落的一代」名震遐邇家喻戶曉，柏金斯成為出版社的
靈魂人物。《戰地鐘聲》帶來的數十萬銷量更是將海明威推上了經典
作家的寶座，柏金斯的辦公室更成為費茲傑羅與海明威聯絡感情的
聖地。直率、坦誠的海明威在柏金斯辭世五年之後將《老人與海》
題獻給柏金斯，海明威最為知己的編者與朋友。

　　柏金斯是不知疲倦的工作狂，恨不能一週工作七天，碰到了湯
瑪斯・沃爾夫絕對是他事業中最為艱困的時期。湯瑪斯寫個不停，
一切一切都要裝到一本書裡去。他的書稿是伏在冰箱上一頁又一頁
用鉛筆寫就的，送到柏金斯的辦公室是用木箱來裝的，就是蔬菜行
用來裝馬鈴薯的那一種。結構在哪裡？與情節無關的千言萬語要怎
樣刪除？然而，湯瑪斯是極有天賦的作家，文字極富詩意，極富悲
劇性格，柏金斯那怕累死，那怕賭上這一條命都要同作者一道把這
一堆混亂整理成書。於是我們在淚眼模糊中看到了這位不屈不撓的
編者怎樣的出版了湯瑪斯的小說《天使望故鄉》以及巨作《時間與
河流》。湯瑪斯在柏金斯為他付出無數時間心血之後，卻變得越來越
蠻橫，當有評論惡意地說湯瑪斯的書是在柏金斯手中拼裝而成的時

候，湯瑪斯選擇離開並且惡言相向。但是，當他不到三十八歲面對死亡的時候，寫了一封信給始終不棄不離地關心著愛護著他的柏金斯。這封遲來的信讓柏金斯痛心流淚。他不計前嫌，鼓勵同業將湯瑪斯的作品重新整理出版，同業發現，湯瑪斯一輩子等於寫了一部四千頁的大書，將枝蔓去掉，便是渾然天成的經典。這樣的成就不但證實了湯瑪斯的才華，也證實了柏金斯的慧眼、無窮的耐心與他對文學超凡入聖的熱情。

任何一個有血有肉的人都逃不過最後的日子，積勞成疾的柏金斯，這位會寫三十頁長信提醒作者如何改稿的編者，被送進醫院的前一分鐘囑咐家人把詹姆斯·瓊斯的《從這裡到永恆》、艾倫·佩頓的《哭泣的大地》交給自己的秘書，「不要交給別人」。他為哈佛大學圖書館寫的湯瑪斯·沃爾夫檔案導言是他最後編輯、書寫的文字。

作家們，則是把自己交給了他，因為無盡的信任與理解，因為他把作家們所承受的困惑、痛苦、孤寂、無奈、掙扎全部都放到了自己的肩上、自己的心上。

*Max Perkins, Editor of Genius*
中譯本：《天才：麥斯威爾·柏金斯與他的作家們，聯手撐起文學夢想的時代》
作者：A. Scott Berg
譯者：彭倫
出版者：台北新經典文化

# 喜歡，是一粒種籽

　　鄭培凱教授畢業於台大外文系，兼修歷史。在美國住過三十年，求學、取得博士與博士後學位、教書。二十世紀末來到香港繼續教書，並且推展多元互動的文化教學，又是一個二十年。

　　在一篇題為〈魏米爾〉的文章裡，鄭教授這樣說，「我喜歡魏米爾（J. Vermeer, 一六三二－一六七五），喜歡他的每一幅畫，而且愈來愈喜歡，好像喜歡也可以是一粒種籽，種在心田裡，慢慢發芽，茁長，最後成了一棵覆蔭的大樹，讓你在人生的荒原上，有著藝術遮陽擋雨的呵護，得到心靈的欣慰。」

　　讀到這裡，自然而然地喝了一聲采。猶記得一個月前在一個聚會上談〈文學與藝術的寫實精神〉，談到了義大利文藝復興的幾位藝術家。散會後閒談，一位朋友說到在台灣念書的時候，學校裡的美術課，不是用來 K 英文，就是用來 K 數學，欠缺了人文的通識教育。我一邊聽一邊有些黯然神傷，二〇一八年完成了《拉斐爾》之後，有人問到下一本的內容，我便實話實說，卡拉瓦喬的人生與創作。問話的人表情茫然，我知道，這人雖然在文化機構做事卻不知卡拉瓦喬何許人，於是不再言語。帶著這樣的悵惘同我筆下的傳主吃苦受罪兩百個日夜，終於寫完了這本書。心中無雜念，只有一個不可逆轉的願望，希望有更多的人認識這位巴洛克藝術的奠基人，希望有更多的人讀懂他的作品，甚至，更進一步，喜歡他的作品。

在一篇題為〈古琴的人文修養〉的文章中，鄭教授這樣說，「琴瑟與鐘鼓的差別反映了自我愉悅與社會和諧雖然連成一體，但其間確有側重的不同。琴瑟的自我主體性與私領域意識，在中國文化傳承中是個不辯自明的認識，也即是通過琴樂可以提高個體的文化修養，有了主體修養的個人，才能推己及人，構築和諧安謐的社會，才有鐘鼓樂之的『眾樂樂』。」這話說得通透。

讀到這裡，眼前晃動著溥雪齋、查阜西兩位老先生瀟灑的身影、淡定的面容，心底裡自然而然地浮起《陽關三疊》、《普庵咒》、《高山流水》的樂音。一九五七年，十七歲的李泠秋自東北來京，跟查先生學琴，暫住我外婆家。照顧他衣食的是外婆，照顧他的手則是我的責任。被絲弦磨得鮮血淋漓的那一雙手每天晚上被我用溫水洗過，塗上藥膏，用繃帶裹緊。十歲的我忙著照顧他，他忙著用眼睛看琴譜，就是賈寶玉以為是天書的那種琴譜。泠秋完全不感覺疼痛，讀譜讀得心曠神怡。很快，他考取了中央音樂學院，住進了音樂學院的宿舍。我看見他的時候多在溥先生家，最喜歡聽他彈《酒狂》，這首曲子跟著我上山下鄉，跟著我亡命新疆，跟著我回到美國。泠秋在長長的歲月裡不但失去演奏的自由，連琴也沒有了。他在一塊木板上綁七根細麻繩，撫著麻繩溫習指法。我相信，樂音始終在他心中迴響。手裡的書仍然攤開著，鄭教授說到了琴樂所展現的人文修養在革命與改革開放中喪失殆盡的現實，這樣作結，「聯合國教科文組織 (UNESCO) 在二○○三年，把古琴列為世界文化遺產，也就是怕它消失在天壤之間。思想起來，實在不是中國人的驕傲，是我們的羞恥。」鄭教授的痛心疾首我能夠深切領會。

在一篇題為〈倉頡蒙太奇〉的文章裡，鄭教授毫不掩飾他對傳

統中文的熱愛，他告訴讀者，鼎鼎大名的電影藝術家、導演、理論家愛森斯坦說，倉頡造字的道理就是電影蒙太奇的第一步。蒙太奇就是影像的交疊，而中文從象形到會意，正是影像交疊，並產生新意。愛森斯坦舉例說明：耳朵靠著門，就是「聞」，是聽的行為；一條狗加一張口，就是「吠」，是叫的行為；一張口加一隻鳥，則是「鳴」；一把刀懸在心上，就是「忍」，等等。不僅如此，愛森斯坦認為中文如詩如畫，兩個象形字併成一個會意字，成為概念，產生飛躍，於是「有無窮的想像空間去遨遊，有無窮的影像併合可以發揮蒙太奇的創造。」

壯哉！謝爾蓋‧愛森斯坦，我是多麼喜歡他製作的《伊凡雷帝》。在美國外交學院教書的時候，俄文系的朋友們常請我去看電影。在他們心目中，愛森斯坦是俄國導演。他們從來不會把愛森斯坦的名字同蘇聯連在一起。就像他們說到中文，絕計不會談到簡化字，談到拉丁化一樣。倉頡造字同蒙太奇的關聯是他們津津樂道的，他們的看法同愛森斯坦一致，對於現在仍然生機勃勃的古老漢字情有獨鍾。我常在心裡嘆息，有人卻是見不得不但象形、不但會意，還能夠指事、形聲、轉注、假借的傳統中文，非要改革不可，弄到億萬人看字不辨對錯。好在，愛森斯坦走得早，沒有看到這不可理喻的失敗。

熱愛傳統中華文化的不只是愛森斯坦，在一篇題為〈法國人看崑曲〉的文章裡，鄭教授給我們講故事，他教書的大學請了一位諾貝爾化學獎得主來校演講，這位貴客是法國人。時間湊巧，鄭教授那時候正在安排從蘇州來的崑曲名伶表演，法國化學家對崑曲表現出極大的興趣，於是排除萬難，推遲赴宴的時間、推遲演講的時間，

終於得償心願，不但看了《牡丹亭》的〈魂游〉、〈幽媾〉，還看了〈婚走〉與〈如杭〉。看完了戲還不肯走，這位法國人還興奮地登上舞台同演員們合照，還對主辦者鄭教授稱謝不已。鄭教授這樣結束這個故事，「我說，謝謝你來。心裡想，謝謝你對崑曲的摯愛。」這個故事裡特別感動我的不僅是法國人對崑曲的熱愛，更是在鄭教授舉辦的活動裡，前來欣賞崑曲的華人觀眾對這位法國學者如此執著一定要看崑曲的行動一次次報以熱烈的掌聲。這如雷的掌聲裡不但有著深切的感動，也有著自豪的成分。為自家崑曲藝術感到自豪的情愫最是重要。我們可以這樣說，十多億人裡面，聽得懂崑曲的不到萬分之一，能夠欣賞，能夠陶醉於其中的恐怕更少了。鄭教授複雜的內心感受我能夠體會。

上個世紀八〇年代在北京，多年來為振興崑曲不遺餘力的張允和老人依然十分的美麗，完全是大家閨秀的風範。北京的冬天酷寒，取暖設備不足，這位曾經主持曲會多年的崑曲大家只好坐在床上裹著棉被為崑曲的唱腔、曲詞撰寫註釋。學生用的橫格作業本子打開來，娟秀的小字一筆一畫工整地為年輕人打開了崑曲這一道門。

鄭教授百多篇文章都是這樣地引人深思，引人懷想，著實喜歡，於是愛不釋手。

《樹倒猢猻散之後》
作者：鄭培凱
出版者：香港牛津大學出版社

# 文學新人的優異表現

　　寫了許多年，對於「文學新人」這個說法總是不能完全地理解。有些人默默地寫了很多年，並未發表，一旦發表，眾聲喧嘩。有些寫手雖然年輕尚未出書卻文字老辣獲獎無數，全都被譽之為「文學新人」，常使我覺得有些不明所以。

　　地方文學獎設立新人獎，這就有著極好的鼓勵文學耕耘的意思，在科技領先潮流的時代，聰明、好學的年輕人樂意獻身古老的無利可圖的文學寫作生涯，極為難能可貴。因之，台灣國立台東生活美學館舉辦後山文學獎，進而在二〇一九年舉辦首屆「後山文學年度新人獎」，獎勵竟然是出版獲獎作品專輯，使得作者一舉登上出版平台得以與讀者「見面」。於是，我在華盛頓便見到了台灣花蓮小說作者張純甄的第一本書《地球的背面》。地球自轉且公轉，是沒有永遠的背面的。更何況我這個讀者與純甄正好居住在互為背面的兩個半球。看到這樣的書名，心裡一動，感覺到一百四十頁的這本書沉甸甸地有著份量。

　　我看書一向直趨主題，要等到正文看完，這才來看前言後語直到版權頁的最後一個字，若是與我的讀後感契合便心生歡喜。這一次，我不由自主地凝視著蝴蝶頁上作者的照片，長髮披肩一臉純真的美麗女孩矜持地微笑著。果真年輕，不但是文學獎項的多次獲獎人而且畢業於東華華文文學研究所創作組。大學的研究所教授創作，

讓我想到美國的一些大學也有相關的系所。畢業生真的投身創作的，恐怕是鳳毛麟角。這個想法導致我先讀了吳明益教授的文章〈只要跑，風就會跟上來〉，這是老師為學生寫的推薦序，誠懇而熱情，充滿理解、鼓舞與祝福。

　　老師是愛護學生、用心教學的好老師，學生是素質優秀、充滿勇氣的好學生。純甄大學畢業之後工作過，回到東華讀研究所，這本身就彰顯了理想、勇氣與執著。老師納悶，學生為甚麼選擇學習創作。學生坦然，老師提到過許多優秀的作品，自己有沒有可能成為那樣的作品的作者，總要試試看。不僅如此，超出老師的預計，學生還強調，她鍾情的是小說創作。講老實話，讀正文之前多少有些後悔先看了吳明益教授的大文，生怕小說本身令人失望。

　　然則，第一篇〈地球的背面〉便令人驚艷。一位後天失聰的女子不斷地「聽到」室內的漏水聲，這樣有悖常情的狀況使得小說從一開始就陷入一個詭異的氛圍，這個氛圍在客觀上無處不在，無論主人公在台灣還是飛到了「地球的背面」南美洲的巴拉圭，去尋訪離她而去的男友。那水聲持續存在。終於，主人公了解，那漏水的聲音來自內在，來自內心遭受到的困惑、苦澀、悲傷。精采處在於，從一開始，讀者就知道了謎底，但是小說仍然能夠成功地帶領讀者順暢無比地讀到最後一個字。於是我們看到了一篇心理小說存在的必然性，與作者的細膩密切相關，也與作者對人的同情與理解密切相關。

　　〈好天〉寫的是家暴，寫的是成年人對幼小生命的戕害。讀起來，令人心碎。作者巧妙地以第一人稱書寫，隱身於一個只是遭到忽視卻並未遭受家暴的女孩，來敘述她的親耳所聽、親眼所見。於

是那滿身瘀傷的表妹便站到了我們面前。對家暴的控訴是文學書寫的尋常題材。但是，當我們看到年輕的作者以其冷靜、犀利的筆觸去描摹在魔掌下苟活的女孩期待有真的父母來接她回真的家……。我們被深深地觸動。作者並沒有止步，那怕女孩來到外婆家，仍然無法逃避光天化日之下的凌虐。於是孤苦無告的女孩只能掉淚。這匯聚成海洋的淚水讓我們看到年輕的純甄已經具備了一位優秀小說家必須有的素質，她是一位人道主義者，她愛憎分明，對於人類的醜行，她絕不寬恕。

〈刺青〉則是疼痛的。主人公「我」，上有忽視自己的母親，下有相依為命的女兒，三代三個女人，若是相親相愛，那是難得的美麗風景。然則，主人公有弟弟，他是母親鍾愛的對象。於是主人公只能希冀著母親能夠留下一絲溫暖，無論活著或是死去。將母親的名字刺在胸前是做女兒的能夠做的一件事情，同那決絕的母親一樣的義無反顧。作者巧妙地安排一位特別的刺青師，引出故事，引出心情，讓讀者同她一道感覺那撕裂的苦痛。

〈未完成青春期〉又是大大的不同，這一回，作者化身男性。在學校裡，曾被集體栽贓，失去話語權，失去為自己辯白的任何機會。多年後校友重逢，叫做曾岳霖的中年男子依然沒有話語權，雖然所有的人都知道他是校園霸凌的受害者，他們選擇視而不見完全漠視自己給受害者帶來的痛苦、選擇顧左右而言他或者繼續沉默著，不肯出聲為受害者贏回尊嚴。他們並非擅長遺忘，而是他人的痛苦在他們的心底腦際並不佔地方。這樣的心態是人類社會的癌。作者相當徹底地描述了這位受害者「被困」的心境。更重要的是，年輕的作者將這篇小說做為整本小說集的終結篇，讓我們持續深思人間

的黑暗。每一位讀者讀到這樣的小說反應都是不同的，許多人心有戚戚焉，感覺作者說出了他們不能說的話。當然也會有讀者從字裡行間尋找光亮與慰藉。

純甄在自序中說，「在生活中，會有某些片段『撞擊』我，讓我想要將之發展成一個故事。於是我進入書寫，有時我失敗了，片段無法發展成完整的故事，而有時故事慢慢發展建構起來，燈亮了，故事完成了，恍若有神。」純甄信任瑪格麗特‧愛特伍，認為「只有失落、抱恨、悲哀和渴盼可以讓故事推進，沿著它盤纏曲折的路線推進。」

當我讀完整本書的時候，更透徹地了解吳明益教授面對文學新人之優異表現時的良苦用心：只要跑，風就會跟上來。我們都知道，只要跑，風就會迎面撲來。老師愛護學生，祝福她順風順水。這樣的老師正是人間溫暖的光。

世間所有的小說家無論古代還是現代，無論來自地球的哪個角落，他們跑起來的時候，都是逆風而行，迎戰黑暗，奔向光明。純甄必將加入他們的行列，且勇往直前。

《地球的背面》
作者：張純甄
出版者：台北釀出版

# 三民／東大 好書推薦

## 《團扇》

韓秀／著

　　二十世紀六〇年代，兩岸仍處於詭譎雲湧、一觸即發的緊繃狀態，兩艘臺灣軍艦在風狂雨猛之中，輸送特種部隊到對岸。因為內奸的出賣，全體官兵幾乎死傷殆盡。部隊長胡嵩詮將軍在臺灣成為殉難的英雄，實則是在大陸遭受威脅利誘、刑求逼供、囚禁勞改。將軍的妻子秦淑娉始終相信自己丈夫仍然健在；將軍的妻弟也不放棄，親身涉險，足跡踏遍大江南北。一場歷時數十年、營救胡嵩詮將軍的任務於焉展開……。

## 《巴洛克藝術第一人 ── 卡拉瓦喬》

韓秀／著

　　卡拉瓦喬是巴洛克藝術的先驅，他的一生，充滿革命性與戲劇化。他崇尚騎士精神，身體裡流著一股英雄血液。然而，這股正義之氣卻使他的一生顛沛流離，流亡成為他無法逃避的宿命。儘管如此，他仍舊沒有被黑暗的命運擊倒。他忠於自己，尊崇自然，不拘泥於世俗規範，以敏銳的觀察力，描繪其筆下的人物。尤其善於利用光線的明暗，襯托出立體的空間感，使畫面充滿戲劇性的效果，為當時的藝術發展點亮一盞明燈，成為後輩藝術家們的楷模。讓我們翻開書頁，跟著韓秀生動的文字，穿越時空，細細咀嚼卡拉瓦喬精彩的一生。

### 《一九八四》

喬治・歐威爾 (George Orwell) ／著　劉紹銘／譯

　　歐威爾通過溫斯頓・史密斯這個還有殘存「反動思想」的人物所作的種種叛逆行為，反映出極權政治滅絕天良與傷殘人性的種種恐怖面目。不消說，最後他失敗了，但他高貴的情性，可用他自己的話概括出來：「他是寂寞的孤魂野鬼，說著無人能聽得懂的真話。但只要你肯說，不論情況怎麼朦朧，人性還可以延續。別人聽不到你說什麼，但只要你自己保持清醒，那就保存了人性的傳統。」這也是《一九八四》的價值。

### 《水滸傳》

張啟疆／著

　　張啟疆寫《水滸傳》，以草莽英雄聚眾對抗朝廷的故事為主軸，描述一百零八條好漢嘯聚梁山的經過。暗喻現代的見解、多維的史觀，上部隨著客店中人說書式的開場，預告山雨欲來的江湖風波，下部則以夢境、真實穿插，以創新的架構、技法，打造出虛、實兩座舞臺，看似兩條平行的故事軸線，讓一百零八條好漢在真真假假之間，巧轉虛實，呈現對照效果、戲劇張力，同時也體現了原著的精神風貌。

## 《兄弟行》

周南山、周玉山、周陽山／著

對於親友故舊的憶往追念、社會時事的犀利剖析、國際脈動的精準觀察，隨著周氏三兄弟的如椽健筆，行遍萬水千山，覽盡春花秋月，體會「此行不虛」的真諦。本書以抒情的散文為主，兼及專業的論述，力求親切可讀。作者分別在少年十五二十時，發表第一篇作品，如今已逾四十載。筆勝於劍，無遠弗屆，作者無意與任何人比武，但求延長精神的力量，像他們的父親一樣。

國家圖書館出版品預行編目資料

喜歡，是一粒種籽／韓秀著.－－初版一刷.－－臺北
市：三民，2021
面；　公分.－－（輯+）

ISBN 978-957-14-7016-0 （平裝）

874.6                                        109017514

# 喜歡，是一粒種籽

| 作　　　者 | 韓　秀 |
| 責任編輯 | 王芷璘 |
| 美術編輯 | 陳奕臻 |

| 發　行　人 | 劉振強 |
| 出　版　者 | 三民書局股份有限公司 |
| 地　　　址 | 臺北市復興北路 386 號 ( 復北門市 ) |
| | 臺北市重慶南路一段 61 號 ( 重南門市 ) |
| 電　　　話 | (02)25006600 |
| 網　　　址 | 三民網路書店 https://www.sanmin.com.tw |

| 出版日期 | 初版一刷 2021 年 1 月 |
| 書籍編號 | S859300 |
| Ｉ Ｓ Ｂ Ｎ | 978-957-14-7016-0 |

三民書局